アニの夢 私のイノチ

Yuko TsuShiMa

津島佑子

P+D BOOKS
小学館

目次

二十歳

二十歳の誕生日を、家出状態で北海道を放浪している間に私は迎えた。その記念すべき（？）誕生日とつづく二日間の日記を、今でも手元に残っている簡単なメモと記憶を頼りに再現してみた。

一九六七年三月三十日

私の二十歳の誕生日。根室から朝一番のバスでノサップ岬へというつもりだったのに、一分ちがいで乗り遅れ。仕方ないのでトボトボ徒歩で行った。でも、徒歩で案外よかったのかもしれない。広い原野がうららかにつづいて、そのなかの一本道。大きな犬がガタゴト引っ張る牛乳車のおじいさんと子供。赤いサイロ。遠くには明るく海が光っている。まるでメルヘンの世界そのまま。すっかりいい気持で歩きつづけた。でも、歯舞《はぼまい》辺りで少々グロッキーになって、うしろから来た回送のバスに乗せてもらう。運転手さんがいろいろ教えてくれた。のら馬が道にフラリフラリ現れて、バスと正面衝突しそうになった。馬はじっと動かない。クラクションをさんざん鳴らして、やっとその灰色の馬はどいてくれた。

ノサップ岬に着くと、いわゆる観光客は私ともう一人、カメラを持っている人だけ。あとは自衛隊の人たち。彼らはすぐに姿を消してしまった。薄汚れた流氷が海面に浮いていた。灯台に登って、しばし写生。そこにカメラマンが登って来て、こんにちは。しばらく話がはずむ。親しみやすい、ひょうきんな人。明かるいブルーの海の向こうには国後島《くなしり》が見える。黄色い島。いやに明かるい光景だった。あんな近くに見えながら、政治という見えない壁があって、私などには永久に行けない島なのだ。大きく波打つ海のうえに無数の海鵜《うみう》が笛のような声で泣き叫んでいた。真っ黒な体にだいだい色のくちばし。

灯台から海岸に下りて、流氷のうえにたたずむ。遠くで子供が昆布拾いをはじめたので、そばに近づいた。きれいな赤い着物に、胸までの黒いゴム長。ねらいをつけて、足をひょいと持ち上げる。すると足に引っ掛かった昆布が海面に出る。それを手で取る。すごく単純な方法。でもおもしろいように取れる。そこにまた、さっきのカメラマンが来て、よもやま話。そのうち、バスに乗り遅れたことを知る。二人で歩いて行くことにした。旅は道連れ。広い野原のなかの一本道を誰ともすれちがわずに歩いた。いろいろな話。放し飼いの馬が時々、私たちの顔を見に、そばに寄って来た。途中でまた、バスに追い抜かれてしまった。こうなったらどうしようもない、と二人でヒッチハイクして、車に乗せてもらった。根室でカメラマンと別れる。もう一生会うこともないのだろう。

根室から釧路へ。そこのＹＨ（ユース・ホステル。当時、素泊りで三百円程度だった）で泊まる。夕食はないというので、町の食堂で百五十円のカレーを食べ、まだおなかがすいていたので、八十円のラーメンを食べた。おかげで身動きできないほど満腹。八時頃、ＹＨに戻る。どこかの母子連れが相部屋だった。夜、昼間のカメラマンが死んだ夢を見た。なぜ、そんな夢を見るのか、自分で理解できない。

三月三十一日

朝の一番で釧路駅に行こうとしたら、またまた駅に行くバスに乗り遅れ。ＹＨに戻って、次のバスを待つ間、同じＹＨに泊まっていた京大の二年生二人とおしゃべり。まだ高校気分の抜けない、かわいい男の子たち。文学部の学生で、自分たちの雑誌を作っているらしい。どんな雑誌なんだか。でも去年の私だって、彼らと似たようなものだったのかもしれない。私が小説を書きはじめたのも去年の今頃だった。時の経つのはまったく早い。

釧路駅からすぐにまたバスに乗る。冷たい雨のなか、なにもない原野のバス停で下りる。釧路湿原という名がぴったり。山崎さんという牧場に丹頂鶴が多く来ると、昨日、YHの人に聞いていたので、そこを訪ねてみると、裏だという。それで裏に行くと、ああ、いた、いた、二十数羽、遠くに丹頂鶴がいた。でも、近眼の悲しさでよく見えない。我ながらずうずうしいとは思ったが、山崎さんに双眼鏡を借りて、丹頂鶴を見る。真っ白な体、黒い喉、羽根、脚、頭。子供は全体が灰色。静かにえさをついばんでいた。雨で体が冷えきってしまったので、次のバスが来るまで、山崎さん宅で待たせてもらうことにした。なかでは、石炭ストーブが燃えていた。どこからか、親戚が来ていたらしく、にぎやか。私も甘酒を相伴させてもらった。時間になったので、暇乞いをする。また、バス停へ。原野はなにもかも静かな世界だった。

バスに乗って、一路、阿寒湖へ。阿寒湖はもう半分氷が解けて、カラスが騒いでいた。ここでラーメンを食べて、アイヌの村へ行く。子供たちが野球を楽しんでいて、自分のやじ馬根性が恥ずかしくなり、逃げ帰って来た。阿寒湖には特別な印象はなし。

阿寒湖から釧路まで、蝶ネクタイの男の人が車に乗せてくれる。おかげで高いバス代が助かった。最初、少しあやしい人かなと思ったが、なかなかいい人だった。途中で、パンとジュース、そのあと、牛乳をくれた。みやげもののセールスマンをして車を乗りまわしているとのこと。セールスマンも悲しい仕事だと思った。自分は飛びまわって愛嬌をふりまいて、ただそれだけ。途中、道のすぐそばに丹頂鶴が遊んでいたので、車を止めてもらって、とくと見た。釧路に思いがけず早く着いて、これも心から感謝。

汽車で弟子屈《てしかが》まで。弟子屈から、すぐバスに乗る。色の黒い、大きなリュックを背負った汚い男の人が、バスに乗って来た。釧路の駅からこの人を見かけていたので、気になっていた。本物の画学生だったら、自分のスケッチ・ブックが恥ずかしい。大きな画板を抱えていた。たぶん、ここで泊めてもらうのだろう。私は終点の「青年の家」まで。ここでは、私一人。昼間たくさん食べたので、そのままふろに入って、横になる。暖房代百五十円倹約したので、ストーブはなし。

四月一日

四月とは思えない寒さ。駅前の食堂でラーメンを食べて、いざ出発。テクテクと摩周湖目指して歩きはじめた。寒くて、顔も外に出せない。手も外に出すと、すぐ真っ赤になる。うしろの方には白い山々、手前には広い野原に白樺、ところどころに赤い屋根の農家。いい気分でのんびり歩いていたが、道がアスファルトになって歩きにくくなった辺りから、疲れてしまい、そこを通りかかったオートバイのおじさんが乗せてくれたので、助かった。それで一気に頂上まで。

途中、昨日の画学生に会う。その人がオートバイを止めて聞く。

「もうすぐですか」「すぐですよ」「はあ」

そのまま、私たちは先にオートバイで進む。頂上でオートバイを下りて、摩周湖の反対側まで行くという男の人と別れる。

頂上はすごい濃霧で、展望台から摩周湖の湖面が全然、見えない。がっかり。ひどい寒さで、雪がぱらついている。少しして、画学生が展望台に登ってくる。

「何も見えないなあ」「せっかくここまで登って来たのにねえ」

溜息をつきあっているうちに、画学生が湖面まで降りてみようというので、思いきって一緒に深い雪の急斜面を滑り降りて行った。腰まである急斜面の雪のなかでどうなることかと思ったが、必死で雪と格闘しているうちに、湖面に達した。湖面は苦労したかいがあって、すばらしかった。厚い氷のうえを時々、雪けむりがさっとなでて行く。静かななかに、氷の声がミシミシと聞こえる。岩や木の枝などには青い氷が水晶のようにかかっている。やがて、湖面から急斜面をよじ登る。心臓が苦しくなり、雪のなかで足も思うように上がらない。頂上近くなると、雪が風にさらされるせいか、カチカチに凍っていて、どうしても前に進めなくなった。画学生に手を貸してもらったら、そのとたんに派手なしりもちをついてしまい、痛いのと恥ずかしいのとで涙が出た。でもそれで互いにすっかり打ちとけることができた。

帰り、霧のなかをパンを食べながら歩いた。彼は横浜に住んでいて、高校で絵の先生をしているという人。画学生ではなかった。私も自己紹介。でも女子大の英文科だと聞けば、向こうは、つまらないイメージしか持てなかっただろうと、自分でがっかり。でも、ウソもつけない。ひそかに小説を書いているとも、恥ずかしくて言えるものではなかった。自己紹介など、互いに実際には無意味なのだ。それでも、ぜひ東京に戻ってから会いましょうということで、住所を教え合い、名残惜しい思いで別れた。彼は私とは逆コースでこれから雌阿寒岳に登るのだそうだ。私は網走へ。

網走のYHに着いたのは、七時頃。YHには、私たった一人。夕食を食べて、ルンペンストーブで濡れた服を乾かす。夜、「文藝首都」(当時、所属していた同人誌)の仲間からおまえは甘いとさんざん叱られる夢を見た。いやな夢。それで眠れなくなってしまった。

中上健次をめぐって

中上さんへの報告

一九九二年の夏、フランス革命記念日の七月十四日の翌日から、容赦なく暑い日が、フランスだけではなくヨーロッパ全域にわたってつづいていた。太陽の熱と光に、地上にあるすべてのものが押しつぶされていた。

八月九日の夜、アルプス地方から南フランスにかけて、雷をともなったはげしい嵐が発生した。アルプス地方では、雷がまるで戦争の空爆のように地上を襲い、南フランスでは、直径十センチもの雹《ひょう》が降りそそぎ、川が氾濫した。他の地方にも、つむじ風が吹き荒れ、木が倒され、屋根の瓦が飛ばされた。

翌日から、急に気温が下がりはじめ、灰色の雲に夏の空はすっかり隠されてしまった。パリでも、セーターやジャンパーを着ないではいられなくなり、冬のコートを着るひとまで現われた。

八月十一日も、時々、突風が吹き、気まぐれに雨が降る寒い日だった。近所の行き慣れたパン屋も、クリーニング屋も、ほとんどの店が夏休みで閉まっていて、街は静まりかえっていた。

私もパリから東京に帰る日が近づいていたので、一年間住みつづけた小さな部屋を片づけはじめた。いつの間にか、かなり溜ってしまったいろいろなパンフレットやプログラムの類いを、ひとつひとつ見直しながら捨てていった。去年の十月、ロワール地方のブロア城で行なわれた「日仏文化サミット」のプログラムも出てきた。その時の参加者には、中上さんもいた。会場になっていた部屋は禁煙だったので、廊下で冗談を言いながら煙草を一緒に吸った。会議中は忙しくて、ゆっくり話をする時間はなかった。たぶん、会議が終わってからパリでまた会えるだろうと思っていたのだが、結局、中上さんからの連絡はなく、パリで会うことはできなかった。散歩をしながら、おしゃべりをしたかったのに、と私には残念でならなかった。

あとで、中上さんはブロアからそのままドイツに向かい、ハイデルベルク大学で日本文学を研究している学生たちを指導しながら、何日間か過ごしていたと聞いた。

中上さんがガンで入院したことを東京からの電話で知らされたのは、それから四ヵ月ほど経った二月のことだった。十月に、フランスとドイツをまわったのは、彼の体に厳しすぎたのではなかったのか、ブロアで会った時も彼はひどくつらい状態をだれにも言わずにがまんしていたのではなかったか、とその知らせを聞いてから、思い巡らさずにはいられなかった。

日本に持って帰るかどうか、少し迷ってから、荷物をできるだけ減らさなければならないので、ブロアのプログラムもほかの書類と一緒に捨ててしまった。

八月十二日、朝の四時、部屋の電話が鳴りだした。一回めは、夢うつつのまま、聞き流した。二回め、ようやく眼がさめ、時間もなにもわからないまま、ベッドから離れて、暖炉のうえの電話を取った。東京からの、中上さんの訃報だった。

冷えびえとした暗い日だった。

昼間、東京からの電話をまた、受け取った。日本ではすでに夜。東京にいたとしても、なにかできるというわけでもなかったのだろうが、パリなどという遠く離れたところに一人いて、なにもせずにいる自分を呑みこめず、ただぼんやり、部屋のなかに閉じこもっていることしかできなかった。

夜、前からの約束で、フランスの出版社の人と会うために街に出なければならなかった。冷たい風が吹いているので、ウールの上着を着て、外に出た。地下鉄に向かって、ひとけのない道を歩いているうちに、はじめて眼がさめたように、中上さんに起こったことは現実のことなのかと思い当たり、愕然とした。

カフェで出版社の人と落ち合ってから、歩いてレストランに向かった。デパートの並ぶパリの中心街なのに人影はほとんど見られず、閑散とした広い道を、すでに枝から落ちはじめたプラタナスの枯れ葉が風に吹かれて、舞い飛んでいた。無人に近い、寒々しい街に、パリの最高級品を並べたデパートのショー・ウインドウだけが明かるく光っていた。

　私たちの目ざしていたレストランは夏休みで閉まっていた。近くのもう一軒のレストランも閉まっていた。タクシーをつかまえ、もっとにぎやかなはずの、セーヌ川の反対側に行った。出版社のひとの心当たりのレストランを次々にまわったが、どこも閉まっていた。最後にもう一度、セーヌ川を渡り、そのひとの住まいのすぐ近くにある小さなレストランに行き、そこでようやく夕飯をとることができた。たどり着いたのが遅かったので、私たちが食事をしている間に、レストランには他の客が一人もいなくなってしまった。外に吹く風の音を聞きながらのさびしい食事だった。

　次の日、空はますます暗くなり、雨が降りだした。中上さんと、このいやな、いやな天気を結びつけて考えないわけにはいかなかった。とうとう暗く冷たい廃墟のようなパリから逃げだすことに決めた。

　電車に乗り、知り合いを頼って、田舎の水車小屋に来た。そして今も、そこに滞在しつづけている。タチアオイ、フヨウ、コスモスが庭に咲いている。にわとりの夫婦にあひるの親子もいる。タチアオイやフヨウを見るたびに、中上さんに、ほら、ここにも紀州と同じようにフヨウが咲いているわよ、と言いたくなる。いや、ここまで書いてきたことは、つまり全部、中上さんにこそ聞いてもらいたいことだったのだ。

「ル・モンド」にも「リベラシオン」にも、中上さんの訃報が載った。その記事を切り抜いて、中上さんに送ってあげようと思った。でも、送りようがない。切り抜いた記事をいったいどうしたらよいのか、見当がつかずにいる。どうにも、実感を持ちようがない。中上さんにまだ存分に与えられるはずだった時間と可能性を思うと、私も途方に暮れてしまうが、中上さん自身もきっとどこかで、妙なことになった、と困っているのではないだろうか。とにかく私の知っている限り、フランスでもドイツでも、そしてアメリカでも、多くの人がショックを受け、つらい思いを共有しているという事実を、ここに伝えておきたい。

〝中上健次〟という存在

この文章を今、ここで書かなければならなくなった理由を考えると、頭が働かなくなる。だから、その理由を深く考えないまま、書き進めることにする。

最近は、外国で中上さんと会うことが多くなっていた。ブリュッセルでは、買物につきあってもらっているうちに道に迷ってしまい、どうせのことならと、私たちに義務づけられていた時間を一切、忘れることにして、カフェで話しこんだ。サン・フランシスコでは、現金の持ち合わせがなくて困っていた私に、百ドル貸してくれた。そのお金を、フランクフルトで返した。こんなお金、すっかり忘れていた、と彼が言うので、じゃあ返す必要はないわね、と私は言った。それはだめだよ、と中上さんは言いながら、急いでドイツ・マルクのお金を服のどこかに隠してしまった。もちろん冗談としてのやりとりだったのだが。

去年の十月、フランスで会った時は、泊まった場所も別で、自由な時間がほとんどなかったので、立ち話しかできなかった。夜のパーティで彼がジュースしか飲んでいないのを見て、どうしたの、調子がわるいの、と聞くと、つかれるよ、こういうのは、とにこりともしないで呟いて、私のそばから離れていった。その二日間、彼は寝ちがえて、首が動かなくなった、背中がいたい、と笑いながらぼやいていた。私はそれをたいして深刻なことだとは思わずに、首が動かないとうしろを向くのが一苦労だと実演して見せる彼の様子を、笑って見ていたのだった。その時、彼の頭に白い毛が増えはじめているのに気がついて、もう若くはないんだもの、ただの寝ちがえも前とはちがって、すぐには直らないのよね、とこんなことも、私は言った。まったくな、だけどどうもさえないね、こんな話は、と中上さんは苦笑いしていた。

中上さんとは同じ年齢なので、彼の年齢による変化に、いつも自分自身の変化を確認するようになってしまっていた。もう若くはない、と私たちが言い合わずにいられなかったのは、互いに二十代の頃の印象を強く持っていたからだった。実際には、今まで多少の経験を経て、これからこそ作品のうえで楽しみな時期を迎えるのだ、と少なくとも、私の方は大きな張り合いを感じていたのだった。もう若くはないという言葉は、じつはその期待をこめた、未知な時間に向けてのはげまし合いでもあった。

十九歳の時に、私たちははじめて会っている。会費を払えばだれでも参加できる「文藝首都」という同人誌があった。そこに、十枚程度の短かい小説を、こっそり私も送っていた。活字にしてもよいと評価された作品は誌面に載せてもらえることになっていたので、毎月、まず、自分の小説が載っているかどうか、次に、どんな作品が載っているのかを確かめることがその頃、私の最大の関心事だった。ちょうど、私の書いたものが載りはじめた時期に、中上健次という名前を見かけるようになり、強く意識しないわけにはいかなくなった。正体の知れないその人はみるみるうちに、自分だけの言葉を身につけ、輪郭のあざやかな作品を発表しはじめた。この人は本当の作家になるひとだと確信していたが、それだけに強い嫉妬も感じた。

毎月一度は、「文藝首都」の生みの親であり、ありとあらゆる面で支えつづけてくださっていた保高《やすたか》夫妻のもとに通っていたので、みさ子夫人の口から、だんだん中上健次なる人物の正体を知るようになった。みさ子夫人が、ずいぶん無茶なことをする子なんだけれども、なんともかわいくて、といかにも楽しそうに話される様子に、私はここでもまた、ひそかに競争心をあおられていた。

「文藝首都」の毎月の批評会に、私はまだ顔を出したことがなかった。そうした集まりは好きではなかったし、興味もなかったのだが、みさ子夫人の勧めもあって、ある時、はじめて行ってみた。冬の寒い時期だったような記憶があるが、はっきりしない。

私はなにがしか緊張して、部屋のめだたないところに坐って、ただ、ひとの話に耳を傾けていた。そのうち、だれかが私と反対側の場所で、激しい語気で他のひとの意見に徹底的な反論をくりひろげだした。その口から飛ぶつばが部屋中に散りひろがる勢いだった。見ると、まだ高校生にも見える、色白で丸顔の肥った少年だった。言うまでもなく、それが中上健次だった。

その席でどんなことを彼が話していたのかは思い出せないが、強硬な言い方ではあっても説得力があり、だれも反論できなくなっていた。部屋の隅にいながら、なにしろこちらも生意気ざかりの少女だったので、立ち上がって彼に反論したくてうずうずしていた。けれども、彼の作品を考えると、今のところは、私の数歩先を彼が歩んでいるのは否定できないことで、これでは彼と対等に論争する資格がまだ、私にはないということになる。くやしいけれども、彼に反論するのは、私自身、もっと小説で努力してからのことだ、と自分に言い聞かせた。その日が、とりあえずの私の目標だ。重々しく、彼を睨みつけながらそう思い決めた。

それが最初の出会いだった。直接、話を交わしたわけではなく、互いに姿を見届けたというにすぎない。しかし、その頃の思いには、特有の激しさがある。それから、〝中上健次〟は私にとって特別な存在になってしまったし、今に至るまで、表面的なつきあい方がどうちがおうと、それは変わりようがなかったし、これからも、変えようがない。

十九歳の頃から三年ほど経った時、彼と再会した。そしてその時になってようやく、「文藝首都」に載っていた互いの作品について話をし、互いに強い関心を持っていたと知り、はじめて、子ども時代の同級生だったかのように打ちとけたのだった。

単行本が出たのは私の方が先だったのだが、中上さんが華々しく芥川賞を取ってから、実はそのことでひどく、くやしい思いをさせられていた、と言われ、それはたいしたことじゃないでしょう、こっちの方がずっと昔から、くやしい思いを味わわされていた、と私はびっくりして答えた。くやしい思いをさせられるのはいつでも私の方に決まっている、と思いこんでしまっていたのだ。というのは、どんなにくやしくても、彼の作品を高く評価しないわけにはいかなかったから。

とんでもない、と彼は怒った顔で言った。どんなに苦しんだか、おまえには到底、想像できないよ。

なによ、それ。わたしだって、わざわざ言わないだけで、充分苦しまされていますよ。

私も腹を立てて言い返した。

こんな言い争いをしたこともあった。しかしこの言い争いについては、結局のところ、中上さんは芥川賞という形で、その作品を正当に評価されたのだったし、その後、私がくやしいと思うことさえ忘れて読まずにいられなかった、すばらしい作品を着実に発表しつづけたのだから、まったく意味のない言い争いだったということになる。

それにしても、言い争いばかりしてきたような気もする。そして私にとって、はじめて出会った時に思い決めた〝中上健次〟への徹底的大反論はまだ、これから先のことだったのだ。少なくとも、私にはそれが楽しみで、だからこそ、彼がたのもしく小説を書きつづけてくれることを、それだけは疑ったことがなかったのだが。

いずれにせよ、私の〝中上健次〟という名の目標は、今更《いまさら》、なにが起ころうと変えようがない。中上さんも、それは承知のうえだ、と私は信じている。

アニ中上健次の夢

中上健次の書き残した小説を、その死後三年経ってはじめて通して読んだ。

ひとつの文学作品を時間を隔てて読み返すと、まったくべつの作品のように立ち現れてくる場合があり、それが年齢を重ねながら読むことをつづける読者の楽しみであり、特権でもあるのは、いまさら私がここで言うまでもないことなのだが、この場合、作品の書き手はすでに過去の人物になっているという前提を踏まえてのことだったと、今、中上健次のひとりの読者として苦い思いのなかで気づかされる。

小説家の死とは、いったいなんだろう。こんな単純な問いが中上健次の残した作品の山を前にして湧き起こってきて、私を混乱させる。

中上健次の作品を今、読み返しているのは、彼がその生を終えてしまったからだ。生きつづけていれば、決してこのようにまとめて読み返すことなどなかっただろう。

同時代の小説家同士は互いにその仕事ぶりに関心は持っていても、作品をていねいに、しかもまとめて読み返すことなどしない。例外もあるだろうが、大体、そんなものだと思う。同じ時間を競い合って小説を書いているのだから、競争相手の作品をしみじみと味わっているような気持の余裕はない。そんな読み方しか、中上健次の作品についても私はしていなかった、と今度、読み返してみて、痛切に感じさせられるのだ。つまり、彼と同じ時間のなかでその作品を読んでいたころと、明らかに自分の読み方がちがっていて、彼の死はもしかしたら、ひとりの作家として予定に組み込まれていたもので、残された作品群がそれで完結しているようにさえ思えてくる。いや、とんでもない、そんなはずはないではないか、彼の死を遠いパリで伝え聞いたときのように、これからこそ、書きたかったものがたくさんあるのに、とどれだけ彼は病床でくやしく、つらい思いでいただろう、と考え直すのだが、しかし彼の作品を私が読み返していること、そして以前には感じなかった多くの思いに包まれていることまでは否定できない。

私自身、ごく身近な者を失っていて、まわりに、そういう寿命だったのだろう、本人も自分の寿命をどこかで知っていたのだろうというような声が聞こえると、いちいち腹を立てて、ただの偶発的な死にもったいらしく意味付けするな、寿命などはじめから決まっているはずはないし、本人にも生きつづける意志しかなかった、それなのにありとあらゆる内在的、外在的な要因がもっとも不幸な形で偶然に組み合わさって、死という結果を生んでしまっただけの話で、だからこそ残された者たちは納得できないまま、無念な思いに閉ざされるのだ、と私はまわりを睨みつけていた。

こうした経験もあって、中上健次の死についても、私は意地でもどんな形でも、納得したくなかった。パリという遠い場所で彼の死を聞いたから、その死に現実感を持たずに済んだのだった。ひとりの小説家として、彼はいかにも中途半端なところで残酷に断ち切られてしまった。だれよりも彼自身が、あきらめのつかないまま、この世を去って行ったのだ。私も彼の死についてただ言葉もなく無念な思いしか持つまい、と思っていた。

しかし、彼の残した作品を、私は今、まとめて読み返している。こういう小説家だったのか、とはじめて思い知らされている。彼が生きつづけていれば、たぶん、見えなかったことが、今見えてくる。否定しようもなく、中上健次というひとりの小説家は死んだのだ。その小説家はもう、一字たりとも、この世に自分の作品を書き加えることはできない。彼の作品は、今はひとつのまとまりとして時間の外側に残され、読者の側にのみ時間は流れはじめている。

そんな、言ってみれば当たり前の事実に気がつかされて、今ごろになって茫然とさせられる。

中上健次という小説家は私にはじめて、同時代の小説家の存在とその死を経験させてくれたことになる。無論、同時代で、年齢が多少ちがう小説家の死は今までにも経験させられ、悲嘆の思いは味わわされているが、中上健次の場合は私にとって、特別な経験だったと認めないわけにはいかないらしい。

まったく同じ年代にこの世に歩みだし、十九歳という同じ時期に、同じ「文藝首都」という同人誌に小説を発表しはじめた。互いに習作を読み、競争意識をあおりたてられた。文芸誌に作品を発表するようになってからも、互いの作品を見守りつづけた。そんなことで、子ども時代をともに知りつくしているような親近感と競争意識を持ち、はじめははげましあうという思いを共有していたが、やがて、べつべつの道に離れはじめ、接触する機会も減っていた。けれども、四十代、五十代の働き盛りは互いにそれは当然のこととして、いずれ、生きながらえれば、再び同じ場所に行き合うこともあるのだろう、と楽しみにしていた。そのときを期待できる相手を持っていることがありがたいと、いつだったか、四十代の半ばに近づいたころだったと思うが、なにかの機会に彼と顔を合わせたときに急にその思いに打たれ、私は彼にそのように言い、そうだなあ、およそもう二十五年経っているんだものなあ、いろいろあったけど、まだこれからさ、と彼も笑いながら言ったことが、印象に強く残っている。小説を書いている自分の人生で、そのような楽しみが与えられていた、とそのとき、私ははげまされる思いを持ったのだった。

しかしそのころは、実際には互いの仕事の世界に大きな距離ができていて、彼も私の仕事ぶりにはがゆい思いを持っていただろうが、私も彼の仕事ぶりをはがゆく感じつづけていた。それはとりもなおさず、彼の作品を常に現在の時間のなかで見つづけ、すでに力のこもった多くの作品を書いていることは充分に評価したうえで、それでもなおかつ、まだ実現されていない彼の作品の可能性ばかりを、私は求めつづけていたからにほかならない。同じ時間をともに歩みつづける競争相手とは、どうしてこうも相手の可能性にしか、思いがまわらないものなのだろう。

小説を書く者同士として、彼はただひとり、いつも身近に感じつづける相手だった。それだけに、私は彼の作品を批評の対象として的確に読み込もうとする努力を払わないままでいた。彼はそのことを不満に感じていただろうが、もちろん、彼の方にも同じことは言えるのだ。ともに同じ時間を生き、作品を書きつづけようという意志を持っている以上、相手の作品を批評の対象として読むことは不可能なのかもしれない。どんな作家でも、自分の世界を作りあげ、育てなければならない。そのためには、自分以外の作家のいかなる磁力にも引きずられることがあってはならず、それを批判したり否定したりして自分から遠ざけようとする。最大級に敬意を払いたければせめて、相手の可能性に目を向けることで、自分の世界を守る。特に私にとって彼は、出発点においてあまりにもその興味の範囲が重なりすぎる存在のように思え、彼の作品の世界と距離を保ちつづける必要を強く感じていた。

彼が思いがけなくこの世を立ち去り、三年経って、私ははじめて彼の作品とまともに向かいあった。その発表毎に読んでいた時代のものはなつかしく感じもするが、同時に彼が書いていたのはこんな作品だったのか、とまったくはじめて出会う作品を読むような驚きに打たれる。書き手の死とともにその磁力が消え失せ、それで私は今、このような彼の諸作品とはじめてまともに向かい合えるようになった。それが、小説家の死というものなのだった。

中上健次と、その晩年の四、五年はもっぱら、外国で顔を合わせていた。ベルギー、フランス、ドイツ、アメリカ。

ドイツで彼と言い争ったことを、『奇蹟』を読んでいて思い出した。ちょうどその時期、彼は『奇蹟』を書きつづけていたのではなかったか。

その夜、私たちのほかにも編集者が二人同席し、ホテルのバーでウイスキーだか、ブドウ酒を飲んでいた。歓談の内容がいつの間にか、私の父親に関するものになっていた。私の父親は日本ではその名前を知る人の多い小説家なので、私の同席する場で話題にのぼることが多く、私にはそれがわずらわしいのだが、いちいち子どもっぽく、やめてほしいと頼むわけにもいかず、と言って、まともに議論の対象にするには、やはり自分の本当の父親なので面映ゆく、それで中途半端に聞き流す態度を取るようになってしまっている。そのときも、私は早くこの話題が終わってくれればよいと思いながら、編集者と彼との会話を聞き流していた。

彼が急に私に向かって、それにしてもなぜ、あんな死に方をしたんだろうね、と言った。あんな死に方、とは女との心中事件とも言われる私の父親の死に方を指している。私は一瞬、考えてから、さあ、わからない、と答えた。すると、おまえはなんだ、そんな大事なことも自分で考えようとしないのか、まわりがあれこれ解釈するのに、ただ甘んじているのか、そんな怠惰なことがあるか、と彼は私を叱りつけた。

この一方的な決めつけに、私の癇癪がいっぺんに弾けて、全身震わせながら、彼にどなり返した。しかし、どんな言葉で彼に言い返したのか、実はあまりに夢中だったので、自分でおぼえていない。言いたいことは、山ほどあった。

私にとってその問題は、身内として重すぎ、自分の考えを伝えようにも複雑すぎ、だからこそ、こんな場で、世間話のついでのように気楽に話せるはずがないのがわからないのか、いつだって考え、考えつづけている、当たり前ではないか、だいたい、本当に心中と決めつけていいのか、事故死だったのかもしれないし、それすらも簡単に言えはしない、「あんな死に方」

などと気楽に言ってほしくない、自分のお兄さんに死なれているあなたがよくもそんなことを言えるものだ、そんな言い方そのものが死者への冒瀆ではないか、人の自死を、たとえそれが自分の親だろうと、子だろうと、解釈したい、解釈しようと思うこと自体が、死者への傲慢な、無神経な介入だと、私は思っているのだ、あなたはそうは思わないのか。

こんなことを言いつのり、最後には、わかったよ、もういい、と彼がつぶやき、それで私もようやく口を閉じた。もちろん、それからひとりでホテルの部屋に戻っても、彼の無責任さに腹は立ちつづけていた。互いに若いころ、同じ問題を話し合った記憶が私にぼんやり残されていた。若いころに話し合ったことを、私は実のところ、ほとんど忘れてしまっているので、確信は持てないのだが、身内の自殺ほど、あとに残された者をいつまでも苦しめつづける死はない、というようなことを話し合っていたおぼえがある。そのころは、互いに「小説家」として身構えることを知らなかった。

翌日、朝食の場で顔を合わせると、彼はにやりと笑って、ゆうべは泣いて怒ったな、と言った。私は仏頂面で、当然でしょ、とだけ答えた。ふふん、と彼はもう一度、笑った。それで私の腹立ちがおさまったかというと、そうはいかず、同じ件で二度と言い争いはしなかったけれども、年齢だけは「おとな」になっている彼の乱暴な言い分にずっとその後も、私の方はこだわりつづけていた。

まず単純なところで、彼も編集者も私の父親本人となんのかかわりもない立場にありながら、自殺の原因をああでもない、こうでもない、と酒を飲みながら、探り合って楽しもうとした、その無責任で通俗な好奇心が許せない、と私は思っていた。また、物心ついてから四十歳を迎えるころまで、ありとあらゆる方向から同じ問題について考えつづけ、答は見つからず、他の自殺の例も調べずにはいられなかったのだが、もうひとつの、自分のごく身近な死を思いがけなく経験させられたことがきっかけになったのだったろう、なぞをなぞのまま、宙づりにして、抱えつづけるのは、いかにも気持が悪いし、つらすぎる、しかし、そのようにして抱えつづけなければならないことが、ごく例外的に、生きている人間には与えられている、いかなる解釈もそこには近づけまいという困難への意志が、私たちに見いだされ得る唯一の答なのではないか。そのような思いを私は持つようになっていた。今でも、それは変わらない。そして、彼に伝えたかったことも、そんな私の思いだった。

しかし、彼に直接、この私の思いを伝えられないまま、『奇蹟』という作品が彼の答として存在していることに、私は今回はじめて気づかされたのだ。彼はこの作品で、彼自身の課題として与えられていた兄の自殺を一点の曇りもなく、解釈しつくしていた。解釈、つまり、彼の言葉でなぞを解体し、彼の世界に組み入れてしまっている。なぞの存在を、彼は彼自身のために決して許せなかったのだ。それが彼の答だった。彼の声が聞こえるような気がした。小説家たるもの、なぞをなぞのまま、残しておくなんて、甘い態度が許されるはずがないではないか。どんな一般的に恐ろしいとされるようなことでも、小説家はそれを利用して物語を作る、解釈しつくす、それが小説家の貪欲さであり、業とでもいうものではないか、と。

肉親の自殺という私と似た素材を与えられた小説家として、なんと私とは正反対の方向を選んだひとだったのだろう、とはじめて、その答をあからさまに見せつけられ、その事実に呆れる思いにさえ導かれた。そうだった。中上健次という小説家は、その方向にまっしぐらに強引に突き進むことで、生涯自分の世界を紡ぎ、ふくらませつづけたのだった。自分のなかにすべてを取り込み、あげくは世界中を取り込もうとすれば、彼というひとりの生身の人間はどこかで限界に達し、必然的に破裂してしまう。

小説を書く者には、彼のような求心的なタイプと、拡散型のタイプがあると、ここで私はつぶやきたくなる。小説を書くとは、ひとつの世界を読者に提示することだとすると、その世界をまず自分のものとしなければ、読者を引き寄せる磁力を生み出せない。つまり、その世界に対する作者自身の想像力ということだが、自分を核としながら、外側に想像力を放射させることで作品を生み出す小説家が存在する一方で、中上健次のように想像力を自分の内側に吸収しつづけることで、作品の磁力を可能にする小説家もいる。あたかも宇宙のブラック・ホールのように、それを徹底的に自分の方法として持続させようとした小説家として、彼は特異だったと、今、私は思わずにいられない。読者はこのブラック・ホールの前では、あらがいようもなく、窒息したまま、いったんは必ず、彼の世界に引き込まれてしまう。しかし、その方法は致命的な脆弱さを常にはらんでいることも、また事実なのだ。

私と似た素材といえば、ほかに「腹違いの妹」もあるし「母系のつながり」もある。しかし私の場合は、父親が言葉を紡ぐ小説家だったこともあって、父親自身も、関係者も「無告の民」どころか、言葉がその死後もひしめき、多くの読者、評論家の解釈の渦に巻き込まれてしまっている。中上健次の方は、これは「無告の民」でなければならないと社会的に位置づけられたひとたちの人間関係として存在しているのであるから、そのように見れば、もちろん、まったく私の場合とは別種の素材でもある。

それにしても、と思うのは、たとえば学年でいうと昭和二十一年生まれという彼の時代背景も私と共通しているのだが、この辺りに生まれたひとたちは、敗戦後の極度な混乱という、特殊な物語を自分の誕生の背景として背負わされている場合が多い。私たち自身はすでに秩序を取り戻しはじめ、景気さえ回復しはじめている社会しか自覚的には知らないのだが、この世に生まれたころは、ありとあらゆる秩序が捨て去られ、価値観が逆転し、貧しかった者がその才覚で成り上がり、豊かだった者は一文無しになり、その混乱、絶望から、頻繁にとんでもない悲劇が起きたものだ云々、と聞かされつづけた。だから、実におもしろい、いきいきとした数年間でもあった、と。

私の父親はその混乱のなかで、男女のかかわりも無秩序に成り果て、心中と呼ばれる水死を遂げている。その水死を解釈しようとは、私は思わないが、敗戦直後という時代の特殊性だけは無視できずにいる。そして、中上健次が作品で幾度も書いている彼自身と重なる「秋幸」の誕生の事情も、その時代背景を考えるとさほど特殊なものだったわけではなかった、とも見えてくるのだ。特殊だったのは、敗戦前後というその時間だった。それは父親不在の、女子どもの奇妙に原初的な時間でもあった。日常の生活のなかに、おとなの男の姿が消え失せていた。そして、当時の子どもたちにとって、「男」とは、少女を強姦し、殺して歩く「復員兵」という存在なのだった。そのころ、そうした殺人事件が相次いでいた。逆に、「戦死」したはずの男たちが、もとの家族の間に、いつぬっと顔を出し、おれが父親だ、兄だと名のっても、不思議ではないという不安な期待も、ほとんどの子どもたちは共有していた。

ヒキアゲシャ、ヒバクシャ、ショウイグンジン、ゴシンエイ、タズネビト、戦争の実態もその意味も理解できないまま、そのころの子どもたちは自分たちを取り巻く亡霊のような言葉におびえていた。

しかし、中上健次のどの作品でも読めばわかるように、彼はこの時代の特殊性さえも消し去り、彼の世界のみの特殊性として解釈しつづけている。彼の作品としてはその時代背景を編年体でもっとも忠実に再現しているように見える『鳳仙花』でさえ、不思議なほど、敗戦直後の、彼も充分に味わっていただろう社会全体の混乱が回避されている。まして、ほかの作品では、戦争そのものさえ、言葉としては書かれていても、実態として抹殺されてしまい、彼の作品の登場人物たちの、あるいは場の特殊性として、徹底して吸収されてしまっている。なぜ、彼はそうせざるを得なかったのか。それを考えずにはいられなくなる。

私がここでわざわざ確認するまでもなく、彼の重要な作品はすべて、「路地」、すなわち、あるひとつの被差別部落のみを世界の磁場の中心にすることで成り立っている。そのように自分の小説を創りあげてやる、という彼の意志がはっきり形をとって現れはじめたのが、『枯木灘』だった。その一年前の『岬』とのちがいに、今、読み返してみて息を呑む。発表当時、私はこのちがいをどのように受けとめていたのだったろう。私は長い間、『岬』を改めて読み返さないまま、これを牧歌的な作品だと思いつづけていた。この作品のどこを牧歌的だと思ったのか、もちろん、主人公の姉たちが一日、弁当を持参で岬の突端の草地でくつろぐ情景の印象が強かったのだろうが、それよりももしかしたら、その後の彼の作品とはちがう創作方法に、牧歌的なものを感じ、その素朴さをなつかしんでいたのかもしれない。

登場人物も語られる事件も彼の多くの作品と共通しているものの、『岬』ではまだ、それが個人的な家族の次元で語られていて、彼の言葉で言う「路地」の世界を特権的な磁場として描こうという意志はここでは見られない。しかし一年後に発表された『枯木灘』になると、はっきりと「路地」が中上健次だけの特権的な物語の場となっていて、それ自体が呼吸する生き物になりはじめている。たぶん、彼は彼自身にかかわりの深い、それだけに愛憎の思いが極端に強くある「路地」こそが、彼の目指している物語の磁場として存在していることを、この時点で「発見」したのだったろう。そして、この「発見」を徹底して方法化するために、彼の世界で語られる出来事に、社会一般に普遍化されるような要素を一切、認めるわけにはいかなくなったのだろうし、登場人物たちの個々の現実的な顔も否定しないわけにはいかなくなったのだろう。出来事のひとつひとつが、登場人物のひとりひとりが、「路地」つまり、中上健次によって強引に必然的な意味を付与され、その意味付けの内側で動きはじめる。『枯木灘』から、中上健次は小説を書く散文家ではなくなり、壮大な英雄叙事詩をいつまでも歌いつづけようとする詩人、琵琶を鳴らして物語を語りつづける盲目の法師に成りかわってしまったとも言えるのかもしれない。

当時、私たちはレヴィ・ストロースなどから刺激を強く受けて、柳田国男、折口信夫、南方熊楠を熱心に読み、どこの国のものであれ、叙事詩だ、神話だとみると必ず飛びつき、大学時代には私も恐山や平家の落人部落だと言われる四国の山間の村にわざわざ行ったり、レコードで瞽女《ごぜ》歌に聞き入ったり、といわば「民俗学ブーム」のさなかにいた。さらに、行き詰まった西欧の理知的な文学に替わる、土俗から生まれた魔術的な新しい文学として、中南米文学が熱狂的に迎えられた。これは日本だけの話ではなく、世界中に見られた現象なのだった。

この傾向の生まれるきっかけのひとつに、アメリカの小説家ウィリアム・フォークナーの存在が大きくあるように、私には思える。フォークナーに大学時代、自分が熱中して読んでいたから、そう思うだけの話なのかもしれないが、それまでジェイムズ・ジョイスの耳に響く音にこだわる作品を好んで読みながら、わかりにくいところもあると思っていたのが、フォークナーを読んで、この泥くさい世界ならよくわかると、体が沸き立つようにうれしくなったのを自分の経験としてよくおぼえている。ヨクナパトーファ郡という架空の土地に舞台を限定して、フォークナーが書きつづけたヨクナパトーファ・サガなる作品群は、サガという北欧などに残っている雄大な叙事詩の存在を、同時代のひとびとにはじめて思い出させ、埋もれていた文学の可能性を指し示したのだ。

そのフォークナーの作品に先行する小説に、アメリカではオハイオ州にあるワインズバーグという小さな田舎町を舞台にし、そこに住む、少しずつ歪んだひとびとを描いたシャーウッド・アンダーソンの『ワインズバーグ・オハイオ』があるし、アイルランドではジョイスの『ダブリン市民』もある。さらに、フランスでは、マドレーヌのにおいで有名なプルーストの『失われた時を求めて』がある。においの発見と小さな場所の発見を意味するこれらの作品が融合した結果、フォークナーのヨクナパトーファ・サガが生まれているのだが、フォークナーの決定的な新しさは、土地の過去を先住民の、あるいは黒人奴隷の側からも掘り下げ、そうした過去を現在の時間と並行してとらえたことにある。それは歴史の否定でもあったし、文字を持たないひとびとの言葉の発見、言い換えれば語りの世界の再現でもあった。フォークナーは架空のヨクナパトーファ郡を綿密に地図に描き、小説をこのように書きひろげることで、いとも簡単に、ひとつの土地だけではなく、そのひとびと、その時間まで含めて、りっぱな所有者になれるのだ、とどこかで書いていたような気がするのだが、今はそれを確かめようがない。

中上健次もフォークナーをよく読んでいたというし、あるひとには、おれは日本のフォークナーになる、と宣言さえしていたというので、フォークナーのヨクナパトーファ・サガがどれほど彼にとって、大きなヒントになっていたか、容易に想像はつく。このヨクナパトーファ・サガの方法から、マルケスの『百年の孤独』を代表とする中南米の小説、そして日本の口承文芸の世界を、当時、多くの作家がなんとか自分の作品に生かすことができないものかと、そのあまりの魅力に、それぞれ試みを重ねていたと思うのだが、中上健次も言うまでもなく、そのひとりにちがいなかったのだ。そして、彼は自分に身近な「路地」こそが、その試みの完璧な場として存在していることに、あるとき、愕然とする思いで気がつかされたのではなかったか。確かに、それは間違いではなかった。その試みの見事な結実として、中上健次の「路地」は『枯木灘』ではじめて、新しい叙事詩の歌声を響かせはじめたのだった。が、むずかしい問題が実は、そこにははじめから存在していた。中上健次の「路地」は、ヨクナパトーファ郡に比べて、あまりに狭すぎ、成り立ちにおいても、現象としても、日本のなかで特別な一隅でありすぎた。中上健次の叙事詩は、従って、力ずくの苦しい歌声にならずにいられなかった。

今、読み返して、『枯木灘』においては、しかし、まだその歌声に私は危惧を感じずにすむ。それはのびのびと、美しく私の耳に響く。

ところで、『枯木灘』をよく見直すと、主人公の秋幸が土方作業の喜びに官能的にひたる場面が、いったい、全体で何ヵ所になるのか、これでもかこれでもかというしつこさで繰り返されていることに気づかされる。

「呼吸の音が、ただ腕と腹の筋肉だけのがらんどうの体腔から、日にあぶられた土のにおいのする空気、めくれあがる土に共鳴した。土が呼吸しているのだった。空気が呼吸しているのだった。いや山の風景が呼吸していた。(略)今、働く。今、つるはしで土を掘る。シャベルですくう。つるはしが秋幸だった。シャベルが秋幸だった。めくれあがった土、地中に埋もれたために濡れたように黒い石、葉を風に震わせる草、その山に何年、何百年生えているのか判別つかないほど空にのびて枝を張った杉の大木、それらすべてが秋幸だった。」

「いま、秋幸は空に高くのび梢を繁らせた一本の木だった。一本の草だった。いつも、日が当り、土方装束を身にまとい、地下足袋に足をつっ込んで働く秋幸の見るもの、耳にするものが、秋幸を洗った。今日もそうだった。（略）それまでつるはしをふるう腕の動きと共に呼吸し、足の動きと共に呼吸し、土と草のいきれに喘いでいた秋幸は、単に呼吸にすぎなかった。光をまく風はその呼吸さえ取り払う。風は秋幸を浄めた。風は歓喜だった。」

この調子で中上健次は、何度も何度も、主人公の土方作業の喜びを歌いあげる。ここまで歌いあげられると、ああ、そうか、と読者もさすがに納得させられる。これは歌で言えば、ルフランと呼ばれる部分で、しかつめらしく、土方の仕事とはこういうものか、などと現実的に考え込む必要はさらさらなく、要するに、自然との交感を美しくメロディーにした間奏曲だと思っていればよいのだな、と。

あるいは、この繰り返しに私が連想させられるのは、映画の手法でもある。映画の用語を私は知らないので、これをなんと呼ぶのかわからないが、印象的な一シーンをしばしば内容のつながりとは関係なく、差し挟んでいくことで、全体としてある雰囲気を高めていく手法のことだ。中上健次のほかの作品に、アントニオーニの『ブロウ・アップ』(写真の引き伸ばしという意味でもあり、もちろん、破裂するという意味もある英語のタイトルなのだが、日本語でどんなタイトルになっていたのか、どうしても思い出せなくなっている)やフェリーニの映画を語る文章が出てきて、同じ時代に映画でも、まったく同じものに互いに刺激を受けていたことを知らされ、なんとなくおかしくなった。たぶん、芝居でも唐十郎や寺山修司、三島由紀夫の「蠍座」を彼も熱心にのぞいていたのだろうし、音楽の方でも、同じモダン・ジャズに聞き入り、同じジャズ喫茶に出入りしていたらしい。若いころ、自分の方法を見いだすまでに受けた刺激は、愚かしいまでに共通している。それはともかくとして、私も夢中になったフェリーニやアントニオーニの映画の手法を、中上健次はその作品に貪欲に取り入れているように思える。映画のシナリオの形式を初期の作品で彼は利用しているし、映画の手法もまた、彼にとって、大いに利用価値のあるものだったにちがいない。

『枯木灘』の書き方はフェリーニの映画のようでもあるし、英雄叙事詩のようでもあるし、古典音楽のようでもある。中上健次という小説家は時代の流れを敏感に感じ取り、自分のまわりにあるもので利用できそうなものはなんでも利用することにためらいを持たず、そして必ず自分のものにしてしまう小説家だった、とつくづく思い知らされる。小説家としての、それは脱帽しないわけにはいかない才能だったろう。

『枯木灘』で、彼はさまざまなヒントを自分流にこねあげ、はじめて自分の歌を作りあげた。ここでは従来のリアリズムの概念が力ずくで消し去られている。土方の仕事も、人間たちも、性も、雨も、花も、犯罪も、あらゆるにおいも音も、彼の作りあげる物語のそれぞれ構成要素として入念に配置され、物語の意味を象徴する記号の役目を負わされている。つまり、彼の解釈の内側にのみ生きることを許される要素に、転換されている。その物語では、作者の付与した意味から逃れているものは存在しない。人間たちのいとなみにも、反復が常に予定されていて、そこからはみ出ることはあり得ない。言葉が吸い込まれ、時間が吹き飛ばされる土方作業のルフランでさえ、もちろん、言葉への嫌悪という意味、つまり作者の解釈が付与されている。物語なんか、おれはいくらでも作れる、おれの頭に物語を作るコンピュータがあるんだから。

このように、『枯木灘』の二、三年後、彼はさかんに豪語していた。そのころは、まさに豪語としか思えずに聞いていたのだが、今、彼の作品を読み返すと、なるほど、こういう意味だったのか、とコンピュータなる彼のたとえに納得させられる。たとえば、花のにおいはX、雨の音はY、山の風はZ、というように彼はそれぞれの意味を分け与え、作品の主題に応じて、その配置を計算で決めていたように見える。まさにシナリオ作家に似た創作方法だし、同時にJ・S・バッハの作曲方法とも重なり合う。「物語」なら、この方法でいくらでも書ける、しかし、それに満足できるはずはない、その先が問題なんだ、と彼はあのとき、述懐していたのだったろう。

今度、中上健次の主だった作品を読み返し、そこに徹底してリアリズムを無視したひとつの世界がひろがっていることに、はじめて気がつかされて、実を言うとかなり驚かされたのだった。これほどに抽象的な作品を彼が書きつづけていたとは、以前は考えていなかった。彼の短編の抽象性は、これはだれでもすぐにわかることだが、ここで私が言っているのは、「母の語り」をほとんど忠実に再現した『鳳仙花』を除く長編小説についてなのだ。まとめて読んだ印象では、彼が作りあげた壮大な妄想の世界、妄想という言葉が悪ければ夢という言葉でもいいのだが、夢の大伽藍を見せつけられたような気がして、圧倒され、呆気にもとられた。なぜ妄想という言葉をあえて使いたくなるのかと言えば、頭のなかにあるコンピュータをぶちこわしてしまいたいと彼自身、望みながらも、結果として、彼の意志で強引にコンピュータをフル回転させたまま、その世界を作りあげているからで、なんという無理を承知の執念だったのだろう、と溜息が出てくるということなのだ。その意志と執念は、言うまでもなく、愛情とも言いかえられる。

ここまで彼ひとりの内側にすべてを引き受け、すべてを解釈し、むりやりにでも大伽藍に仕立てあげなければならなかった執念、あるいは愛情とは、現実の「路地」、すなわち日本で被差別部落と呼ばれる、面積でいえばごく小さな場所が彼に要求しつづけたものだった、と私は自分の答を出さずにいられない。彼はその要求から逃れられなかった。しかし、彼はその要求に応える自分があまりに多くの矛盾を抱えていることにも、気づいていただろう。彼の見つけた叙事詩に通じる方法は読者を息詰まらせるだけではなく、やがて彼自身をもその内部に閉じ込め、窒息させるだろうと、予測はついていても、彼としてはその方法を避けて、「路地」の要求に応えることはできなかった。強引に、突き進みつづけるしかなかった。だれも聞き手がいなくなるとしても、大伽藍の彼の夢を、あるいは壮大な彼のオペラを歌いつづけるしかなかった。ひとつでも小さな穴が空いたら、彼の大伽藍はもろくも崩れ去る。一息でも沈黙の時間を作ってしまうと、彼のオペラは消え去る。『地の果て　至上の時』の直後に書かれた『聖餐』という作品で、土地開発の名目でとりこわされることになった「路地」とともに、「路地」以外のどこにも生きられない自分たち全員も死ぬという計画のもとに、歌を作り、歌いつづける半蔵二世という少年が登場しているが、その少年の不思議な歌声が、中上健次自身の歌声のように聞こえてくる。

しかし彼には本当に逃げ場はなかったのか。ここで私は『聖餐』からさらに四年経ってから書かれた『奇蹟』という作品を思い浮かべずにいられない。『奇蹟』で彼の方法は極端にパターン化され、説経節のような決まり文句で埋めつくされていて、彼の兄の自殺を彼が解釈した

「イクオ外伝」という独立性の高い一章を除いては、その空回りから一種独特な滑稽が顔をのぞかせはじめているのだ。のっぺりした大きな魚に変身するアル中のトモノオジと、アル中の妄想のなかで出没する、とっくに死んだはずのオリュウノオバの様子ややりとりがなんともとぼけていて、笑いを誘う。そう言えば、中上健次にはこんな一種とぼけた滑稽なところもあった、と思い当たり、もし、彼が生きつづけていれば、と想定するのも意味のないことなのかもしれないが、このとぼけた滑稽味を生かした小説を楽しく読ませてもらえたのかもしれない、と考えたくなる。けれども、彼自身、このせっかくの貴重な滑稽味を評価しないまま、この作品もまた、大まじめな大伽藍に組み入れてしまっているように、彼は結局、自分で作りあげた大伽藍のなかで生きつづけ、それを自分の墓所としたのだった。

中上健次という小説家にとって、あらゆることが矛盾として存在していた、と今さらながらに思い知らされる。

私の父親について言い争ったときと同じドイツの町での日々のなかで、あるシンポジウムに彼や二人の先輩の小説家とともに参加した。そのとき、彼は子供のころの生活の貧しさと、貧しさゆえの豊かさ、母親の無学と無学ゆえの語りの美しい能力を、抒情的に語ったようにおぼえている。しかし、彼はそのなかで「路地」という、彼の語る生活の背景をとりたてて説明はしなかった。

小説家中上健次にとっての「路地」の重要性をすでによく知っているシンポジウムの司会役でもあった先輩の小説家のひとりが、彼の話だけでは、ドイツのひとたちに彼の作品世界を理解しにくいだろうから、あなたから「路地」についての説明を付け加えてくれないか、とあろうことか、私に耳打ちをした。わたしには無理ですよ、そんなことできませんよ、と精一杯抵抗したのだが、目の前に聴衆が並んでいる場でのことなので、壇上であまりみっともない言い争いもできない。しかたなく、私には本来、ご説明するような知識もなにもないのですが、と断りをいってから、日本には根強い社会的差別を受けつづけている共同体が古くから存在し、そして差別の原因として動物の毛皮を扱うというような種類の仕事もあったかと思うが、などとうろたえながら話しはじめた。そこにすぐさま、彼が怒った声をあげた。全然ちがう！　なんだ、そのでたらめな説明は！

彼からすれば、それはそうだろう、と私もはじめから思っていたから、ごめんなさい、わたしにはなにも言う資格がない、あなたが説明するべきなのよ、と頼み込んだ。彼はためらわずにうなずいた。私たちも、会場の聴衆も、彼の説明がはじまるのを緊張して待ちはじめた。しかし、彼の口は一向に開かず、全身がひりひりするような沈黙がつづいた。何分か経ち、彼のその様子を見るに見かねて、司会役の小説家が、たまたま会場にいた日本人の歴史研究家に、現在、解明されている範囲での歴史的な背景などの説明を求めることで、その場を切り抜けた。彼は無言を守りつづけていた。

彼はどのようにも、あのとき、語ることができるはずだった。歴史について、だれよりも徹底して研究していただろうし、『紀州』で描いているような現在の様子を、ほんの一部語るだけでも充分だったのだし、あるいは彼の小説のなかの「路地」を作者として語るだけでもよかっただろう。けれども、彼はどんな言葉にせよ、口にすることができなかった。彼にはそもそも、「路地」の説明という行為が起こり得ることではなかったのだ。あらゆる言葉、説明を拒否する磁場だからこそ、「路地」なんだ、と本当は叫びたかったのではないか。しかし、そんな叫びが受け入れられるような場ではないことも彼は理解していた。同時に、自分が「説明」など決してできないことも、彼は知った。そういうことではなかったのだろうか。あのときの彼の、熱の渦のような沈黙を、今、なによりも痛切に思い出す。

ちなみにそのシンポジウムがあとで日本でも放映されたが、「時間の都合」で「路地」についての部分は削除されていた。中上健次も含めた全参加者の了解済みということだったが、実際の成り行きは私にはわからない。

中上健次の抱えていた矛盾とは、つまり、このようなこととして存在しつづけた。彼から言葉を奪い去る矛盾を、彼はそのまま矛盾として引き受け、生きようとしていた。

「路地」の人間になりきろうとしても、彼は現実には「路地」の外側に出てしまった人間でしかなかった。土方作業をはじめとする肉体作業に生きるひとたちに成りかわる彼は、そのひとたちを観察し、解釈する立場を越えることはできなかった。説経節や瞽女歌などの語り物の世界に限りなく身を寄せながら、彼は書きつづける人間であるほかなかった。また、彼の小説で繰り返し書かれている内容をここでなぞり直せば、「語る女たち」だった母や姉たちと彼は自分を同化させ、女としての自分に愛着しながら、彼は実際には男の肉体を持ち、それは母を、姉たちを切り刻まずにいられなかった。そして男という性では、兄、姉たちの父、養父、実父、そのいずれをも自分の根拠にすることのできない宙づりの隙間に、彼は立たされていた。

「言ってみれば秋幸はその路地が孕み、路地が産んだ子供も同然のまま育った。秋幸に父親はなかった。秋幸はフサ(母親)の私生児ではなく路地の私生児だった。私生児には父も母も、きょうだい一切はない、そう秋幸は思った。」

『枯木灘』でこのように主人公の思いを書く作者中上健次の孤立の深さを、私は忘れることができない。美と醜の矛盾も、暴力と繊細さ、放縦と禁欲の矛盾も、彼には常に苦しく同居しつづけていた。この矛盾のすべてを同時に肯定し、引き受け、生きつづける方法として、彼は彼だけの夢の大伽藍をたゆまず、彼の言葉で拡張させつづけるほかなかったのではないだろうか。

夢の大伽藍を『枯木灘』で作りはじめながら、彼はしかし、その当時、一方で夢の大伽藍の行き先の危うさにたじろぎも見せている。つまり、彼の矛盾が容赦なく「現実」から照らし出され、「夢」に生じた亀裂、ちょうどドイツのシンポジウムでの彼のひりひりした熱い沈黙が、『化粧』、『熊野集』、あるいは『紀州―木の国・根の国物語』という見事な作品の形になってあらわされているのだ。矛盾のなかで言葉をもぎとられ、そののちに紡ぎ出された、沈黙の代償としての彼の「語り」を、語り手に重ねた一人称の語りと、三人称を使った語りの二種類に使いわけ、併置させることで、彼はこれ以上にない緊張した場を実現させている。この緊張は『枯木灘』につづいて、『紀州』で「路地」という場に体ごと正面衝突するようにして、彼自身が痛みのなかで経験した驚き、おびえ、喜びに支えられていると言えるのだろう。

「紀州、紀伊半島に旅をし事実、事物を眼の前にしていると、一種私は軟禁状態に陥っている事を感じる。小説家として、いわば登場人物を探り、登場人物の動きに一定の秩序を与える〝神〟だった私が、事実、事物に縛られて在る。私は、話を聴く。事実、事物、或いは事件に出くわす。小説家の私が小説を書くなら、小説化という行為がある故に、その事実、事物をいかようにも変形することが出来る。小説とは、ゴウマンな行為であった。／この旅は小説という行為を禁じてある。事実、事物の地平に私は立ち、そこから滑空する事はない。私はボードレール歌うところの信天翁《あほうどり》のようなものである。事実、事物の前でオロオロするだけだった。」

「物語を求めて、吉野・五条に来て、私は、物語の毒に犯されている私自身を見る想いがする。物語とは何だろうか、と思う。もちろん、私の直感は、セイタカアワダチソウのそれである。根に差別の毒を持ち、夜にあわあわと、昼に黄色に光る花を持つ。」

『紀州』でこのように書く通り、事実、事物にぶつかって、言葉がいったん奪い去られ、物語の毒をつきつけられ、その緊張を耐えながら、たとえば、『熊野集』を彼は書きつづけた。そこで彼が実現させた実際の語りとはべつの、書かれた「語り」という矛盾の場から放出された彼の言葉は、なんと自由に、力強く、豊かに、溢れ出ていることだろう。息苦しさも、危うさも、ここではほんの少しも感じさせることはなく、彼のゆるぎない言葉がひとつひとつ、生き物の肌が光るように生きている。

彼から言葉を奪いつづけ、言葉で縛りつづけていた「路地」に対する彼の言葉が、ここに物語からも事実からも独立して現出し、彼自身を解放している。私には彼の小説家としての弾みと自信がいちばん、この『熊野集』に凝縮して感じられるのだ。

今、彼の年譜をたどり、『枯木灘』を彼が書いた一九七七年から、『地の果て　至上の時』を書き終えた八三年までの数年間の、彼の仕事の過剰さに、私ははじめて気づかされ、ある恐怖さえおぼえたということを、ここで明かしておく必要があるだろう。この数年間に、彼は『大島』、『水の女』、『紀州』、『鳳仙花』、『熊野集』、『千年の愉楽』、『地の果て 至上の時』、『聖餐』、そして未完に終わった『宇津保物語』と、これだけの力のこもった作品を書きつづけていたのだ。

どう言えばいいのだろう。私も小説家のひとりとして感じることだが、あるレベルを超えて立ち現れる作品は、作者に異様な緊張を要求し、確実に作者の命、あるいは魂を削り取る。作者の意志とはべつに、あるとき、そのような状態が作者に訪れるのだ。その状態のなかで、小説を書きつづける結果として、貴重な作品が生み出され、そして作者の命は奪い取られる。ずいぶん時代がかった、ロマン主義的な小説家の運命を今さら言いだすものだ、とここで笑われてしまいそうだが、そして、小説家たるもの、このようにしなければ傑作は書けないと言うつもりも決してないのだが、少なくとも、そのような異様な緊張の持続の産物として、すばらしい作品を残した小説家は、過去に何人もいて、その持続はせいぜい、数年間しかつづかなかった、という実例も、私たちはすでに知らされている。

中上健次もまた、ここで振り返ると、そのような自分の命を代償とする時間を経験していた、といやおうなく教えられ、息を呑まないわけにはいかなくなるということなのだ。彼はもちろん、この時間のあとも約十年間、生き延びた。それは、彼の体がなみはずれて丈夫だったからに過ぎず、実際には、この異様な緊張と沸騰の数年間で、彼は小説家として、すでに一生分のだいじな仕事を終えてしまっていたのではないか、と十年後の彼の死に納得してしまいそうになる。そして再び、私は苦しく混乱させられるのだ。小説家中上健次の生は、現実に閉じられたのだから、当然、残された作品だけを私たちは対象とするべきで、となると、彼の七七年から八三年までの作品の価値を、彼の生涯が集約された、奇跡的な産物として評価するしかなくなるのだが、では、彼の死は小説家としては、さほど惜しまなくてもよいものだったのか、という残酷な問いが襲いかかってきて、ちがう、とんでもない、中上健次はまだ、多くの可能性を持っていたのだ、と叫び返さずにいられなくなる。まだ、実現できずにいる豊富な可能性を、中上健次に私は信じつづけていたのだった。しかし、そうした彼への期待は、もしかしたら、彼にとってはあまりにも苛酷な、生身のひとりの人間の能力を超えた要求だったのかもしれない。沈黙が熱くたぎり、意味が溶け合い反応し合う彼の残した作品を今、見つめながら、そんな苦い思いも避けられずにいる。これ以上、おれになにを求めるのか、と彼は思っていたのかどうか。

おまえはおれの妹だ、いいか、兄のようにおれはおまえを思いやっているんだ、いつだってそうなんだ、わかるか、おまえはおれの妹なんだ、と新宿のバーなどで、酔いしれた彼は私の顔を見ると、しつこく言いつづけていた。気持の悪いことを言う、とそのたびに私は憤然として、あなたがそう言うのなら、むしろ、あなたがわたしの弟のようなものでしょうが、いろいろ心配かけて、こっちははらはらしつづけているんだから、と言い返していた。正直、いいかげんな面の多い彼から、自分の妹分だなどと、仮にも言われたくなかった。今だって、もちろん、そんなことは受け入れられない。しかし、私の一生を通じてたった一度だけ、今、彼の言い分を聞き入れて、アニ、という、彼が小説のなかで使いつづけたなじみぶかい言葉で、彼を呼んでみてもいいような気持になりはじめてきた。

母の語りを破壊する時

　中上健次が東京新聞にはじめての新聞小説『鳳仙花』を書き終えてから、約半年遅れて、私もはじめて、べつの新聞に小説を書きはじめた。それは偶然の成り行きにすぎなかったが、そのころ、ある雑誌で、彼と対談をしたことがあった。

　そのとき、私の方は先行の『鳳仙花』を読んでいて、彼の方は、ちょうど直前まで、アメリカに滞在していたこともあって、私の作品を読んでいなかった。それで私の作品に対する彼の批評は聞けなかったのだが、私の方から述べた『鳳仙花』についての感想は、まだ鮮明に記憶に残っている。つまり、非常に好感を持てる作品で、高く評価もするのだが、なにか引っかかるものがあって、それはなんだろうと考えたあげく、最後の部分に原因があると思うに至った、つまり、終わり方が単独の長編小説としては中途半端で、いっそのこと、ここで終わらせずに、これは大長編の第一部ということにしてもよかった、そして第二部は、私の予測としては『鳳仙花』に登場する美恵を主人公にするしかないと思うのだが、どうだろう、とこんなことを私は彼に言い放っているのだ。

ところが、今、改めて『鳳仙花』を読み返してみて、そのときの自分の根拠が、はっきりわからなくなっていることに気がつかされる。第一、終わり方がそんなに悪いとも思えない。また、『鳳仙花』はその前に書かれている『岬』、『枯木灘』の内容を引き継いで、というより『枯木灘』の世界から時代をさかのぼって、『枯木灘』の主人公秋幸の母親フサの少女時代から、フサの六番目の子どもである秋幸の幼児時代までを描いているのだから、もともと単独の作品として意図されていないことは、一目瞭然なのだ。しかも、『鳳仙花』のあとにも、中上健次は私の予測を裏切って、『枯木灘』、『鳳仙花』の主な舞台である、日本における被差別部落の意味を彼が力ずくで象徴的に造形した「路地」のひとびとを主人公にして、いくつかの作品を書きつづけている。しかし、とここで私は考えてみればごく当たり前のことに思い当たり、その当たり前の事実の重さに、今さらながら驚かされる。『鳳仙花』の発表当時、当然のことだが、そのの ちの作品はまだ生まれていなかったわけで、『枯木灘』と『鳳仙花』の位置が将来、彼の全作品のなかでどのように定まるのか、などということはまったくわからずにいたのだ。

当時の自分が『鳳仙花』について思ったことを、今、四苦八苦、辿り直してみると、『枯木灘』の世界が主人公秋幸の腹違いの弟殺しという自滅行為で閉じられたところで、作者は時間をさかのぼらせ、主人公を秋幸の母親に替え、『鳳仙花』を書き著わした。この作品で、彼は可能性に満ちた新たな世界を獲得することができ、ここからさらに豊かな作品を書き継いで行くことができるようになった、とどうも、このように私としては精一杯、好意的に評価したらしい。

中上健次自身の意図を、私はまったく読みちがえていたことになるが、『岬』と比べて、世評の高かった『枯木灘』にそのころの私は強い疑問を感じていて、それで『枯木灘』から創作意識が一新されたように見える『鳳仙花』を歓迎し、その方向で進むことを彼に期待したかったのではないか、と思う。そうした期待のなかでは、『鳳仙花』の最後の辺りは、『枯木灘』の秋幸と、一度も家族として暮らしたことがない、悪の権化のような実父との対立が、再び立ち戻ってきて、『鳳仙花』の彼にとっての新しさを裏切っているように見えたのだろう。当時の私は、『枯木灘』の力強さを評価するものの、その強引に自滅の方向に進む内容から、彼が今後、どのように小説を書き継ぐことができるのか、本気で心配していたのだった。

こんな今まで忘れ果てていたことを、『鳳仙花』を読み直しながら私は思い出し、作者と生きる時間をともにしながら作品を読むときと、作者の生が閉じられてから読み返すときと、同じ作品でもなんとちがって見えるものか、と驚かされる。

『鳳仙花』は今、彼の全作品のなかで、例外的な孤立した作品として残されている。「路地」の魅力を書きつくした中上健次は当時の私の心配をみごとに裏切ってくれたわけだが、そして、彼のその後の選択を今の私には否定することもできないのだが、それはそれとして、やはり、複雑な思いは残される。『枯木灘』の方法を肯定し、『鳳仙花』を捨て去った、長編小説についての彼の選択は、本当に小説家としての彼を救ったのかどうか、と。

中上健次にはこの『鳳仙花』以外に、若い女性を主人公にした作品がひとつもない。彼の最後の作品になった『軽蔑』の女性は一見、そのように書かれているが、英雄伝説の語り手という役割以上の存在にはなっていない。

『鳳仙花』よりも二年早く書かれ、未完成のままにいったん見捨てられてしまい、それから六年後に『聖餐』という作品が書き足され、ようやく『紀伊物語』なる一冊の本にまとめられた、というかなり不遇な作品である『大島』では、道子という若い女性の視点が生かされている。しかし、これは作者からいったん見捨てられただけあって、成功しているとは言いがたく、むしろ、六年後の『聖餐』と『大島』とのちがいをここで見届けると、作者がこの六年間に辿った方向がはっきりと浮かびあがってきて、『大島』から『鳳仙花』を経たあと、中上健次は小説家としていよいよ、なにが自分に合った方法なのかを確信したことだけはまちがいない、といやでも納得させられるのだ。

『大島』を書いた時点では、しかし、彼は女性を主人公にした小説をなんとか実現させたい、と願っていたのだと思う。『枯木灘』では秋幸を中心に、その実父との対立を描き、その直後に書き出した『大島』では、若い女性と、放縦な女の性の権化のような、しかし一度も会ったことのない「女郎」だった実母という設定を作り、『枯木灘』の女性版とでもいうべき作品を意図していたことは、この設定を見るだけでも、はっきりうかがい知ることができる。

ところが実際に書きはじめてみて、彼はどうしても『枯木灘』のようには書き進めることができなくなった。この女主人公道子はいつでもどこか、人形のようにぎこちない。少女としての現実感に乏しい。しかし、それにしては妙な説得力もある。これはなんだろうと、首をかしげながら読みつづけていると、思いがけなく道子がいつの間にか、作者中上健次の、まだ十代のころの像と重なり合ってくるのだ。道子という女主人公の姿を借りたところで、自分自身の少年期と青年期のはざまの年頃の思いを、彼はここでひそかに書き残しているのではないか。私にはそのように読み取れ、それゆえに、『大島』は興味深く読めるし、しかし、それゆえにたぶん作者によって、中途で見捨てられてしまったのだったろう。

『枯木灘』の主人公秋幸は、作者自身が経験した環境と人間関係を最大限に利用してはいるが、もちろん、作者自身と重なり合う人物ではない。「路地」を離れたことがなく、十八歳から土方として働きつづけている秋幸は、そうした人生を歩まなかった作者によって賛美を込めて「英雄」として創造された人物で、対立する実父なる人物像も言うまでもなく、作者の意志で造形されている。『枯木灘』はリアリズムの小説のように見えて、実際には、英雄叙事詩のような、バロック時代の音楽のような小説として書かれている。

『大島』も、作者としては、同じ造りの小説になるはずだった。けれども「女郎」の実母に象徴される放縦な性の世界におののきながら、みずからのめり込んで行くまだ十九歳の現代女性の姿を、当の女性の視点で描くことは、そもそもその発想から無理があった。抽象的な性の存在としての女性を、中上健次は短編では描くことに成功しているが、長編となると、『枯木灘』と同様に、その世界を支える基礎工事に似た現実的な描写が要求されつづける。「女郎」なる物語の用語も「路地」という磁場も、現代の高校を卒業し、自分の言葉を持つ、生活も豊かな女性の日常の視点を守る筋道のなかでは、異物としてしか見えてこない。この矛盾から逃れ、作者の意図をとにかく守り通すために、結果として、十代を終えるころの作者自身が顔をのぞかせることになった。

創作の現場についての想像が、『大島』を読んでいると、つい、このように働いてしまう。

当初の作者の意図を同じ設定のままで活かすには、これしか手段がなかっただろう、と私も思う。

父親の庇護のもとで恵まれた生活を送り、誇りも高く、感受性が鋭く、それだけに、父親の後妻とその子どもたちのいる自分の家庭にいらだち、無趣味で粗野な周囲の人々に嫌悪を感じ、死んだと聞かされていたが、実はどこかで生きているらしい女郎だった実母の実体におびえながら、自分のふるさととして惹かれていく女性。近所の道路工事のために現れた見知らぬ男と知り合ったことで、性の世界の入り口が開き、その男とともに、彼女は育った家を出て、実母の世界を意味する「路地」、つまり中上健次が小説家として選び取り、みごとに自分の世界に造形した世界に飛び込んでいく。

主人公を男性に換え、父親を母親に、実母を実父に置き換えると、これはそのまま、小説家中上健次がいかに自分に与えられた現実の環境から、自分の文学の世界を創造し、その世界をみずから生きるようになったか、という小説家誕生の自伝として読み取れてしまう。自伝などとは縁のない作家だったが、ここにひとつだけ、そのように受け止めることの可能な、しかし未完の作品が読者に残されている、と言いきってしまってもまちがいにはならないだろう。

とは言っても、『大島』自体はやはり、失敗としか言いようのない作品で、とくに、後半になると、作者自身が混乱してしまっていて、読み取りにくいことおびただしい。しかし六年後に、今度は、作者の揺るぎなく確立した英雄叙事詩の方法で、「路地」という磁場に『大島』を引き受け、語り手もギリシャ悲劇のコーラスのような「路地」の老婆たちに移して、地域の開発計画による「路地」の消滅という物語を、作者は語りはじめる。『大島』の道子は、「路地」の他の人物たちに立ち交じり、みずから「路地」に飛び込んできたからこそだれよりも深く「路地」を理解できる巫女のような、つまり『大島』から引きつづき、作者自身に重なる役目を、ここに至って十二分に魅力的に果たし終えている。この『聖餐』という作品が付け加えられたおかげで、『大島』の意図は生き返り、読者も、ああ、そうだったのか、と納得できる。六年も経って、このように、むりやり、自分のいったんは失敗に終わっている作品を、りっぱによみがえらせてしまう中上健次の力業と執念には、改めて感心せざるを得ない。

『大島』が思うように書けず、途中で投げ出してしまってから、中上健次は、その失敗の原因を考えつづけたにちがいない。彼はなみはずれて、物語の構造を分析して考える小説家だったから、おそらく、さんざんに考えて、女性を中心にした英雄叙事詩なるものがそもそも、成立不可能なものだった、と気がついたのではなかったろうか。世界中の英雄叙事詩を見ても、そのほとんどは男の物語として存在する。たとえば、アイヌの英雄叙事詩ユカラに女性を主人公にしたものがあるが、それも構造としては、女性が自分の運命として係わった英雄の戦いを見届け、英雄の勇気と力を歌いあげているのだ。この構造に従ったものなら、もちろん、女性を主人公とした英雄叙事詩はほかにいくらでも見つけることができる。

英雄叙事詩とは、そもそも何なのか、とこのような言葉で中上健次が実際に考えたかどうかはわからないが、少なくとも、彼が当時盛んに口にしていた「物語」という言葉では考えていたにちがいない。『鳳仙花』を書きあげたあとで、「物語」には定形があり、それを自分は完全に押さえてしまったので、『枯木灘』や『鳳仙花』などのような小説はいとも簡単に書けてしまうのだ、と彼は公言していたが、「物語」という言葉を世界中に口承で残されている「英雄叙事詩」という言葉に置き換えて、ここでは考えてみた方が、彼の小説を読む場合はわかりやすいように思う。すでに彼が書きあげていた『枯木灘』は、単に「物語」というよりも、英雄叙事詩の構造を持っていると、私には受け止められるからだ。

ここで乱暴な区別をつけてしまうと、「神話」の語りは女性に、「英雄叙事詩」の語りは男性にそれぞれ受け持たれてきた、と言えるのかもしれない。私は専門に研究している立場ではないので、いいかげんなことを言う、と異論の声があちこちからあがることもあえて承知のうえで、いまは中上健次の作品に即して、「物語」に関する男性女性のちがいを考えてみると、こうした区別が前提として浮かびあがってくるということなのだ。

身近なところで、ヤマトでも、アイヌでも、琉球でも、シャーマンは女性で、シャーマンの託宣がいわゆる「神々の語る物語」として変形し、語り伝えられている、とこれはカムイ・ユカラについての一説だが、たしかに、アイヌの世界では、神々の歌カムイ・ユカラは女性が歌い継ぐもので、人間の少年英雄が活躍する英雄叙事詩ユカラの方は男性が歌うもの、と区別されていたらしい。ヤマトでは、この区別がはっきりつけにくくなるが、それでも『平家物語』を歌い継いだ琵琶法師と、死者の声を伝えるイタコや、この世で苦しみを背負った人間が苦しみの果てに、聖なる存在に生まれ変わるという基本形を持つ説経節を歌う瞽女や絵解きの比丘尼などの存在を思い浮かべると、やはりここにも、神がかった語りは女性、英雄を語る叙事詩は男性、と分担が振り分けられているように見える。正確な起源はわからないが、それぞれの歌の担い手として、年代を経るうちにいつの間にか、こうした分担が行われるようになっている。

それでは、英雄叙事詩はなぜ、男性によって、担われて来たのか。ここでまた、あえて言い切ってしまうと、英雄叙事詩は戦争を歌うものとして、存在する。戦争は男性の領域に属する事柄である。それゆえに、英雄叙事詩は男性の「歌」なのだ。英雄叙事詩はヨーロッパの「エピック」に対応する翻訳語で、日本語としては、『平家物語』、『太平記』などの「軍記物」に重なる。

私が『枯木灘』の発表当時に感じていた危惧は、この作品が英雄叙事詩として成立するために要請されずにいられない「戦争」という本質だったのだと、今、振り返ってみて思い至る。「戦争」は、人と人が殺し合わなければ答は永久に得られないという方法論なのだから。

中上健次は「物語」の担い手として、一般に女性をとりあえずは考えていたと思うが、実際に彼が求めていたものは英雄叙事詩だったろう。

彼はそれまでの作品で、母を中心に形作られた複雑な人間関係からいかに抜け出し、三者三様にからむ実父、養父、母の最初の夫でもある兄姉たちの父を切り捨て、ひとりの独立した男性なる自分を見いだし得るか、という問いを重ねつづけていた。母の世界の内側で育った青年が、性の自意識を見失ったまま、不完全な性で生きつづけるのか、それとも徹底して母を否定し、父たちを否定して、自分を男性として生き返らせるのか、こんな切実な問いが重く響きつづけている。しかも、この問いは、「路地」の意味を求める彼の問いとも重なり合っている。まちがってもこの問いが、現代の家族の崩壊がもたらす問題とか、日本の敗戦直後の極度に混乱した社会の残した問題につながるなどという相対化は、彼にとって起こってはならないことだった。あらゆる秩序、言葉を呑み込む「路地」の意味の絶対化こそを、彼は自分の物語として実現し、把握しなければならなかった。「路地」はすべてを消し去り、すべてを語る磁場でなければならない。そこで、中上健次が選び取った方法が、英雄叙事詩の方法だった。しかし、その方法は『枯木灘』で成功したようには、『大島』で応用することはできなかった。物語の英雄をそのまま女性に転換させても、それは英雄叙事詩の求める本質を否定することだから、必然的に破綻してしまう。それではどうすれば、「路地」の女性を彼の方法で描けるのか。

英雄叙事詩の語り手となっている女性は必ず、少年英雄たる孤児を養う者として登場している。孤児の英雄を預かり、寄り添い、見つめつづける存在として以外には、英雄叙事詩における女性の存在理由はない。英雄たちは自分を養う女性のもとから、ある日、飛び立ち、自分の一族のために、あるいは故郷のために、命をかけて戦う。彼らにとって、女性とは母なる女神であり、また、彼らの悲願を打ち壊そうとする魔女だったりもする。英雄叙事詩とは、こうした定形を守らなければ成り立たない性質のものなのだ。

中上健次も『大島』のあとでその定形を見いだし、『枯木灘』の主人公、秋幸の母フサを中心とした物語『鳳仙花』を、女の英雄叙事詩として考えついたのではなかったか、と私は想像する。フサは彼が『枯木灘』で確立した英雄叙事詩の英雄の母親であり、また、もう片方の英雄の愛人でもあった。

『鳳仙花』は、中上健次のもくろみ通り、時間とともに流れる女の「物語」として、当時、評価も高かった。小説家中上健次の、こんな伝統的な「物語」も書けるのだ、という腕の見せ所でもあった。私も当時、『枯木灘』よりもむしろ、『鳳仙花』の方を積極的に評価していた。

『鳳仙花』は、母フサの視点で書き進められているので、血なまぐさい英雄叙事詩とはべつの、女の叙事詩が新しく生み出され、そこでは母なる者の本質が肯定されている。私も女性のひとりなので、母の世界に対する、この作者の肯定にさしたる矛盾を感じなかったのだった。しかし、今この作品を読み返すと、作者はどれほど強く、矛盾に苦しまされながらこれを書きつづけていたか、と思わずにいられない。

女性を主人公にした、ひとつの小説の形としては、『鳳仙花』はほとんど完璧に近く成功している。ところが、作者の側から見ると、この作品で母フサを主人公に据え、その語りを忠実に辿って書きつづけたために、作者はフサの言葉に閉じ込められ、フサの論理に従属せざるを得なくなってしまった。母の語りをみずからなぞるということは、当然、なぞる側にそうした同一化を迫る。しかし、その同一化は小説家中上健次を裏切るものだった。彼は『枯木灘』で、すべてを否定しすべてを肯定する「路地」という磁場を、彼の方法によってはじめて見つけだしたはずなのだった。母と父たちを否定して、ひとりの孤立した英雄像を見いだしたはずなのだった。あるいは、悪の権化のような実父というもうひとつの英雄像も、「路地」の影の支配者として作りあげた。ところが、母フサの語りのなかでは、このせっかくの両方の英雄像がただのふびんな息子になり、ただの憎らしい男になってしまう。「路地」が「路地」である必然性も薄らいでしまう。

女の英雄叙事詩を作ろうという意欲は、作品そのものの価値とはべつに、作者の意識として、再び、『鳳仙花』でも手痛く裏切られた。本来、英雄叙事詩に登場するのは、母なる抽象的な存在としての女神であり、実際に子どもを産む母そのものではなかったのだった。母が母でありつづけるためには、母の論理を守らなければならない。自分の子どもを産み、自分の乳で育てる母の論理とは、孤児を英雄とする英雄叙事詩の原型を壊す性質のものだし、「路地」の特性を破り、人間の関係を一般化してしまうものでもある。母フサの語りに忠実に物語を語れば語るほど、母の論理、母の普遍性に従わなければならなくなる。作品としては成功したものの、『鳳仙花』が彼に突きつけたその矛盾から、中上健次は二度と母の語りに身を寄せようとはしなかった。書くことを自分に認めようとしなかった。

代わりに、中上健次が見いだしたのは、オリュウノオバなる、自分自身には子どもがいない「路地」の産婆が歌いあげる「路地」の英雄叙事詩なのだった。『鳳仙花』の翌年、この英雄叙事詩は『千年の愉楽』という題名を持つ小説として生み出された。中上健次はようやくここに至って、自分の求めつづけた「路地」のための英雄叙事詩に、いかなる形でも裏切らない女性の語り手を見つけだすことができたのだった。

『鳳仙花』は今、中上健次の多くの作品のなかで例外的な作品として、孤独に取り残されている。彼は『枯木灘』で英雄叙事詩の方法を見いだし、彼に残されたのちの約十年間、ときには強引なまでにそれを継続させた。

そのように彼は選択し、小説を書きつづけた。彼はその方法を彼の「路地」のために守りつづけなければならなかったのだろう。彼の「路地」への愛着は、ほかの可能性を決して許さなかった。彼には、事実、選択の余地などなかったのかもしれない。彼の英雄叙事詩に完結をつけたかのように見えた『地の果て　至上の時』を書きあげても彼は立ち止まらず、なおも『日輪の翼』や『讃歌』、『奇蹟』を書きつづけた。いつまでも、彼は自分の英雄叙事詩を歌いつづけなければならなかった。彼自身が「路地」の英雄叙事詩そのものとして生きはじめてしまっていたから。その自分を自分の都合で消し去ることはできなかったから。

『鳳仙花』を彼が自分の世界から見捨てなかったら、あるいは、もっと長く小説を書く時間が彼に与えられていたら、と想像しても意味のないこととわかっていながら、それでも繰り言めいて思わずにいられないのは、今、彼の残した全作品を前にして、『鳳仙花』の世界を切り捨てた結果、彼がそののちに引き受けなければならなかった代償の大きさに、私は茫然と息を呑まずにいられないからなのだ。

中上健次とミラージュ戦闘機と

中上健次がこの世を去ってから、早くも六年経つという。あの夏、私はパリにいて、晩秋のような寒い風が吹きすさぶなか、バカンスで人気のない町をうろつきながら、涙が出てくるので恥ずかしくて困ったのをおぼえている。それからブルゴーニュの田舎に緊急避難したのだったが、その空を毎日定時に、当時、内戦がはじまっていたユーゴスラビアに向けて、威嚇のためのミラージュ戦闘機が飛んで行った。古い水車小屋ののどかな生活とはいかにも不釣り合いなその戦闘機の爆音が、私にとって中上健次の他界と重なり合っている。

その前年の一月、湾岸戦争が起こり、中上健次も含め他の文筆に携わる人たちで、日本政府の選択に反対する声明を出したのだった。戦争が終わってからの意見発表になっては全く意味のないものになってしまうので、とにかく「戦中」に発表することを最優先に、てんやわんやの大急ぎで発表にこぎつけた。いろいろな行きちがいも多く、それを修正する暇もなく、文筆にかかわっているという項目以外にはなんらまとまりのない人間たちが口コミで集まり、個々の戦争反対の思いを共同発表しようとしたのだから、混乱はまぬがれようもなかった。その話し合いのなかで、中上健次の女性に対する「差別発言」に私が腹を立て、文句をつけたという一幕もあった。ほかにも腹を立てる場面はいくらでもあった。いや、そもそもだれでもが湾岸戦争の成り行きに腹を立てていたのだ。そしてそんな混乱も、行きちがいも承知のうえで、それでもこれは避けるわけにはいかない、とあのときのだれもが腹を立てつつ、思い決めていたのだった。

その後、残った何人かのメンバーで意見発表の責任をこれからどのように果たして行けばよいのか、何回か集まって話し合った。結論としては言うまでもなく、文筆にかかわる人間としてはそれぞれが死ぬまでの、一生の作品活動で責任を果たしていくべきだろうということで、六月だったか、最終的に解散した。そのころ中上健次が、日韓作家シンポジウムをやろうよ、と言いつづけていた。これは彼の死後、川村湊を中心に実現され、今でもつづけられている。

それから間もなく、私はメキシコに行き、そのままパリに一年滞在したので、湾岸戦争時に何回も中上健次と会いながら、ゆっくり個人的に話す機会を持てなかった。十月にフランスを訪れた彼と短時間、会うことはできたが、彼の体調はすでに悪そうで、なにもまとまった話はできなかった。日本に戻った彼はそれから入院し、翌年の夏に他界した。湾岸戦争のときから彼と話したいことがたまりつづけていて、私が日本に戻ったら早速彼をつかまえて、いろいろな仕事への思いを山ほど話し合わなくちゃ、と意気込み、彼の考えを聞くのも楽しみにしていたのに、結局、それが果たされないままになってしまった。彼の訃報に接してから、ブルゴーニュの田舎で毎日苦しめられたミラージュ戦闘機の爆音は、私にとって茫然とするほかない、あまりにも大きな喪失の響きなのだった。そして湾岸戦争の宿題が、突然の重さで私に迫って来た。

私が日本を発ちメキシコに向かったのは湾岸戦争のあとの八月、ソ連のクーデター騒ぎのさなかだった。メキシコでは、「これからの地球」というようなテーマで文学者と科学者共同の国際会議が行われたのだが、アメリカ先住民、アマゾン川流域先住民の代表者は正式に招かれているのに、自分たちをなぜ参加させないのかという、当然と言えば当然なインディオと呼ばれる人たちの抗議に会場を囲まれながらの、異様な会議だった。家族連れの集団である彼らの数は日ごとに増えていくのに、その声が聞こえない。彼らは沈黙のなかで私たちをただ見守りつづけているのだ。

その会議で発表する自分のスピーチとして、私は日本の近代文学と北海道アイヌの伝統口承文学であるカムイ・ユカラとの関係を紹介することに決めていた。湾岸戦争のあとで、それしか私には考えられなかった。湾岸戦争の衝撃とは私自身にとってそういうものだったのだ。日本の近代、日本語、少数言語、先住民、口承文芸、植民地、過去の戦争、これからの戦争、そして今の時代を日本語の小説家として生きている私自身。

私のつたないスピーチは幸い、そのままでは終わらず、カナダの文芸誌に掲載され、さらに会場で聞いてくれていたフランスの作家の強い勧めを得て、四年後に、パリ大の大学院生たちの翻訳でカムイ・ユカラの初のフランス語訳の本を出版することができた。

九月からはじまったパリでの日々は慣れない大学での講義や日常生活で追われつづけているばかりだったが、一方、日本では身近に感じたことのなかったアルジェリア危機、パレスティナ紛争を背景とした要人の暗殺、極右の台頭に緊張させられつづけ、そしてクリスマスの頃にはソ連の崩壊、翌年、ユダヤ人ホロコーストのフランス政府の責任追及がはじまり、夏には、ユーゴの内戦がいよいよ激化しはじめた。そして日本では私の母が倒れ、中上健次がこの世を去ったのだった。遠い日本列島の姿がいつも私の頭のどこかに光りつづけていた。

秋に帰国してから、『かがやく水の時代』(新潮社刊)をこのパリでの日々に即して書き、更に五年経って、パリから私の見つめつづけていた日本列島の姿を基本のイメージとした長編小説『火の山—山猿記』をようやく完成させることができた。この二作とも私の湾岸戦争以来の宿題だったと言えるけれど、もちろん、これでその宿題が終わったわけではない。

それにしても、だれよりもこの作品を中上健次に読ませたかった。あの夏、ミラージュ戦闘機が飛んで行ったユーゴでは、その後ボスニアの内戦に突き進んでいった。考えてみれば、それを中上健次は知らずにこの世を去ったのだった。

文学の現在

ある国際作家会議と翻訳賞授賞式

六月の中旬、サン・フランシスコでフィートランド財団による国際作家会議が開催された。「世界文学は成り立ち得るのか」という大テーマを前提に、世界中の文学者が語り合う場を作ろう、とのことで、ただし世界中の文学者が一度に集まるのは到底、無理なため、地球を大まかに四つの地域にわけ、毎年、地域別に会議を開いてきたが、四年めにあたる一九九〇年は環太平洋地域を中心とした会議になるという話だった。それに応えて、日本からは大江健三郎、柄谷行人、青野聰、中上健次、それにカリフォルニア大学教授のミヨシ・マサオの諸氏、そして私も末席に加わらせてもらい、六人のメンバーとして参加した。

フィートランド財団とは、アメリカで石油王と呼ばれるポール・ゲッティの築いた財産の一部をもとに作られた財団だということだったが、会議が進むにつれて、なにか奇妙な感触がつのっていった。それはたぶん、私が今まで直接には知らずにいた最もアメリカ的なひとつの世界、つまりドルの力で成り立つアメリカの上層社会を舞台にした文学者会議だったということに尽きるのかもしれない。

無論、参加者たちは全員、実にすばらしいもてなしを受けたのだった。歴史的にとても由緒ある（らしい）立派な会場。けれどもそこは星条旗ひるがえる市庁舎と向かい合わせの場所で、少なくとも私は毎日気分が重くなる一方だった。豪華な最高級ホテル。一流レストラン。ゲッティ家への招待。こうしたスケジュールのなかで知り得るサン・フランシスコは当然のことながら、なんと豊かで上品な世界だろうということになる。ホテルのすぐ裏側には、一部屋に何家族も住むような貧しさが見られるチャイナ・タウンがあり、今やアジア系人種が人口の半分を超すだろうといわれている過渡期を、この都会は迎えているはずだったのだが。

こうした手厚いもてなしに居心地の悪さを多少なりとも感じていたのは、もしかしたら日本人の私たちだけだったのかもしれない。そんな思いも湧いた。アメリカの西海岸について、日本人は個人的なレベルで知っていることが多い。また、ドルの力にさほど関心を持たない国も、現在の日本以外には珍しいのかもしれない。文学のマーケットとしてのアメリカが他の国々の作家にとってどれほど魅力あるものなのか、なにごとにつけ鈍い私も今回はじめて、ほんの少しばかり、気づかされた。

会議は国別にセッションを設けて行なわれたのだが、環太平洋の国々が会議の中心になると聞いていたのに、実際にはオーストラリアは一名、ニュージーランドと南米諸国は省略され、代りに英独仏伊の四ヵ国、そしてソ連、中欧の国々が参加していた。アジアの国としては日本と韓国が数人ずつ、そしてフィリピン、マレーシア、台湾各一人ずつが出席していた。言うまでもなく、地元アメリカの参加者が圧倒的に多い。ベルリンの壁崩壊という前年からの情勢で、主催者としてはアジアの問題よりなんと言っても、ヨーロッパの作家たちの声を聞く機会を作りたくなったのだろう。

ところで国別に並ばされれば、どうしても国を意識しないわけにはいかなくなる。しかしたとえば、中国の参加者が全員、英米などの国に亡命している人たちだという事実、一方、英米のセッションでは、中国、パキスタン、インド、南アフリカ、と移住者である作家の参加が多く、こうなってくると国のネーム・カードが何を意味しているのか、わけが分からなくなってくる。

国、政治、民族、言葉、商品としての文学のマーケット。それぞれがズレを見せて、軋み合って、それでも最終的には一番現実的な側面——世界中で一番の影響力と市場を持っていると思われるアメリカで本を出してもらいたいという気持で、全体が皮肉なことに、ひとつにまとまっていたように私には思えてならなかったのだ。

日本はホスト国のアメリカの次、つまり外国勢としてはトップ・バッターだったため、こうした全体の雰囲気がまだつかめないうちに発言しなければならず、それで政治的アピール、自己PR、あるいは自国の文学を称賛しなかったほとんど唯一の国になってしまった。もちろん、個人的には他の国から誠実な発言も多く聞かれ、それで充分だったと言えば言えるわけだし、いずれにせよ、この種の集まりには困難や混乱がつきもので、ともかく多くの国の文学者がひとつの場所に集まって顔を合わせたという事実だけでも、評価すべきなのかもしれない。

ところでこの会議では、私にとって特別な〝使命〟もあった。会議の目的から翻訳の問題が重視され、毎回会議と同時に、その地域から選ばれたもっともすぐれた翻訳者に翻訳賞が与えられてきた。そして今回は、山本道子氏や私の小説を英語に翻訳してきたニュージーランド出身のジェラルディン・ハーコートさんがその受賞者に選ばれたのだ。彼女の英語がどれほど良質のものか、書評などで私もおぼろげに聞き知っていたので、そうした名誉は不思議なことではなく、そして翻訳という地味な作業をつづけている翻訳者をもっと評価すべきなのではないかと日頃から思ってもいたので、彼女のためにこのビッグ・ニュースに心からの喜びを感じていたのだったが、サン・フランシスコまで行けない彼女の代りに、私が賞を受け取らなければならない役目がまわってきてしまった。そしてそれゆえに、毎晩、ディナーのたびに私は中心テーブルに坐らされ、隣りには、映画監督コッポラ氏の甥とか、ペンギン・ブックスの社長がいて、それは主催者としての最大の心配りだった、とあとになってようやく気がついた。つまりこの機会に映画化の話を進め、ペンギン・ブックスにも渡りをつけなさい、という「親切」だったのに、私はなにも気がつかずに、無意味な世間話をしながら御馳走を食べていただけだったのだ。

いよいよ会議最終日のディナーが授賞式でもあった。場所は閉館後の美術館で、物言わぬ大きな彫像や古いゴブラン織りに見下ろされての食事は、正直言ってあまりくつろげるものではなかった。食事の最中に賞の発表があり、まわりから促されあわてて立ち上がった私に拍手のなか、授賞通知書が渡された。

サン・フランシスコ名物の霧深い寒い夜、この美術館でのディナーは、ハーコートさんに向けられた世界のさまざまな国の人たちの祝福のおかげで、この時ばかりは会議で感じていた居心地悪さが消え、代理人に過ぎない私にとっても印象深いひとときとなった。ここで改めて、私からも日本語でハーコートさんに言っておきたい。ありがとう、そしておめでとう。

忘れてはならないこと

昨年のノーベル文学賞は、トニ・モリスンというアメリカ黒人女性作家に与えられた。彼女の作品を私も愛読し、会っておしゃべりをしたこともあったので、このニュースにまず、とてもうれしくなったのだが、はじめて彼女の作品を読んだ一九七〇年代の、私自身の驚きをあらためて思い出すと、なんという時代の変化！　とまわりに叫ばずにいられないような気持になった。

七〇年代の終わりごろ、アメリカで黒人女性たちが、力強く、美しい小説を書きはじめたと知り、黒人女性が自ら小説を書く可能性を、私自身、女性でありながら、予想していなかったと気づかされ、そんな自分の見過ごしにあきれ、驚いてしまったのだった。

九〇年代の現在、日本で、アメリカ黒人女性の作家と聞いて、いちいちびっくりするひとはいないだろう。私も以前の自分の驚きを、いつのまにか忘れていた。七〇年代よりさらにさかのぼって六〇年代、ごく少数のアメリカ黒人男性の小説が日本に紹介されはじめ、そのときも、私は新しい時代がはじまった、と新鮮な思いでその作品を受けとめていた。

なぜ、それほど新鮮に感じたのか。日本で育った私にとって、それまでアメリカ黒人と言えば、奴隷解放の歴史と黒人霊歌、そしてジャズ、小説ならば、古くは『アンクル・トムの小屋』『トム・ソーヤーの冒険』『風と共に去りぬ』等々、だいたい、この程度の知識にかぎられていた。つまり、欧米型先進文明国で生産される哲学や文学などの対象になりこそすれ、彼ら自身がその担い手の一員になろうとは、ほとんどだれにも予想のできない時代があったのだ。「先進文明」が彼らに強いた貧困、過酷な環境がその背景にあったことは言うまでもないのだけれど、そうした人為的背景を無視して、日本にいた私も、現在のようなアメリカ黒人女性作家の活躍をまったく予想できずにいたのだった。

アメリカに限って言えば、こうした変化は、アメリカ・インディアンについても言えるし、フェミニズム運動による女性性の意味、あるいはホモ・セクシュアルについての正当な認識など、つぎつぎに挙げることができる。映画や小説で、「野蛮な人殺し集団」としてアメリカ・インディアンが登場するなど、現在考えられることではなくなっている。

このような変化は、しかし、決して自然現象としてもたらされているのではないということを、忘れないでください、と特にこの日本で言いたくなるのは、私の心配しすぎだろうか。

アメリカ黒人の歴史においても、アメリカ・インディアンの歴史でも、ホモ・セクシュアルの人権運動においても、多くの人が殺されつづけ、卑しめられ、それでもあきらめずに一歩一歩、運動をつづけ、発言をつづけ、具体的に細かな差別も訂正しつづけてきた、そのすべての行為の結果として、日本にいる私たちも、たとえばトニ・モリスンというアメリカ黒人女性作家を奇異な思いで受けとめなくなっている。

アメリカ黒人、と私はここで書いているが、今はアフリカン・アメリカンと呼ばれるようになり、アメリカ・インディアンはネイティブ・アメリカンと言い換えられるようになっている。こうした言い換えをどこまで進めればよいのか、むずかしい問題も含んでいるのは承知のうえで、しかし人権を守るために、言葉そのものを模索しつづけること、それも基本的に不可欠な手つづきのひとつなのだ、と私はここで確認しておきたい。

日本の社会でもむろん、同様の経過をたどり、さまざまな変化を遂げている面がある。女性に対する認識の変化ひとつをとっても、それを促してきたのは、多くの女性たちの模索のひとつひとつだった。このことをおぼえておかなければ、日本に住む私たちは現在の多くの問題について、ただ無力に嘆き合うことしかできなくなる、と念のために、ここで言っておく必要があるのかもしれない。

「フェミニズム」という言葉

「女が女の肩を持たなくてどうしますか」

最近読んだ岩橋邦枝さんの『評伝長谷川時雨』のなかで出会った、このタンカがあざやかに印象に残りつづけている。

岩橋邦枝さんの文章によると、長谷川時雨の著わした『美人伝』について、その内容が「女の肩を持ちすぎる」と批判されたのに対し、時雨が「語調をつよめてすぐさま言い返した」のが、冒頭のタンカだったということらしい。

私はこのタンカの力強さに驚かされ、そしてなつかしさも感じさせられたのだった。こんなタンカを、現代の私はもう聞くことができなくなっている。

「フェミニズム」という言葉。

これは、明治四十四年に発刊された、平塚らいてう主宰の雑誌「青鞜」の頃からすでに日本でも使われていた言葉で、この「青鞜」から、昭和三年、長谷川時雨の主宰で発刊された「女人藝術」、さらにそれを受けつぐ形で昭和十五年に発足した女流文学者会議、「輝く部隊」に至るまで、フェミニズムは社会主義、無政府主義、あるいは愛国主義などといつでも重なり合い、そこから対立も生まれ、しかもその対立は当時の国家権力がからんでいたから、深刻な結果をもたらしてもいた。そんな時期の、あまりに単純な、時雨のタンカなのだ。その単純さが当時の戦争賛美への流れに迎合する結果を作ってしまったのではないか、という反論は当然、あるだろうが、時雨が思わず口にしたこのタンカの示す、戦前の女性たちを支えていた基本的な思いまでをも、私は打ち消したくない。

「フェミニズム」という言葉を巡って、今の日本でも、混乱と対立は存在しつづけている。それならば、この時雨のタンカは今の時代にも、意味を持ちつづけているのではないか。けれども今、私の眼に映る混乱と対立は、言葉そのものの曖昧さに振りまわされているようにも見える。

日本語の世界から外に出ると、必ずと言ってよいほどつきつけられる言葉が「私小説」と「フェミニズム」で、これは、日本の「私小説」がかくも世界に広く知れわたっているということと、私がその日本の、女性の小説家だということに拠っている。そして残念ながら、「私小説」にしろ、「フェミニズム」にしろ、話がすっきり進まない場合が多い。言葉の意味がずれていて、互いに相手の「誤解」を正そうとすればするほど、へたをするとかえって、「誤解」を深める結果になりかねない。そもそも日本語の世界では、「私小説」も「フェミニズム」もひどく曖昧に、内輪の暗号のように使われていて、その意味を正確に定義しようとしても、それはほとんど不可能に近いのだ。あるいはそうした実態こそが、日本語の世界だということになるのかもしれないが。

とにかく、「私小説」という言葉を使った質問に外国で出会った場合、まず、あなたがその言葉にどのような定義をあてはめているのか、説明して下さらないと、それは正体不明の言葉なので、私も答えようがない、と私は念のために問い返すようにしている。

これと似たことが、「フェミニズム」という言葉にも言える。

ごく最近、二人の日本の女性作家のべつべつの本の広告で、「フェミニズムではない」と書いてあるのにびっくりさせられ、また、べつの複数の女性作家へのいくつかのインタビュー記事でも、「フェミニズムとは関係がない」とわざわざ強調されていた。それぞれフェミニズムの大きな成果を感じさせられる、若い世代の女性作家たちに関する記事であり、広告文だったので、よけいに意外な気がしたのだ。

アメリカの、ある日本文学研究者に聞かれたことがあった。

いつだったか、すでに年輩の、日本の女性作家が、私はフェミニズムとはなんの関係もないし、関心もない、と言っていたが、どういう意味で彼女がそう言ったのか、今でも謎のままなのだ。日本のフェミニズムをになう、すばらしい作家だと思っていたのに、同じ日本の女性作家として、あなたはこの謎をどう解釈するか。

これは一種の笑い話で、日本語の「フェミニズム」が、極端な女たちの教条主義というニュアンスで使われていることを、アメリカのその学者は知らなかったのだ。しかしその時、思わず笑ってしまったあと、私は、けれどもこれからの若い世代にはこんな混乱は見られなくなるでしょう、とつけ加えずにはいられなかった。そのように信じていたのだったが、私のこの見通しは、どうもまちがっていたらしい。

アメリカの学者の混乱は笑い話なのだが、その滑稽さのもとはどこにあるか、と言えば、日本語の「フェミニズム」という言葉の、日本社会での扱われ方にあることを、日本語を使う私たちは忘れるべきではないだろう。もともとの概念を置き去りにして、曖昧な、否定的な暗号として、この言葉を不用意に使いつづけるのは、だれよりも女性たち自身の首をしめることになる。そのように、私には思えてならない。

女性の作家。その存在自体がすでに、社会的な反語として働く。それは今の時代でも、あるいはアメリカだろうが、日本だろうが、変わらない事実としてありつづける。女性が職業として小説を書く。評論を書く。その営みに、どれだけの時間の積み重ねがあるだろう。どれだけの作品を残してきただろう。女性の作家は、まだほんのスタート・ラインについたばかりのところにいるのではないか。少なくとも、「フェミニズム」という概念を、日本語として私たちは未だに把握してはいないのだ。時雨のタンカがまだ、その価値を失っていない理由は、そこにある。

ひんやりした、熱い風

恥ずかしい話なのだか、自慢にしていい話なのだか、私にはよく分からないのだけれども、今までの私の人生において、文学者の個人全集を買い込んで、そのすべてを心から楽しんで読み切ることができたのは、坂口安吾の全集のみなのである。ほかの全集は半分も読んではいないし、半分も楽しんではいない。

二十代の終わりのころに、冬樹社から出た全集を思いきって買いこみ、自分の快楽として夢中で読みつづけた。そしてその後、読み返していない。自分も小説を書きつづけようとしている人間にとって、坂口安吾は魅力的な存在であり過ぎて、その呪縛を避けたくなった。たぶん、そんな心理が働いていたのだったろう、と今、振り返って思うだけなのだが。

坂口安吾のなにがそれほど魅力的だったのか、実を言うと、それすらよく思い出せない。ひとつひとつの作品はもちろん、印象に強く残っている。『安吾捕物帖』や『不連続殺人事件』もおもしろくて、一息に読んでしまった。しかし、私の印象では坂口安吾の魅力は個々の作品の出来不出来をしかつめらしく検討してみても、摑み取れるものではなく、坂口安吾の残した作品全体がひとつの生き物のように激しく動き、熱を発し、読者を巻き込んでいく、その全体の異様とも言える存在感なのではないか、という気がしてならない。

有名な『堕落論』や『日本文化私観』にしても、あるいは『桜の森の満開の下』、『白痴』にしても、どれを取っても同じことだが、ああ、いいな、すごいな、とどんな読者でも必ず、心を動かされるにちがいない。言うまでもなく、それだけ称賛されるにふさわしい作品ばかりでもあるのだ。

けれども、ここでうっかり称賛してしまうと、どこか坂口安吾という作者にはぐらかされてしまう結果にもなりそうで、その辺りが、この小説家のかなり独特な魅力につながっているらしい。

どの作品も、肉体的な勢いで書かれている。言葉が使われているのに、言葉が残らない。どの言葉も走りつづけている。そして、どこかに消えて行く。

そんな印象が全体として与えられるのに、個々の作品を見ると、言葉がその場でたわむれ、寝そべったり、座り込んでいる場合さえある。つまり、ほかの作家の書いた文学的作品を読むように、案外しみじみと読めるのだ。『堕落論』なども、それでだまされてしまいそうになる。

この不思議な坂口安吾はどの作品でも、「本気」になってはいない。いや、いつでも「イノチがけ」で「本気」なのだが、その「本気」と坂口安吾自身の間にひんやりした風が吹き過ぎている。『捕物帖』も『日本文化私観』も、あるいはごく小さな随筆だろうと、この風において、対等な作品として存在することになる。ひんやりした風なのではあるが、その風は作品から熱を奪うのではなく、かえって熱を高め、激しい動きに駆り立てて行く。

私にとって坂口安吾の魅力とは、以上のような印象に尽きると言えるだろう。だから、作品論のようなことが考えられない。また、文学論的な既成の言葉も使いにくくなる。そんなことはどうでもよくなってしまうのだ。坂口安吾というひとりの人間の精神修行を見届け、その運動の成果はよく分からないながら、放熱されるエネルギー量に圧倒され、魅惑される。人間的に苦悩したとか、悲嘆に暮れたとか、そうした文学的感傷がここにはない。

それゆえになのだろう、私は坂口安吾の描く女性たちにも感嘆しつづけている。男性作家が書こうが、女性作家が書こうが、多くの場合は、社会通念と性的肉体をまとった女性しか現れてこない。社会通念も性的肉体もまとわない人間などどこにもいるはずはないのだが、坂口安吾の眼を通すと、その二重の衣が透明になって、本人にすら見えずにいた、性的存在とは別の生命体があらわにされる瞬間が訪れるのだ。この瞬間にかいまみえる人間のなんとせつなく美しいことだろう。なにげなく登場する少女の姿が忘れられなくなる。

このように女性なる存在を見通した作家を、私はいまだほかに思い当たれずにいる。世界中の小説を漏れなく読んだわけではないのだから、大きなことは言えないにしても、少なくとも日本の近代文学の流れのなかでこの点に限って考えてみるだけでも、坂口安吾という小説家は非常に特異な存在として浮かびあがってくるのだ。それは近代文学の、人間的なあまりに人間的な毒になんとか近寄るまいと禁欲をつづけ、存在の「正しさ」をひんやりした風によって守ろうとしつづけた小説家の姿でもある。

しかし、私はその姿にいつまでも見とれつづけることはいつしかやめてしまった。今また、読み返してみたらどんな感想が出てくるのか分からない。でも、読み返すのがなんだかこわい気がする。坂口安吾のひんやりした、熱い風がなつかしく、そしてこわい。

一千年前の女性たちを求めて

——『宇津保物語』を中心に

二十世紀も終わろうとしているこのごろの日本では、若い男性たちが自分たちの顔のひげ、体の毛を恥じ、力強さを否定し、色白な肌、ほっそりした体を求めるようになり、性欲もどうやら攻撃型ではなくなり、さらには、他人との性的な交渉に無関心になってしまっているのではないかとさえ言われるようになっている。一方の女性は、性的存在として他者により攻撃的になっているように見えるし、そのぶん、女らしさとして認められて来たていねいな言葉遣いとか、弱いものへの慈愛といった特性は、女性自身には重視されなくなっている。

こうした一般に言われている変化をどの程度の幅で受けとめればよいのか、特別な資料を持ち合わせていない私には判断できないのだが、ここ三十年で確かに、私個人が受ける印象としても、若い男女の服装、表情が変わり、その交際のルールも変わったように見える。三十年前の若い男性（つまり、現在の中年男）には女性と一緒に美容院に行くことは考えられなかったし、高価な外国ブランドの下着を身につけることも考えられなかっただろう。しかし、その三十年前の若い男女にしても、さらに三十年前（つまり、ちょうど太平洋戦争の前）の男女と比べれば、よくもここまで変わってしまうものだ、と慨嘆されていたのかもしれない。そしてさらに、五十年前、百年前となると、もうわけがわからなくなる。

さて、ここに『宇津保物語』と呼ばれる約一千年前の物語がある。正確な成立年代も、作者も確定できないままになっている物語ではあるが、だいたい一千年前には、現在の私たちに伝えられている物語の全容が成立していることは確からしい。そこで、この一千年という時間の隔たりがまず、私たちの前に、受け渡される。

一千年。これは言うまでもなく、容易な時間の隔たりではない。もちろん、人間の生物的な原型はこの程度の年数では変わらない。そして、一千年経っても人間って変わらないんだなあ、ぜんぜん物語の内容に古さを感じない、と感嘆しながら、言葉のちがい、背景のちがいもいったん飛び越え、物語の人間模様を現代に照らし合わせ、とりあえず楽しんでしまうという読み方もある。そのように現代風に楽しみながら読めることが古典の価値ではないか、そもそもいったい、ほかにどんな読みかたができるというのか、と聞かれれば、そう、自分の生きているこの時代をはずして、一千年前なら一千年前のままに物語を読むことなどできるはずはない、と答えるしかなくなる。

けれども、『宇津保物語』は現代小説ではない。現代に書かれた過去にさかのぼるSF小説ではなく、約一千年という現実の年月が厳然と、私たちと物語の間に横たわっている。そして、その本来は取り扱い不可能な年月の隔たりにどれだけ、私たちが想像力をもって割り込むことができるのか、その試みこそが古典を読むおもしろさにちがいない。

たとえば、『源氏物語』の主人公の女性とのかかわりは、ときに強姦に等しく、女性を踏みにじるものである、というような説を目にすると、私は違和感をおぼえてしまう。日本の現代小説で、自分のとなりにも住んでいるような男性が光源氏とまったくおなじ行動を取るなら、それはそれで異様なことだろう。王族の重婚が認められている社会を背景に書かれた文学作品は、世界中にたくさんあると思うが、そうした社会背景を現代と照らし合わせて批判することは、ほとんど無意味な行為だと言わざるを得ない。個々の作品から、当時の社会、人々の意識、常識を読み取れる範囲はごく限られている。どれだけ注意深く読んでも、想像力を精一杯駆使しても、わからないことは残される。なにしろたった三十年でも、性の意識や風俗がびっくりするほど変わってしまうのだ。そして、現代日本の私たちは王族というものへの想像力を、とっくに失ってしまっていて、その意味でも、『宇津保物語』にはじまる日本の王朝物語の世界から遠く隔てられている。そんなことも、王朝物語の現代の読者としても、自覚しておいた方がよいだろう。

一千年。この隔たりは、言うまでもなく言葉の隔たりでもあるし、社会構造の隔たりでもある。風俗習慣の隔たり、性意識の隔たりでもある。何層ものこうした隔たりゆえに、現代との単純な比較はひどく危険なことにもなり得るし、しかし一方で、ある限定された時代に、ある限定された社会に生きた現実の人間によって物語が書かれたという現実感を持てなくなり、物語をまるで天上から響く美しい神託のようにしか見なせなくなる、という危険をも呼び得る。物語の世界を現代式に解釈する読み方は、むしろこの危険への反撥として生まれたと見ることはできる。

王朝物語をひとつの精神的な美意識に支えられた「王朝絵巻」としてとらえ、その繊細な美意識を日本人全般の普遍的なよりどころとする受け取り方は、言うまでもなく、本居宣長にはじまる『源氏物語』の解釈であり、現在につながる日本の天皇制の解釈に連動して政治の面でもさんざんに翻弄されてきた、日本人の自意識の大きな誤解の始まりともなっている。私たちは一千年前の物語を前に、この危険をも細心の注意をもって避けなければならない。

王朝物語から当時の女性の姿を見ようとするとき、私たちはまず、以上の自戒を必要とする。そのためにも、紫式部や清少納言が愛読していたらしい『宇津保物語』はここで扱う最良の材料となるのではないか。

この物語の作者は男性なのか、女性なのか、または複数なのか、それさえ断定できず、いくつかの物語が寄せ集められたものなのか、それもわからない。けれども、少なくとも創作意識のきわめて高い紫式部の『源氏物語』や清少納言の『枕草子』に先行する物語として、『宇津保物語』は創作としての完成度は明きらかに劣るものの、それだけに王朝物語の原型を私たちに具体的に伝えてくれる貴重な存在であると受けとめることができる。つまり、同時代の読者として紫式部や清少納言が『宇津保物語』を読んで、とてもおもしろいけれども、こんな部分が物足りない、素朴すぎて興ざめだと感じて、自分たちの物語を書きはじめたにちがいない。その物足りなかった部分、興ざめだった部分に、それから一千年後の読者である私たちは、物語の虚構をくぐり抜けて、当時の人間の姿を具体的に探る手助けを求めることができる。

『宇津保物語』を読んで、まず私が奇妙に感じさせられるのは、主人公の仲忠とその母が都に住んでいられなくなり、山の洞穴に二人きりで七年間も過ごしていた、というこの物語で最も有名なエピソードなのだ。いや、これ自体が奇妙なのではなく、この二人が都に戻ると、すぐさま宮廷の一員になり、帝にかわいがられ、仲忠はついには右大将に、母は尚侍《しょうじ》に取り立てられ、帝も先帝も仲忠母子を賛嘆し、尊敬の念まで惜しまずに向けているという、二人の栄誉の成り行きなのだ。

もちろん、この物語の眼目が時の権力も宗教も超越した芸術の魔術的力で、その秘技のための修行を人里はなれた山中で行なわなければならないという必要がなによりもあって、そのためのいわば、無理やりな設定だと受け止めることはできる。また、仲忠の母の祖父は清原王と呼ばれる皇子、祖母も皇女、母も皇女、仲忠の父の方は太政大臣の四男に生まれ、皇女の一人を妻にもらい、その娘を東宮に入内《じゅだい》させ、生まれた孫が次の東宮になるかならないかと心配するというような人なのだから、仲忠母子はもとから並の家柄ではない。宮廷で重んじられて当たり前のそうした母子が、人間界を離れ、山の洞穴で動物に囲まれて、木の実、芋、野老《ところ》、果物などを食べながら、七年間も琴を弾いて生きつづけた。もともと並ではない母子がこうして、天上の音楽の秘技を人間界に伝えるにふさわしい、さらに浄化された存在となる。彼らは仏の約束に守られた特別な音楽のシャーマンとして、この世に生きつづける。たとえ帝であろうと、彼らをその本質において支配することはできない。

しかし、ここでふと、私は立ち止まってしまう。シャーマンの世界は、自然界と深く結び付いていて、動物も人間も同じレベルの存在として共存している。『宇津保物語』のなかでも、仲忠は熊と話をしたり、母子ともに猿に養ってもらったりしている。しかし、いわゆる王朝の世界では、こうした動物くさい山の世界は嫌悪され、できるかぎり遠ざけられていたのではなかったか。
ここで私が思い出すのは、当時、都のまわりにまだ、いくらでも残されていたという竪穴住居のたたずまいなのだ。そういう時代であったのなら、『宇津保物語』に描かれている山の世界と宮廷の世界の重なりは、むしろ、当時の現実的な生活感覚だったのかと思い直さずにいられない。そして私が王朝の世界観としていつの間にか受け入れていたものは、実は、そのころには一般的なものではなく、『宇津保物語』を受けて書かれた『源氏物語』、『枕草子』などで主張された、先鋭的な美意識だったと考えるべきなのだろう。それは先鋭的な美意識だっただけに、そののち宮廷世界を結果的に狭い範囲に閉じ込め、健康な人間像を否定する方向に導いてしまったと考えられる。

仲忠の母はこの物語で、最もシャーマン的なすぐれた女性として描かれているが、この女性は考えてみると、ずいぶん健康な女性で、動物たちに助けられ、仲忠と二人きりで山で七年間も過ごしていたぐらいだから、少しも弱々しいところはない。この女性を筆頭に、『宇津保物語』の女性たちはみな、健康で、現実的でもある。仲忠の妻になる女一宮や、物語の副主人公でもある貴宮《あてみや》、のちの藤壺女御なども、高貴な女性ではあるが、芸術の価値は分からない存在とされ、そのことでひがんだり、腹を立てたりしている現実的な女性として描かれている。

女一宮は妊娠中に、体に悪いからと止められても氷をほしがったり、妊娠を夫の仲忠に隠しつづけたりする。また、あかんぼが生まれて仲忠に、早くまた、こんなあかんぼが欲しいな、つぎは男の子がいい、と言われると、「うたていふものかな、いとおそろしきわざにこそありけれ」と考え、答えもしない。そして、あかんぼにおしっこを仲忠がかけられ、そのあかんぼを抱いてくださいといわれても、「あな、むつかし、いかにか、くさからむ」といやがり、顔をそむけてしまう。

たとえばこのエピソードなどは、紫式部の美意識からすれば、耐えがたい性質のものだったのだろうと想像できる。いくら生まれたばかりのあかんぼとその両親の、いかにもありそうな場面ではあっても、このあかんぼは、将来、東宮妃になるべく想定されている姫君なのだし、両親は身分の高い貴族なのだ。

妊娠した藤壺女御が里帰りをした際、母親の大宮が藤壺女御の「御衣をかきあけて（おなかを）みたてまつ」る場面が描かれている。生まれてくる子が、女か男か、それで判断するのだが、これも今の時代に共通する、しかし女御の話としては、現実的に過ぎる場面だと言える。

全体に『宇津保物語』では、妊娠、出産についての具体的な描写が多く、この時代、まさしく妊娠、出産が貴族にとって最大の関心事だったことの、素朴な反映なのだろうが、今の私たちが読むと、そうした部分にこそ興味が引き寄せられる。

あかんぼの「かに」、つまりお尻の蒙古斑（胎便という説もある）や「のちのもの」、つまり後産、さらに、あかんぼの臍の緒を切る手順まで叙述してある。また、父親の仲忠が貴族の取り決めを無視して、出産直後の妻とあかんぼが寝る御帳のなかをのぞいたり、おしっこをされようがふところに抱きつづけたりする様子も、建前は建前として、実際には大らかに妊娠、出産が行なわれていたことを、現在の私たちに伝えてくれる。

貴族の姫君はたとえ、どんなに幼くとも、父親以外の男性には見せずに育てることになっていたらしいが、この物語では、うっかり見られたり、父親同士の了解で、友人の姫君をこっそりのぞいたりもしている。のぞきと言えば、仲忠が妻の妹の女二宮をのぞく場面も、その現実感に驚かされる。女二宮は「いささかなること」、つまり小用のために起きたところを、仲忠に見られる。その様子が、白い一重の綾を寝間着に着て、髪の毛が寝乱れ、ふくらんでいた、とある。これだけの描写なのだが、王朝絵巻の美意識からは想像できない皇女の姿で、むしろ私たちは自分の家族の寝ぼけた姿をここで連想してしまうだろう。

男性貴族の描写にしても、酔っ払ってひどく吐きもどしたり、あわててうっかり毛脛を出したり、主人公の仲忠が出産直後のあかんぼを抱きとるために下着を脱いだりと、これも負けず劣らず、上品に取り澄ました貴族の像とはだいぶかけはなれている。

女性ではほかにも、五十歳を過ぎた左大臣の未亡人が、まだ三十代の右大臣で、妻を失った男に言い寄り、さらにはその十三、四歳の息子に言い寄りさえする。邪悪な女を描くための誇張があるとしても、五十歳を過ぎても、年齢にかくもこだわらずに男に言い寄りつづける、このたくましい姿には感心してしまう。しかもこの未亡人は左大臣の未亡人なのだから、かなり高級な貴族の女性として設定されているのだ。もちろん、女一宮も藤壺女御も夫である仲忠や帝の言いなりには少しも動こうとしない。自分の要求はあくまでも通そうとする。

しかし一方では、「今の世の男は、まず、人を得むとては（妻を選ぶときには）、ともかくも父母はありや、家は、ところ（土地）はありや、洗はひ綻びはしつべしや（洗濯や針仕事はできるだろうか）、供の人にものはくれ（夫の従者に禄をくれるか）、馬牛は飼ひてむや、と問ひ聞き、容貌きよらなるがあてにらうらうしき（上品でかわいい）人といへど、廃れたる所にかすかなる（ちっぽけな）住まひなどしてさうざうしげ（貧しくさびしげ）なるを見ては、あなむくつけ（ああ、むさくるしい）、わが労づきわずらひとやならむ（私の苦労の種になるだろう）、と思ひまどひて、あたりの土をだに踏まず、／あやしき者の子、孫、容貌鬼のごとくして、頭はひた白に、腰はふたへ（腰が二重に曲がった）なる女なれど、猿を後へ手に縛る者（猿の両手を後にしばりあげたような姿の者）といへ、とくありし（財産のある）者の妻ぞ子ぞといふ者をば、天下の人もえ聞きすごさで言ひ触れまどふ」と、男たちのむきつけの金目当ての結婚観も溜息まじりに描かれている。

このあたりに、実際の当時の貴族女性たちの姿がかなり忠実に映し出されているように、私には読み取れる。そしてこの、富に振り回される女たちの現実の結婚生活と、シャーマンの世界につながる女たちの誇りも決してそのなかで消え失せてはいないという、女たちにとっての矛盾した現実のなかで、『宇津保物語』は読み継がれ、紫式部や清少納言などの女性たちにとって、これは重要な問題提起となり、彼女たちの創作意欲をかきたてる結果をもたらしたのではないか。

芸術至上主義の物語であるはずの『宇津保物語』には、反面、フェティシズムに類するほどの豪華な衣装や贈り物についての過剰な描写が見られる。そこからは、最も富める者の代表である王族に対する、当時の読者の単純なあこがれが伝わってくる。富が一握りの人たちに集中し、貧富の差がはげしくなり、男女間の関係にもその影響が現れはじめるのと同時に、王族に象徴される、この世ばなれした富を観念のなかでもてあそぶ快楽も、このころ、読者の強い要求として肥大化していたのかもしれない。この快楽はやがて、より精神的な快楽に高められ、『源氏物語』で追求される美意識に受けつがれているようにも思える。

『宇津保物語』のなかで、仲忠の母は父を失ったとたん、屋敷の屋根と言わず、床と言わず、行きずりの浮浪者たちにはぎとられてしまうし、富にうずもれるように暮らしていた左大臣の未亡人は、行いの悪さのためにあっけなく乞食のようになってしまう。また、ゴマ一粒にさえけちけちする貴族、姫君を手に入れるためにならず者たちと結託する貴族も出てくる。貧富の差がいちじるしく、また、その貧富が簡単に入れ替わり、画然とした境界がない様相が描き出されている。そのような世相のなかで、当時の貴族女性たちも決して安閑とはしていられなかっただろうし、生き残るために、富を獲得する現実的な努力も重ねていただろう。そして一方で、女系に伝わるシャーマンへのノスタルジイとも重なる芸術至上主義や、「もののあはれ」に代表される精神主義に高い価値を見いだそうという欲求も生まれ、広く支持されていったのかもしれない。

一千年前の女性たち、と一口に言っても、王族、貴族、庶民、浮浪者、さまざまな所で生きていた女性たちがいたわけで、物語からはそのほんの一部分しかのぞくことができない。けれども、とりあえずはのぞくことができるのだ。

一千年前のあかんぼも今と同じように生まれただろうが、一千年前の貴族たちの恋愛の意識、性の意識は、どの程度に今と同じで、今とちがうのか、これはほとんど推測もできない。人間としての生理は同じでも、恋愛や性の意識は、社会生活に影響され、いくらでも変わり得るものなのだから。しかし今に残された物語を小さな、貴重な窓口として、そこから私たちは、一千年前の女性たちはどんな恋愛をしていたのだろう、どんな性的快楽を味わっていたのだろうと、さまざまな推測をする喜びは確実に与えられている。

「女性」という条件

長い間、私は日本の古典文学に特別な興味を持たないままで過ごしていた。今でも、「特別な興味がある」と言えるほど古典文学に接近しているわけではないのだが、以前はほとんど完璧に近く、無関心なのだった。なぜ、そうだったのだろう。自分自身の怠惰もさることながら、ほかにも案外、私個人の問題だけには終わらない重要な理由があったような気がしてならない。

一口に日本の古典文学と言っても、言うまでもなく、さまざまな時代の文学がある。江戸時代の文学などには、それと自分で気がつかぬうちに親しんでいた。実朝や西行もまあまあ。考えてみると日本の古典と言っても、どうやら平安王朝の物語文学に限って敬遠しつづけていたらしい。なんとなく女性的に過ぎて、頼りなく、うさん臭く思え、わざわざ読むほどのものではない、と思い決めていた。そしてせっせと、外国の文学を読み耽っていたのだ。

高校での古典の授業があまりに退屈だったという理由もある。せっかく『伊勢物語』を読んでも、「男」と斎宮との秘密の出来事という背景の説明が省略されていたら、「東下り」も気の抜けた風流な紀行文にしか見えなくなってしまう、とこれはかなりあとになって読み返してからの大いなる不満だった。『源氏物語』にしても、『和泉式部日記』にしても、下世話なところでおもしろい部分が、学校の授業では一向に伝わって来なかった。

しかし、こんな不満は責任転嫁というものであって、自分自身の感受性の問題として、なぜ、平安王朝の物語や日記を若いころに避けていたのか、その理由を探ってみなければならない。そもそも文学というものが私にとってどんな存在だったのか、という問いに、この問題は重なってくる。

文学の楽しみとして、女性の自分には未知の部分である男性的な世界に私は近づきたかったのではないか。今、振り返ると、そのように思える。文学のなかでまで、「女性」とつきあうことはない。自分が女性であるという現実、その重苦しさだけでじゅうぶん。せめて、本のなかでは、『里見八犬伝』の八犬士のひとりとして自分を遊ばせることを許してほしい。弥次さん喜多さんといっしょに旅を楽しませてほしい。または、『罪と罰』のラスコーリニコフの悩みを共有させてほしい。そのように思うとき、私はラスコーリニコフが男性であり、そして彼を救うことになるソーニャが女性であることを、忘れてしまっていた。いや、忘れていたのではなく、自分も男性のひとりになって、ソーニャを非現実的な、性の異なる存在として受け止めていたのだ。そうすることで、読者のひとりである私もソーニャを哀れみ、憧れの気持も持つことができた。

女性という性と文学は、実は反発しあうものとして存在するものなのかもしれない。少なくとも、文字に書かれ、印刷され、本の形になったものとして揺るぎない地位を築いてからの「文学」については、そのように感じられてならないのだ。

文字で物語が記録される時点で、まず、文字につきまとう性質がかかわってくる。日本の場合は、だれもが知っているように、漢字とひらがな、カタカナの三者がどの時代にも権力闘争を繰り返している。「花」と「はな」と「ハナ」は指示しているものは同じでも、その意味は微妙にちがう。「花」が正統派を誇っていた時代もあるし、現代はむしろ「花」はやぼったく、「はな」の方が幅を利かせている。そう、文字には必ず、記録性が伴うので、その社会の権力の方向と無縁のものではないのだ。

次に、印刷、製本、そして商品となると、これはまさしく近代社会の産業として成立しているわけで、近代産業を支えている論理が男性のものであるとしたら、「文学」も男性の論理に支えられなければ存在が許されなくなるという結論に落ち着くことになる。近代文学とはそのようなものとして発達し、受容されてきた。と、このように考えると、学校に通っていたころの私がもっぱら男性的な世界を求めて「文学」と親しんでいたのは、無意識のうちに、近代文学の本質をかぎ分け、それこそを「文学」として理解したいと望んでいたと言えるのだろう。そのような私にとって、平安朝の物語文学などは「文学」と感じられなかったにちがいない。

けれども、どうもなにかがちがう、と自分自身の人生を重ねるうちに、「文学」についての漠然とした疑問がわいてきた。ここで私の言う「自分の人生」とは、女性として結婚、出産、育児、そして離婚といった経験を意味する。私が書きつづける小説は言うまでもなく、文字で書き、本にして、書店で売ってもらう類いのもので、つまり近代文学と縁を切ろうとしても切ることはできない。が、その小説で、自分の人生における思いをなんと表現しにくいことか。また、先例も数少ないことか。やがて、これはもっと個人的な話になるが、私は幼い家族の死を経験した。そのとき、私のなかの「文学」はいったん、完全に崩壊してしまった。「文学」は私の問いに答える力を持ってはいなかった。なぜ、子どもが死ななければならないのか。なぜ、子どもが死んだのちも親は生きつづけなければならないのか。子どもを死なせた母親の愛にどんな意味があるのか。

私が今まで敬遠して来た一千年前の日本の物語に自分から近づいたのは、そんな時期だった。どんな作者だったのかも分からなくなっている多くの物語。日常的に死に取り囲まれていただろう作者の残した声。そこから私は自分の求めているものを聞き取ろうとした。聞き取れるはずだと信じた。人間の生死について、親子の愛、性愛について、女の意味について、商品になる前の、直接の声として語る作者の思いをたどりたかった。私ははじめて、一千年前の作者たちとの対話の楽しみを知るようになった、とも言えるだろう。

女性と男性。この区別を肉体的な次元でだけ受け止めると、それはそれで妙なことになってしまう。物語と文学、解放と征服、無償の喜びと商品、歌声と活字、さまざまにこのちがいを言い換えることができる。つまり、近代文学が見捨ててきたものとして、「女性的」と軽蔑を込めて言われてきたさまざまな要素を、この一千年前の物語に、あるいは口承で伝えられているさまざまな物語に見いだし、そのことで文学の概念そのものを自由にひろげることができるらしい、と私も気づかされたということなのだ。私自身の性がたまたま女性であったがために、そのことに気がつくのがずいぶん遅くなってしまった。そんな皮肉な成り行きを今、感じないわけにはいかない。もちろん、私自身の愚かさを棚に上げて言えることではないのだけれども。

『夜の寝覚』に呼ばれて

一冊の本がある。それをある時代、ある年齢の一人の人間が手に取る。その人がどんな人生の途上にいるのか、その本をどのように読み、なにを思うか、すべて偶然の成り行きである。一冊の本と一人の人間のこうしたかかわりを改めて思い返すと、ごく単純な事実なのに、不思議な思いに誘われる。

一冊の本を読むという行為そのものだけが、文学のおもしろさなのだとしたら、いつか文学を人類が忘れ去るときが来ることもあるだろうという気がする。ありとあらゆる条件のもとで、人々が一冊の本と出会う。その偶然のかかわりこそが、文学のおもしろさなのかもしれない。

ここで私は、「文学」という言葉を使いながら、古代の洞窟に書き残された絵を頭に思い浮かべている。洞窟の絵をいくら見ても、当時の人たちの生活のすべてを理解できるわけではない。当時の実際の会話も聞こえてはこない。けれども、この絵を刻んだ人間が確かにここに生きていた、あるとき、その人がここでなんらかの思いを込めて、絵を刻み込んだのだ、と私たちはそこに明瞭なある一人の生きた人間の意志を知ることができる。なにかを刻み残すとは、つまりこうした伝達を意味していると考えれば、書き文字による文学も、本質においては、洞窟の絵と変わらない存在なのだと思えてくる。

私たちは話をする。歌う。叫ぶ。泣く。笑う。しかし、そのどれも瞬時に消え去って行く。だれかが、ふと思いついてそれを書きとめておいてくれない限り、なにひとつあとには残されない。「書きとめる」という行為には、人の意識をまとめ導くという政治権力に結びつきやすい側面があるにせよ、時を越えた人と人の出会いを可能にするという本来の伝達機能の重要さを見逃がしにはしたくない。

つまり、現在小説を書いている人間たちは多かれ少なかれ、書き文字による制約を強く感じながら、紙に字を書いたり、ワープロを叩いたりしている。書き文字に頼りすぎて、私たちは歌う声を忘れてしまっているといらだつあまりに、書き文字の価値まで見捨ててしまいたくなることがあるのだが、たとえば古典文学というものとの出会いを考えると、それがもし「書かれて」いなかったら、私たちはそれを産み出した背景の人間たちの声をどのようにしても聞くことができなかった、と言ってみれば当たり前のことに気がつかされる。文学がなくても人間は生きながらえるだろうが、人間が生きていなければ文学は生まれない。

ここに現代の方法で印刷された一冊の『夜の寝覚』という物語がある。十一世紀に書かれ、物語全体の半分しか残されていないという物語である。この本を見つめていると、私は今までここに書いたようなことをいちいち思い巡らさずにいられなくなるのだ。今からほぼ十年前、この一冊の本を取り上げたときの私の頭には、「なぜ人は物語を書くのか」という私にとっては切実な問いしかなかった。

実を言えば、私がはじめてこの物語を読んだのがいつだったのか、それが分からなくなっている。強く意識しはじめたときはすでに自分で小説を書いていて、その主題としていわゆる「三角関係」について、あれこれ考えている時期だった。「三角関係」という言葉自体には軽い響きがあるが、なぜ「三角関係」が人間にとって古今、かくも苦しみのもとになるのか、それを私は知りたかった。

民話によく出てくる鶴やキツネ、龍など、動物の化身である妻の話は、社会に認知された関係と認知されない関係を象徴させた話なのかもしれない、などとも考え、いくつかの短編を書いた。しかしそのうち、『夜の寝覚』の大君と中の君姉妹の話をふと思い合わせ、姉妹と一人の男性の三角関係ほど、人間にとってつらいものはないのではないだろうか、でもなぜなのだろう、とこだわらずにいられなくなり、そうした人間関係を現代に設定して、『火の河のほとりで』という長編小説を書くに至った。この小説の主人公である姉が『夜の寝覚』を読んでいた、とこれは作者から読者へのメッセージとして、小説の終わりの方でできるだけさりげなく書き入れておくようなこともした。私の気持としては、当時、この長編につづけて、『夜の寝覚』をもっと前面に出した小説を書くつもりでいたのだが、さて自分でどんな小説にするつもりだったのか、今は忘れてしまっている。

その時点で、私自身の人生が突然、途切れてしまうようなことが起きたのだった。私の育てていた子どもがこの世を去ってしまった。私は小説を書く気を失い、読む気も失った。しかし、何ヵ月も経つうちに、自分と同じように子どもの死に嘆き悲しむ人たちの声にだけはいつの間にか、耳を傾けだしていた。なんと多くの悲しみの声が、聖書からも、アウシュビッツからも、広島からも、書かれた文字から伝わって来たことだろう。そして個々の詩や小説も、その声に充たされていたことだろう。

それからようやく私は、『夜の寝覚』をもう一度、思い出した。新しい小説を書く準備のために、すでにこの物語を丹念に読み込んではいた。しかし、私は今まで、この物語を書き残した人の実際の生を考えてみたことがあっただろうか。それがだれだかは分からない。菅原孝標女《すがわらのたかすえのむすめ》だとも言われているらしいが、どちらにせよ、今の私は直接にその人を知ることはできない。が、私はその人が一心に書きつづけた物語を、印刷された形ではあるにせよ、現に読んでいるではないか。これだけの物語をいいかげんな思いで書けるものではない。一体、この女性（女性であるにはちがいない）はどんな実人生を送りながら、どれだけの覚悟を決めて、この物語を書いていたのか。

このとき、私ははじめて『夜の寝覚』の作者と、作品を通じて正面から向かい合えた気がして、そのことに自分で驚いたことをよくおぼえている。ここには、ある時代を確実に生きた、そして物語を自分の意志で書くことを選んだ一人の女性がいる。その人に、現代の女性作家である私は教えてもらいたい、あなたの時代は人の生死をどのように受け止めていたのか、あなた自身、子どもを失い泣いたことがあるのではないか、それなのになぜ、この物語をあなたは書こうとしたのか、書きつづけたのか、と。現代の私たちはなにを見失っているのか、それも教えてほしい。

私は作者と対話をするように、注意深く『夜の寝覚』を読みはじめた。その対話を自分の小説として書きはじめもした。私自身をモデルにした現代の部分と、『夜の寝覚』を私なりに膨らませた昔の部分と、交互に書いていくという作業が自然に生まれていた。『夜の光に追われて』という長編はこうして生まれた。私としては、『夜の寝覚』の作者との合作で生まれたという思いがある。『夜の寝覚』がもともと、『宇津保物語』などに比べると、作者の作家意識というものを強く感じさせる物語だったから、たぶん、私も自分の窮状のなかで、あなたはなぜ書くの、と語りかけたくなったのだったろう。そう考えれば、私の経験した対話は、『夜の寝覚』の作者から呼びかけられて実現したとも言える。

それから十年経ち、再び私は今、『夜の寝覚』という一冊の本を手にとって見る。本そのものは、多少古びはしたが変わらない。でも、私の方は十年年を取り、住む場所も変わり、ソ連という国が消え、湾岸戦争が起こり、阪神大震災があり、そして相変わらず小説を書きつづけている。私の書くものが遠い将来のだれかが読んでくれるという確信は、私にはない。けれど、私も自分の物語を書きながら、確かに、だれかに呼びかけつづけているらしい。『夜の寝覚』の作者のように。

純粋な会話

自分の育った言葉とまったく異質の言葉の世界に人がはじめて身を置いたとき、どんなことが起きるのか。

日常的に使い慣れている自分たちの言葉の意味を、私たちはいちいち、考え直すことはしない。日本語の世界では、朝、人に会えば、おはよう、と言うし、夜には、こんばんは、と言う。雨がつづけば、じめじめして、いやですねえ、と私たちは言い合う。湿気の多い空気の状態をなぜ、じめじめ、あるいはじとじと、と言わなければならないのか、悩んだりはしない。

ところが、それがなぜなのかわからなくて、自然に口が開かない、ひとに適切に反応できない、そんな状態を、まだ習得不完全な外国語の世界に投げ出されると、私たちはまず経験させられることになる。言葉そのものがまだ未熟な幼児の状態にむりやり連れ戻されてしまう経験だとも言えるけれど、単純にそれだけのこととは決めつけられない。

ひどく滑稽で、もどかしく、また不安な経験。しかし、そのようにして自分と言葉の関係がいったん崩されたところで思いがけず、言葉との新しい関係がみずみずしく生まれ出てくることにもなる。

私自身の経験として、言葉に苦しめられながらフランスに一年間滞在したということがあったのだが、その間、私がしきりに思い出していたのは、三十年以上も前に十五歳でこの世を去った、ダウン症の兄と言葉の関係なのだった。

ようやくひらがなを書けるようになった兄が、宿題の日記をどう書けばよいのか見当がつかず、ひとりで悩みつづけていた。それを見かねて、十歳の私はこざかしくも、宿題の日記なんて、本気で書くようなものじゃない、型通りに、ぼくはきょう、と書きだせばいいのよ、さあ、書いてみて、と言った。けれどもその私の声は兄の耳にはまったく入らなかった。せっかく、日記を手抜きで書くこつを教えてあげたのに、と私としては、おおいに不満だった。

また、こんなこともあった。中学生になって英語を習いはじめた私は、兄に口先だけ英語を言わせて、家族をびっくりさせようと思い、何度も兄に、アイ・アム・ア・ボーイ、と言い聞かせ、意味なんてわからなくてもいいから、さあ、まねをしてよ、と言った。しかし、兄はその私を無視しつづけた。兄は日ごろ、英語を勉強する妹の私を心から尊敬するように、自分の自慢にもするように、私の教科書やノートを眺めていたので、口まねだけでも英語を自分で言えるようになれば、兄だってどんなに得意に感じることか、という期待も私にはあったのだ。

ダウン症の兄にとって、言葉はけっして無意味なものではなかった。この兄が死んで三十年以上も経って、自分が日本語とは異質の言葉の世界に投げ出されてみて、私はそのようにはじめて理解できたのだった。

兄にとって言葉とは、ひとつひとつ、愛情を込めた美しい生き物であり、愛する人たちと与え合う貴重な、光るものだった。兄には、無意味な挨拶、お世辞や冗談は通じなかった。人間として純粋な会話しか、兄には存在しなかった。

そして外国で言葉が不自由な私にとっても、言葉の意味が曖昧になったのではなく、逆に言葉のひとつひとつが明確に浮かびあがり、大事な、美しい光るものになっていた。むだな言葉のやりとりは、もちろんそれが私にはできなかったからではあるけれども、私の体から消え失せ、純粋な会話だけが私に残された。私はようやく、兄がかつて教えてくれた言葉の世界に近づいていた。

言うまでもなく純粋な会話だけで、私たちはふつう、その社会で生きていくことはむずかしい。言葉をいろいろに飾ったり、隠したり、約束事に閉じ込めたりして、なんとかぶじに生き抜こうとする。けれどもその一方で、肝心の意味を見失ってしまうことも多い。純粋な会話をもし、私たちが日々の生活のなかで交わし合うのならば、なにを私たちは伝え合うことになるのか。どんな意味を、自分たちの生に見いだすのか。私はそんな言葉の世界を小説に書き表わしたくなった。

滑稽で、もどかしく、不安で、しかしだからこそ、人間の生があざやかに見えてくる言葉の世界。

その成果を、最近、『かがやく水の時代』という一冊の本にまとめることができたのだが、もちろんそれは、言葉とは縁の薄いように見えた知的障害を持つ兄が、本来の言葉の価値を確かに生きていたと知ることができ、そこから人間と言葉のつながりを理解する方向も示されたと信じうる、私にとって、このうえなく大きな喜びの体験なのだった。

日本語と私との間に

自分の小説の文章に、実を言うと、私はさっぱり自信がない。こんな文章が好きだという、はっきりした規準もない。自分で日本語の文章を書けば書くほど、日本語がばらばらになり、わけが分からなくなってくる。私の書きたいことと私の使おうとする日本語がなかよく手を取り合ってくれない。それぞれがひどく気むずかしく、その間に立って、私はいつもおろおろ心配させられる。その心配の過程が、言ってみれば、私にとって小説を書くということでもある。結果、なんらかの文章が小説を支えるものとして残される。自分の文章については、こんな実感しかない。

フランスに滞在していたころ、ぜひフランス語でも小説を書きなさい、と何人ものフランス人が私に真顔で言うのに随分、驚かされた。気楽におっしゃいますけど、こちらにはそれほどのフランス語の能力がないんですよ、ととりあえず笑いながら答えても、相手は少しも動じない。でもそれだけフランス語をしゃべっているじゃないですか、書けますよ、なぜ書こうと思わないのか、とさらに追及してくる。それぞれ編集者だったり作家だったりする、言わば文学のプロたちなのだ。こちらはたじたじとなって、そうですねえ、それもおもしろいかもしれませんけどねえ、とごまかしつづけていた。でも今、冷静に振り返れば、こうした提案にいちいち驚かなければならない理由もなかったのだろう。私のフランス語についての弱気がこんな提案を前にすると刺激されて、思わずしりごみをしてしまっただけで、小説で使う言葉という点だけで考えれば、そもそもその言葉の駆使に自信のない人のほうが、自信たっぷりの人よりもよほど小説の文章に近づきやすい、と実際には言えるのかもしれないのだ。

ポーランド出身のジョセフ・コンラッドはイギリスに帰化し、英語で小説を書いた作家だが、英語で話すことは最後まで苦手だった、しかしそうした英語との距離がかえって独特の英語の文章を作り上げた、とこれはフランスの新聞の文芸欄に書いてあったことの受け売りに過ぎないけれど、妙に納得させられるものがあった。フランス・アカデミー推薦の「美しいフランス語」の作家も相変わらず頑固に存続する一方で、どこか風変わりで、新鮮なフランス語で小説を書く外国出身の作家がフランスでは珍しくない。そうした外部との接触によって、言葉の魅力を再生させつづけていくことができる、とフランス人たちは過去の経験からすでによく知っているらしい。文学だけではなく、音楽、美術の世界でも、純血のフランス人など一体何人いるのか、とこれもフランスの左派の新聞がフランス内の外国人排斥の動きに対抗して掲げた外国出身の有名な芸術家のリストによって、私自身、なるほどなあ、とはじめて思い知らされたのだった。そんな背景があって、私如き日本人作家にも彼らは真顔で、フランス語で小説を書くことを熱心に勧めたくなったのにちがいない。そういえば、そのように私に勧めた編集者のひとりはフランスに住みついたアメリカ人だったし、もう一人はスウェーデン出身、作家はイギリス人とフランス人の両親を持ち、アラブ人の女性と結婚していた。

パリ大学で私の受け持った学生たちもその両親の出身は色とりどりだったが、フランス語で育ったその大学院生たちと説経節などを読んだり、宿題で日本語の作文を書かせたりするうちに、彼らの日本語はなんておもしろいのだろう、と日本語で育った身である私は感嘆せずにいられなくなった。私も外国語に接するとき、文脈から単語だけを分離させて意識してしまうので、時としてとんでもない表現を口走ってしまうのだが（たとえば、「千回の感謝（本当にありがとうという意味）」という表現をうっかり「一回の感謝」と言ってしまったり）、それと同じことを当然、彼らもしてしまう。けれどもそのずれが、私のなかの日本語に思いがけない動きを与えてくれる結果ともなったのだ。

復活祭が近づいたころ、我ながらいかにも凡庸な発想だと思いながら、「春」と言うテーマの作文を書かせたことがあった。そのとき、「売春宿の春子さんが春一番のなかをうれしそうに歩いていた」、というような「春」づくしで書いてきた学生がいた。どっちみち辞書で「春」の項目を調べ、そこに並ぶ単語を苦し紛れにつなげただけの「作文」だったにちがいないが、それでも一応の「お話」はできていて、なんとも不思議な世界を作り出していた。日本語で育った者にはなかなか、こうした蛮行ができない。「春」と言われると、暖かい日ざし、やわらかな木の芽、梅や桜などの花、あるいは入学式、などと自分の日本語の世界での「春」にちなんだ記憶がつながって行き、そこにしばられてしまう。

自分を育んでくれた言葉から距離を作り、自分の発想がそこに閉じ込められないようにするのは、その言葉の経験がすっかり内面化されていればいるほど、ひどくむずかしくなる。ほとんど、不可能なことでもあるのだろう。けれどもそのための過程が、「小説を書く」という行為なのにちがいない。少なくとも私にとって、小説で使う日本語の文章とはそういうものなのだ。

渦巻く文学をめざして

――アオテアロア（ニュージーランド）文学の現在

一枚の絵を忘れられずにいる。学校の教室で、黒板の前に立たされた貧しげな子供。首から大きな木の札を下げさせられ、深くうなだれている。その札には、フランス語で「ぼくは野蛮な言葉を話した悪い子供です。」と書かれている。「野蛮な言葉」とはブルトン語のこと。フランスに併合されたブルターニュの、書き文字をもたない言葉で、フランスの同化政策のもと、その使用が禁じられていた時代があった。学校がそのための格好の「教育」の場となり、子供たちに対して教師たちは厳しく処罰を実行していた。昔から、ブルトン語はフランク王国から軽蔑されつづけてきた歴史があり、だいたいそれは「言葉」とも認知されず、ただの耳障りな「雑音」だと思われていた。

どこかで聞いたような話かもしれないけれど、これはブルターニュの話。

このような同化政策に基づく「教育」をそれまでまったく知らなかったから、この絵を忘れられなくなったのではない。ああ、なんというありふれた「教育」の熱意だったことだろう、と改めて、衝撃を受けたのだった。学校の教室で立たされ、うなだれているこの子供は、日本語を強いられたアイヌの、琉球の、台湾の、韓国の子供なのだし、英語を強いられたマオリの、アボリジニーの、サモアの、インドの、地球上、いたるところにいる子供たちなのだ。そして日本の国内でも、明治の近代国家になって以来、各地方で方言が学校で処罰の対象になりつづけた。教師たちの方法論はみごとなほど、いずこも同じ。野蛮であるという「恥」を子供たちの体に植えつけた。

それにしても、と不思議な気持がしてくるのは、なぜかくまで熱心に、地方の小さな学校の教師たちまでが子供たちからその母語を切り落とそうと努めることができたのか、ということで、近代の学校とは本質的にそうしたものなのだと言ってしまえば、もちろん簡単な話なのだけれども、国家の威信というものにかつて、どれだけの魔力があったのだろうと、やはり考え込まずにいられなくなる。そして、言うまでもなく、これは今、完全に過去の話になっているのでもない。

現に私自身、東京で生まれ育ったので、ついぞ方言というものを知らず、学校の生徒だったころは自分の「標準語」を得意に思い、地方のなまりを残す教師を嘲ってさえいた。「標準語」しか知らない自分を嘆くようになったのは、小説を書きたいと願いはじめてからのことだった。私は「本当の言葉」を知らない。そう思い知らされたのだ。山梨県で育った私の母は、郷里の言葉を当然、知っている。しかし、母は子供たちの前でその言葉を使ったためしがなかった。多少はインテリだった母の誇りが、ふるさとの言葉を拒否してしまったのだ。田舎の言葉をいつまでも消せないのは、「教養」のない、地方出身のお手伝いさんや、魚屋の御用聞きの青年たちなのだった。それでも私には母の体に残る郷里の言葉が気になり、もうひとつの言葉を私から隠しつづける母を妬み、恨んでいた。私にもその気になれば、生きた言葉を伝えられただろうに、身勝手に母はその可能性を私から奪ってしまった、と。しかしどうあがこうと、いまさら私は私自身の貧しい言葉を変えようもない。そのあきらめから私は小説を書きはじめた。

ところが何年も小説を書きつづけるうちに、自分の言葉に対するこの劣等感、あるいは距離感こそが、私に文学を求めさせ、小説を書かせているのかもしれない、とも思うようになってきた。自分の例として思い至ったというよりも、ほかの多くの文学者と作品の関係を見ての実感である。なぜ、わざわざ文学なのか。言葉などという、こんなに不自由でめんどうなものを、どうして物好きにも選んで、なにかを語ろうとするのだろうか。なぜ、音楽や美術ではいけないのか。

人がもし、自分と言葉の関係を問いただしたくなったら、その言葉とまずは徹底してつきあってみるしか、答を得る方法はない。つまりはそういうことなのだろう、と思う。なぜ、こんなに自分の言葉は不自然で、不自由なのだろう、自分の本来の言葉はどこかほかにあるのではないか、と息苦しくなったとき、その人は文学を必要としはじめていると言える。その人自身と言葉の間にできた隙間から、ほかならぬその言葉を使った作品が導きだされる。この隙間、ずれのありようは、それぞれの立場や状況によって当然、ちがってくるが、私にもおぼえのあるその隙間は、植民地化による言葉の強制や、亡命、移民などに際して生じる言葉の問題にも共通しているにちがいない。けれども、植民地の問題とか、亡命などというと、文学が二の次に考えられてしまう危険を感じないでもない。あるひとりの人間が、あるとき、自分の言葉にずれを感じ、小説なら小説を書きはじめる、それから、その背景にある社会的、政治的な事情に気がつかされる。文学というものを考えるとき、決してこの逆の経緯はあり得ないことを、一応、念のために確認しておきたい。

たとえば、ここでニュージーランドのマオリ系作家のひとりであるパトリシア・グレイスの場合を個別に考えてみても、彼女にとっての文学の出発点は、植民地とか、先住民とか、マオリ文化とか、そうした問題よりもなによりも、彼女が「自分の言葉」（植民地のイギリス英語）にずれを感じた瞬間だったにちがいない、と私には信じられる。彼女の初期の短編を読むと、この人は少女時代、キャサリン・マンスフィールドを愛読し、ヴァージニア・ウルフの世界にものめり込んでいたんだろうな、と想像したくなってくるのだ。非常に端正な、そして透明な光にあふれる、魅力的な人間と自然の描写が、そのように連想させる。この文学少女はところが、実際にはイギリスがどんなところか知らないままだったし、一方、父親の家系はマオリなのに、自分はマオリ語も知らないままだった。そのことを無視できなくなったとき、彼女のなかで、イギリスの言葉との距離が生まれたのではないか。そしてそのとき、彼女にとって文学少女の時代が終わり、小説を自分で書く必然性が導き出されたにちがいない。やがて小説を書きつづけるうちに、マオリの文化とか、その社会問題とか、さまざまな要素が実際の小説の主題として現われつづけた。そのように、私は自分自身をも重ね合わせて、想像している。自分の言葉に対する違和感は、言うまでもなく、その社会で「はじっこ」に追いやられたものへの関心にもつながっていく。

＊

今年一九九八年の三月、ニュージーランド（マオリ語でアオテアロア、現在、このマオリ語名も広く認知されるようになっている）の首都ウエリントンで開催された「作家と読者週間」に参加して、マオリ文学の現在、さらには現代の太平洋文学の一端に触れ、日本にもなんらかの形でその状況を紹介したいと強く願ったのは、以上のような私自身の思いからはじまっていることである。遠い国の、遠い文学の問題ではないのだ。

この「作家と読者週間」（以下「作家週間」）は、二月から三月にかけてウエリントンで隔年に催される「国際芸術祭」の一環として組み込まれているもので、今回で七回めになる。年々、規模が大きくなって、今までは英語圏の作家が中心になっていたのが、別の言語圏の作家にも幅をひろげはじめ、今回はチェコの詩人ミロスラブ・ホラブと日本の私を招待することにしたという。今年のテーマとして、マイノリティの言語圏（英語圏から見ての話だが）の文学に光を当てて、なおかつ地元のマオリ系作家と非マオリ系作家の積極的な融合も試みようとしたらしい。

前回のプログラムを参考に見てみると、ニュージーランドの子供ならだれでもその詩を暗唱しているという詩人のホネ・トゥファレ、小説家のケリ・フューム、そしてパトリシア・グレイスをはじめとする何人かの著名なマオリ系作家が参加しているし、太平洋諸島のセッションを設け、西サモアとアメリカ領サモアから三人の作家を招待している。また、若手マオリ系作家たちのセッションもあるが、このふたつのセッションはまだ、「巻末付録」のような扱いではある。

今回の外国からの招待作家は、一九四九年生まれのオーストラリアのアボリジニー女性作家グレニス・ワード、西サモアの若手女性作家シア・フィーゲル、そしてインドからは前年のブッカー賞受賞者のアルンダティ・ロイ、イギリスのジュリアン・バーンズ、ルイ・ド・ベルニエールなど十五名で、「マオリ・ライターズ・リード（マオリ作家の朗読）」と呼ぶ三回のセッションは、他のセッションと全く同格に扱われていた。そのうちの一回は、マオリ系女性詩人として最も著名で、尊敬されているJ・C・スタームと若手のホネ・コウカの朗読に、シア・フィーゲルとアルンダティ・ロイが特別ゲストとして加わった。このセッションについては、例外的に参加者全員に招待状が渡された。つまり、開会式とこのセッションだけは必ず、どの参加者も出席してほしい、という主催者側の強い思いがあったのだ。ちなみに私自身の参加した朗読のセッションについて言えば、「日本の鏡」というタイトルで、インド系イギリス人のエッセイストであるピコ・アイヤー、アイルランド出身で日本在住の女性詩人、シネアド・モリッセイとの三人の組み合わせで行なわれた。ピコ・アイヤーは私の『山を走る女』の英語訳の一部を彼の著書に引用しているので、私もその名前だけは前もって知っていた。そしてびっくりしたことに、彼はわざわざ自分の著書のこの部分を選んで朗読してくれたのだ。これはありがたい配慮だった。私自身は『黙市』を日本語で朗読、つづけて当地の女優が英語で同じ部分を朗読した。

この「作家週間」の一ヵ月前の二月に、ウエリントンにある国立博物館の全面的な改築が完成した。そのことが、今回の「作家週間」の意図にそもそも大きく影響を与えたらしい。この新しい博物館は、「テ・パパ（私たちの場所という意味）」と名付けられ、名前の示す通り、マオリ文化の紹介を柱に、建物の表示、展示の説明もすべて、英語とマオリ語のバイリンガルで徹底している。無論、植民地時代の展示、あるいは現代美術、ポリネシアの島々の文化の展示もあり、マオリ文化一辺倒の博物館になっているわけではないが、それにしても私が見物した際にも、マオリ系の人たちが家族連れで、老夫婦で、若者同士で大勢、楽しげに展示品のマオリ語の説明に聞き入ったり、ビデオの画面をながめたりしていて、この「テ・パパ」は早速、マオリ系の人たちにとって、自己認識のよりどころになっていることを感じさせられた。この真新しい「テ・パパ」を「作家週間」の主な会場にしようと決めたとき、ほぼ自動的にそのテーマも決まったのではないか、と私は推測している。

ところが偶然、この「作家週間」の期間に重なって、「テ・パパ」の現代美術の展示品についてのカトリック教徒たちの抗議運動がつづけられてもいたのだ。こともあろうに、聖母マリアの像をコンドームの風船のなかに入れた作品が展示されていたという。マオリの信仰心については過敏なほど気を使っているくせに、カトリックの信仰心はかくまで平気で冒瀆するのか、という抗議で、連日、博物館のまわりにカトリック教徒たちがプラカードや聖母マリアの旗をかざして集まり、神父とともに声を合わせて祈りつづけ、その様子はテレビで中継され、全ニュージーランドの注目の的になっていた。アイルランド系のカトリック教徒がニュージーランドには多く、彼らは熱心な信仰心を持ち合わせている。そしてIRAほどではないにしても、かなりの行動派でもあり、あの冒瀆的な作品を早く撤去しないと、「作家週間」の会場に爆弾をしかけるぞ、という物騒な脅しまであったとも聞いた。

この問題がどのように解決されたのか、それを見届けないうちにウエリントンを離れてしまったので、私には分からない。けれどもこの騒ぎから、先住民のマオリに対する国ぐるみのひどく神経質な配慮、それを眺めるまわりの複雑な意識を多少、のぞかせてもらった気がした。それはアイルランドからの貧しい植民者たちの子孫と先住民との対立でもあり、ほかに中国人の移民問題もあったりで、この国で先住民のマオリの文化だけを単純に重視していればいい、というわけにはいかないのだ。多様性の尊重と共同体の維持ほど、その目的が矛盾し合っているものはない。安易な答は見つかりそうにない。しかし、ここでも結局、個人と言葉の隙間を前提とする文学の存在に、私はひとつの答を求めずにはいられなくなる。

＊

話が前後するが、「作家週間」の開会式は、この「テ・パパ」のなかにあるマラエで行なわれた。マラエとはマオリ文化の象徴であり、冠婚葬祭、そして重要な会議も行なわれる神聖な建物のことで、ここに客人を迎えることは最大の歓迎であり、そのための儀式も神聖視されている。「テ・パパ」の一階には、どこからか移築した伝統的なマラエも展示されていたが、一方で、実際のさまざまな催しに使えるよう現代風にアレンジしたマラエも建物の四階に用意されていて、こちらのマラエが開会式の会場となった。儀式の方法も、マオリの伝統に従った。この趣向の是非はともかく、外国からの参加者たちはこれにはかなり驚かされた。事前になにも聞かされていなかったのだ。儀式では、まず男の作家たちが列を作り、女の作家たちがそのあとにつづいて、マラエに近づく。それを迎えて、マオリの女たちが歓迎の歌を高らかに歌う。私たちはその間一切口をきいてはいけない、笑ってもいけない、と厳しく言い渡されていたので、神妙にマラエに進んだ。日本人の私にとっては、学校などで男の子と女の子たちが分けられ、男の子の方が先に行進する光景を見慣れていたはずなのに、各国の作家たちがその性によってグループに分けられ、ぞろぞろと歩いて行く様子はやはり、珍妙な風景に見えて仕方がなかった。

この儀式には地域毎の差があるので、「テ・パパ」では一年交替で各地域のマオリの習慣に従うという取り決めを行ない、一年めの今年は、まず地元ウエリントンのマオリの習慣に従っているという話だった。「男が先で女がそのあと」という形式には、女性蔑視の意味があるわけではなく、これは客として近づいても危険がないかどうか、まず男が身をもって確かめてから、女が安心してマラエに入るという意味があるので、むしろ反対に女性尊重のマオリ精神の現れなのである、という説明も聞いた。本当かなあ、とその場では思わず疑ってしまったものの、その後、マオリ文学を少し自分で覗いてみたところ、確かにマオリの世界では本来、母系の意識がとても強いように思えたし、社会運動の記録を読んでも、マオリ女性の活躍に感嘆させられた。そもそも、一八四〇年にイギリス側からの強制的な条約でアオテアロアは植民地化されたが、そのときに十三人のマオリ女性がそれぞれの集団を代表して、サインを残している。それから二十年後に、この不正な条約に対してマオリが立ち上がり、十年以上にわたるランド・ウォー（以前はマオリ・ウォーと呼ばれていた）が起こったが、そのときにもマオリ女性のリーダーたちの活躍があったことが知られている。六五年に、ネイティブ・ランド（ふるさと）条例が承認されてからは法廷に、何人ものマオリ女性たちが先祖からの土地を取り戻すための訴訟を起こしたという。やがて国会にマオリ男性に四議席が認められ、マオリ側の立場を確立するためにマオリ国会も設立するに至ったが、ヨーロッパ法がマオリ男性によって受け入れられるに従い、マオリ女性はマオリ伝統法によって守られていた不動産所有権がヨーロッパ法のもとでは夫に奪われることに気がつき、マオリ女性の政治参加を強く求めるようになる。そして、一八九三年にマオリ女性たちによる婦人参政権運動が起こり、一九一九年に婦人参政権を獲得、三五年にマオリ女性の最初の立候補者が出て、一九四九年には、最初のマオリ女性国会議員が誕生している。現在も、貴重な議席をマオリ女性が守り、環境・観光大臣としてマオリ問題に取り組みつづけているマオリ女性もいる。（『マオリ・ウイメン・アンド・ザ・ヴォート』フィア・パブリッシャーズ刊による）女性の力がとにかく強い。もっとも、マオリ女性たちが婦人参政権の運動をはじめたころは、マオリ男性たちの激しい反発とまず、戦わなければならなかったようではあり、軽率に判断できることではないかもしれないが、シャーマニズムの世界が必ず備え持つ、シャーマンとしての女性に対する信頼と尊敬、そして女性自身の誇りが、マオリの伝統文化にも見られるような気がする。重要なマオリ作家に女性は非常に多いし、ついでに非マオリの方を見ても、かのマンスフィールドをはじめとして、ジャネット・フレイム、映画監督のジェーン・カンピオンと、やはり女性の活躍がこの国についてはたのもしい。ただしこちらはマオリ文化の影響とは、なんの関係もないのかもしれないけれど。

開会式そのものは、ホスト側のマオリ男性二人による、マオリ語での長い歓迎の挨拶ではじめられた。つづけて、「国際芸術祭」の名誉会長である英連邦総督の、メモ用紙を見ながらのたどたどしいマオリ語の挨拶。それからゲストの側を代表して、チェコのホラブ氏がチェコ語で挨拶。チェコ語にしろ、マオリ語にしろ、参加者には一言も分からない。けれども最後にホラブ氏が英語で、私の小さな言葉、チェコ語でマオリの皆さんにご挨拶できたのはとても幸せでした、と述べると、それまで緊張して向かい合っていたマオリの人たちとゲストたちとが、はじめて共になごやかな微笑を浮かべ、うなずき合ったのが、印象的だった。

開会式のあとは、欧米式の立食パーティとなった。マオリの伝統では、ここで山盛りの御馳走が出てくるはずだったのに、欧米式でごまかされてしまったのが残念だった。マオリ芸術学校の生徒たちによる、マオリ伝統の踊りと歌を楽しみながら、初対面の参加者たちと挨拶を交わしているうちに、パトリシア・グレイスさんとも巡り会うことができた。私が読んだばかりの彼女の小説『ポーティキ（末っ子）』（ペンギン・ブックスNZ刊）についての感想も含めて、ぜひ、彼女とはゆっくり話を交わしたいと願っていたのだった。ところが、パーティ会場はうるさくて、声もよく聞こえない。そこで別の機会を設けて、日本の文芸誌のために話を聞かせてもらえないかと、急な思いつきではあったが、そして「日本の文芸誌」が載せてくれるかどうかも本当は自信がなかったのだが、強引に頼んでみた。グレイスさんは親切にも、すぐに承知してくださった。翌日、ほかに適当な場所もなかったので、私のホテルの部屋まで来ていただき、「対話」が実現した。あわてて、テープ・レコーダーを事務局から借りてきたが、速記者はもちろんいないし、カメラマンもいない。そのうえ、私の英語力の限界もあって、話し足りない面がグレイスさんにあったのではないかと思うが、反面、「仕事」という硬い雰囲気から逃れた、個人的な、くつろいだ話は交わせたのではないか、という気もしている。

この「対話」で私はアイヌについての話にかなり時間を割かずにいられなかったのだが、それには多少の理由がある。二年前まで私は足かけ四年間、アイヌの口承文芸をフランス語に翻訳し、出版するという作業に取り組んでいた。パリに滞在していたときにはじまったことだが、この翻訳作業の一方で、ブルターニュ地方のブルトン語口承文芸を収めた本を買い集めて、辞書を引き引き読んでみたりもした。ブルトン語の辞書や会話の入門書はパリの書店で簡単に手に入るのだ。ブルトン語の新聞、絵本や小説もブルターニュの書店では売っている。六〇年代にはじまったブルトン語の復権運動の結果であるというから、マオリ語の復権運動も含め、フェミニズム、同性愛者の復権運動とも重なった世界同時的な流れだったらしい、と推測できる。マオリ文学においても、このフェミニズムや同性愛の問題がかなり大きな比重を占めていることに気がつかされる。ただし、日本でのアイヌ語の復権運動について言えば、その成果を見せはじめたのはごく最近のことに過ぎない。

私としては言うまでもなく、この翻訳の作業を通じてアイヌの伝統的な文化遺産を称賛し、多くのことを学びたいと念願していたつもりではいたのだが、しかしそれにしても、そうした文化遺産をどのように現在に活かせばよいのか、アイヌ語とアイヌの口承文芸の伝統を現代文学にどのように融合させられるのか、あるいは新しいアイヌ文学として発展させられるのか、こうした疑問を翻訳を終えたのち、かえって強く残される結果となった。そんな「宿題」をアオテアロアに向かいながら、私は抱えこんでいたのだった。

＊

パトリシア・グレイスさんとの出会いについては、私の長年の友であるニュージーランド生まれの翻訳者ジェラルディン・ハーコートの働きが大きい。私が日本を旅立つ前に、古典的作家のキャサリン・マンスフィールドと現代作家のパトリシア・グレイス、この二人の作品だけは最低、読んでおくべきである、と彼女は私に忠告したのだった。マンスフィールドの方は大丈夫だけど、パトリシア・グレイスの方はまるで知らない、と私が答えると、彼女は私にこのマオリ系小説家の代表作『ポーティキ』を送ってくれた。それで、旅行前のおそろしく忙しい時期にもかかわらず、この本を読まざるを得なくなったのだが、さいわい、現在形の多い、おそらくマオリの伝統的な物語の様式に重ねた、独特の英語の文体が私にはとても読みやすくて、結局、大いに楽しんで読み終えることができた。そして、登場人物たちがかわるがわる、一人称で自分に刻まれたものとしての「物語」を語る形式に、私は強い共感をおぼえた。土地開発の地上げによってその「物語」は変更を迫られる。犠牲者として死んだ子どもは、自分自身の、変更せざるをえなくなった「物語」を、その死後も語りつづける。死んだ子どもの澄んだ声の響きが私の耳に深い余韻を残した。

これは基本的にマオリの伝統文化への尊敬が貫かれている作品でもあるが、それゆえに、最も現代的な、マオリに限定されることのない、力強い文学作品となっている、と私は思った。このような小説を知ることができたのは、日本で、四苦八苦しながら小説を書きつづけている私にとって、大きな刺激になったし、喜びでもあった。多様な文化の尊重が民族主義の檻に閉じ込められず、その個別性を越え、同時代の人間たちが共有するにはどうしたらよいのか、その答を『ポーティキ』は文学の立場から、魅力的な形で示すことに成功している。ここには、現代にとって希有なことに、「希望」があるのだ。

日本に戻ってから、さらにもうひとつ、『ポーティキ』についての意外な出会いがあった。メキシコで一九九一年に国際会議が開かれ、そこでアイヌ口承文芸の世界を紹介したことがフランス語訳へのきっかけとなっているのだが、同時にこの時の原稿はカナダの作家マイケル・オンダーチェ主宰の文芸誌に掲載され、ついでアメリカのデューク大学から出されている論文集にも転載された。その同じ本に『ポーティキ』を扱った論文も載っていたのだ。そこでの出会いに気づかないまま、私はパトリシア・グレイスさんに会い、『ポーティキ』の話を聞き、私はカムイ・ユカラの話をしたのだった。せっかくなので、ミリアム・フックスというハワイ大学教授によるこの論文の内容にここで少しだけ触れておく。『ポーティキ』という作品は、西欧流物語論では表面的な理解しかできず、その理解によればいかにも単純で、素朴な物語となり、決して、欧米文学から認められないことになる、とまずは欧米文学批評の限界を指摘するところから、論文ははじめられる。ところが『ポーティキ』は物語の筋ではなく、その語り方によって、絶妙な時間感覚、空間感覚を実に注意深く実現させている。つまり、「今」は「過去」であり、「過去」は「未来」であり、「ここ」は「あそこ」であり、すべてが溶け合った世界である、とフォックス教授は述べる。

ここで私は日本の『今昔物語』の「今は昔」という言い方を思い出し、日本も『ポーティキ』と基本的には同じ概念を持つ世界だった、と気づかされた。だからこそ、日本人の私には共感しやすかったのかもしれない、と。

「西欧流の批評システムは政治的支配を持ちつづける一方で、こうした作品をいつまでも把握できないままでいるだろうし、書き手自身も外部のそうした視線から本当の主題を隠しつづけるだろう。けれども、その主題を知ることで自分たちの排斥を認めること、そして自分たちの解釈が絶対的なものではないと認めることが、（こうした文学を理解する）はじまりとなる」

このような文章に接すると、欧米ではない日本の文学批評の役割を私は強く意識せずにはいられなくなってくる。少なくとも、新しい太平洋の文学の動きにもっと日本の読者は関心を持つべきだろう。（『アジア／パシフィック―アズ・スペイス・オヴ・カルチュラル・プロダクション』一九九五年刊）

ところで、ニュージーランド文学の古典的代表作家として、キャサリン・マンスフィールドは一人そびえ立っている。私もその作品を知ってはいたのだが、今度、読み返してみて、さて、なにを知っているつもりになっていたのか、とうろたえさせられた。三十年以上も前に学校で読まされたときは、ニュージーランド出身のイギリス作家として紹介されていた。そのためか、「ニュージーランド出身」という部分をすっかり忘れてしまっていたのだ。今、読み返してみると、一番有名な『園遊会』という短編にしても、その舞台がイギリスを遠く離れた植民地の島以外のどこでもないことははっきりと描かれている。港町であるウエリントンの魅力がこれほど明確に刻み込まれているのに、それを読み流してしまっていた。そのことに自分であきれてしまった。こうした読み落としは、本当は、いくらでもほかにあるのかもしれない。読者とはこのようにいいかげんなもの、とここで一般化して言っていいものかどうか分からないが、ある作品を正確に読むというきわめて基本的な行為は実際には、少しも簡単なことではない、といつでも自分に厳しく言い聞かせておく必要はあるのだろう。社会心理的にマイノリティ扱いされている部分は、作品の読者にとっても、見逃しやすい「マイノリティ」になってしまっている場合が案外に多いのだ。

現在、マオリ系作家は増えつづけているし、映画の方面についても、日本でも上映された『ワンス・ウォリアーズ（かつて、戦士だった）』をはじめとして、マオリの活躍が目立つ。ニュージーランド（アオテアロア）では、パトリシア・グレイスなどの作品はマオリ文学としてではなく、現代ニュージーランド文学を代表するものと受けとめられ学校の教材としても扱われ、植民地文化からの脱却を確実に実現させている。アボリジニーの方は、オーストラリアの同化政策があまりに厳しかったために復権が遅れていて、文学でもまだ自伝が主流になっているとのことで、今回の招待作家グレニス・ワードの著書『ワンダリング・ガール（さまよう少女)』(ヴラーゴ・アップスターツ刊)も、政府命令によって一歳でその両親から切り離され、白人文化を植え付けるためにキリスト教の施設で育てられた自身の生い立ちを児童向けに綴ったものである。これをニュージーランドの白人の子供たちが熱心に読んでいるのだ。こうした以前の政策の被害者たちが現在、政府を相手取って裁判を起こし、まだ継続中であるという。西サモアのシア・フィーゲルの、アメリカ文化の影響を大きく受けながら、古くからのサモア文化との矛盾のなかで成長していくサモアの少女たちを描いた『フェア・ウイ・ワンス・ビロングド(かつて、なじんでいたところ)』(パシフィカ・プレス刊)という小説も、サモアの物語の語り口に近づけた英語の文体で書かれていて、サモア、アオテアロアをはじめとして太平洋のどこでも広く読まれていると推測できた。

ニュージーランド、アオテアロアの文学、そして太平洋の文学は日本で想像するよりもはるかに大きく変貌しはじめている。日本の現代文学にとっても実は、共通した課題がここにはある。ちょっと珍しい、素朴な、エスニック料理のような文学の話題ではないのだ。私のこの紹介がきっかけになり、この新しい文学がまずは日本語に翻訳されることを強く期待している。

最後に、二つの文章を紹介しておきたい。グレイスさんと手を組んで、若手のマオリ作家たちのためのワークショップを主宰しているウイティ・イヒマエラ氏は、『テ・アオ・マーラマ(光ある日々)』(リード・ブックス刊)という全五巻に及ぶ、現代マオリ文学選集の編者であり、自身も非常に力強い作品を次々に発表しつづけている小説家である。最近作『ナイツ・イン・ザ・ガーデンズ・オブ・スペイン（スペインの庭の夜）』（リード・ブックス刊）は特に、人種と同性愛の問題をからめて取り上げ、話題になっている。『テ・アオ・マーラマ』の序文で、彼はこのような主旨の文章を書き記している。

マオリの祖先を持っている者ならだれでもマオリ作家と言えるだろうが、今のポスト・コロニアル、ポスト・モダンの時代にあっては、遺伝子だけでは事は片付かない。白人文化との融合は無視できず、言語の問題もある。マオリ文化の理解をよりどころにしつつ、私たちは融合の新しい形をめざしたい。私たちは渦巻きの作家なのだ。

もうひとつ、『ポーティキ』の最後の辺りの文章。

——ひとびとが眠っているあいだ、もう一つの物語が語られた、はじまりの物語でもなく、終わりの物語でもなく、ただぐるぐると渦を巻く物語が。

〈対話〉霊魂と物語（抄録）

津島佑子×パトリシア・グレイス

津島　ニュージーランドでのマオリ語の現在の状況について少し、お話しくださいますか。あなたはたくさんのマオリ語を小説で使っているのですが、マオリ語はあなたの母語なんでしょうか、それとも習得した言葉なんでしょうか。

グレイス　英語が私の第一言語です。マオリ語は祖母の時代から、家族内で話されなくなりました。学校では話すことが許されていなかったし、子供たちはその言葉を話すとしばしば罰せられた。そう、マオリ語は長い間、追放されていたんです。みんなが自分の言葉にとまどい、恥を感じるようしむけられた。でも時が経ち、言語と文化のルネッサンスが起こりました。六〇年代に始まったものです。おもに若者のグループによるもので、当時はひどく急進的だと思われていたのですが、この言葉をたった今、学校で教えることを要求したんです。もはや家庭はそれを守り育てる場ではなくなったからです。両親や祖父母はもう子供たちにマオリ語を話さなくなっていた、子供たちが不利な立場になる、罰せられると信じてね。彼らがずっとそうだったように。

そこで、マオリ語に対する意識が高まりました。コハンガ・レオ（言葉の巣）運動、これはマオリ人自身によって始められたものです。五歳以下の子供たちのための幼稚園でマオリ語を使う。多くの幼稚園でかなりの成果をあげています。でも資格のある教師が足りない、本やほかの教材も足りない、という面もあり、まだまだ改良の余地はあるんです。もっと年上の子供たちのための、総合集中訓練の学校もいくつかあります。そこではマオリ語が授業言語（全科目をマオリ語で教える）になっています。

また、何校か、通常の公立学校にも集中訓練、あるいはバイリンガルのクラスがあります。高校には選択科目でマオリ語のクラスがあり、マオリ語は高校の試験制度の科目にもなっています。大学にもコースがあるし、それから、テ・ワナンガ・オ・ラウカワという、マオリの大学もひとつあります。そこでのすべてのコースにおいて、つまりそれはマオリの歴史、マオリの保健、法律、民間伝承、政治、経営などに及ぶのですが、マオリ語は大きな要素となっています。

ということで、復興はした。これでこの言葉が救われるのかどうか、私たちにはまだ分かりません。でも、決意は充分にあるんです。

津島　それであなたご自身、今はマオリ語を使えるようになったんですね。

グレイス　私は初心者なんですよ。まるでこの言葉に自信がない。子供のころ、英語のなかにいくつかのマオリ語の単語を交えて使っていました。成長の過程で私が身につけたマオリ語の量はその程度――おおよそ、私の本のなかにある量とおなじです（笑）。そのころから、もっと学びつづけてはいますよ。でも、私たちは年長者がマオリ語を話すのをまったく聞いたためしがないんですね。儀式の一部としての、いくつかの改まった機会は例外ですけど。私の夫は、マオリ語が話されていた地方の出身なので、流暢に話せます。でも私は都会とその近辺で育てられましたから。マオリ語は市街地で、より速やかに消え去ったんです。

津島　さて、あなたの小説『ポーティキ』についてですが、これはもちろん、マオリの歴史でもないし、古くからの伝承でもない。でも、マオリの伝統が現在形で貫かれている。そこで、こうした小説についてのあなたのお考えを聞きたいのです。ニュージーランドでも、出版された当時、このスタイルはとても風変わりなものだったようですね。あなたを紹介する文章でこう書いてあるのに気がついたんですよ。「これはニュージーランドで出版された、マオリ女性による最初の、このような（such）本である。」

グレイス　私の短編集『ワイアリキ』は一九七五年に出され、マオリ女性による小説のはじめての単行本であると宣伝されました。はじめての完全な単行本ではあったんですが、文芸誌の「ランドフォール」、「テ・アオ・ホウ」などのような場に発表された短編小説、マオリ女性による個別の短編小説は存在していたんです。『ワイアリキ』はマオリ作家による最初の本でもなかった。ウイティ・イヒマエラが『ポウナム、ポウナム』を出版している。その前には、ホネ・トゥファレによる詩の本がいくつかあります。でもその時代は、マオリの生活についてマオリが書く作品にとって、適していたんでしょうね。多くの人たちにとって、新しくて、珍しかった。

私は本が出版される最初のマオリ女性になりたいと意図していたわけじゃないんですよ。書きながら私の感じていたことは、私にとって現実的な、私の知っている人物たちのタイプを書くこと、それに尽きます。自分自身の背景、そして経験、そこから作品を築きあげる。自分自身の視点を見つけるのです。

そのころの私には、自分の文化を取りあげられた人たち、あるいはそこから追い出された人たちの日常生活を書くことは政治的な行為として見なされ得る、ということを理解できずにいました。今は分かっていますよ、自分の国でマイノリティになってしまった人たちや、抑圧と貧困を経験して来た人たちについて書けば、その文章は政治的なものとして読まれ得るということですよね。

津島　出版社は少しのためらいもなく、あなたの小説の出版を決定したんでしょうか。それともある程度のリスクを感じていたんでしょうか。

グレイス　私の最初の本が出たとき、出版社はその刊行のために助成金を必要としました。彼らが安心を覚えるために。経済的なリスクを負っていたんでしょうね。それからは、なんのためらいもなくなりました。『ポーティキ』の場合について、おたずねでしたね。出版社が『ポーティキ』のどこかを変えるようにと言ってくるようなことは一切、ありませんでした。『ポーティキ』は好評だったんです。ただ、学校で『ポーティキ』を勉強している子供たちの、少数の親たちは例外でした。この少数の人たちから私は、人種的な憎しみをかき立て、社会の調和を乱し、社会的不安を引き起こすと非難されました。いくつかの書評(ひとつかふたつでしたけど)もこの態度を示しました。

津島　無名の若いアイヌの作家の書いた、こうした類いの新しいアイヌ文学を、大きな出版社から出すのは、日本ではとてもむずかしいでしょうね。

グレイス　ええ、とにかくマオリの作家たちにとっては出版が容易になりました。いったん、ホネ・トゥファレの詩を、それからウイティ・イヒマエラの『ポウナム、ポウナム』、私の『ワイアリキ』を刊行してみたら、需要のあることに出版社は気がついたんですね。多くの学校でマオリの子供たちが在校生として高い割合を占めている。すべての学校がマオリの子供をある程度、抱えている。子供たちが文化的に共感できる文学を、少なくとも何冊かは持たせてやるべきだ、とより進歩的な教育者たちは信じていたんです。これまでずっと、私たちはイギリスに文学を依存しつづけて来ました。学校がこれを断ち切ろうとしはじめた。そして、子供たちは多様性を必要とし、文学のいくつかは子供たち自身の生活や経験を反映すべきであることに着目するようになったんです。ですから、時機到来だったんですね。その後はマオリ作家たちにとって、出版社を見つけることはずいぶん楽になりました。作品の価値を判断するについては当然、それなりの基準がありますけどね。何社かの出版社はマオリ作家を掘り当てようとしていますよ。時にはマオリであることがファッショナブルになるんです。波があるんですよ。時にはかなり強い反動もある。

津島　『ポーティキ』を読んでの私の印象は、なんと言っても、登場人物のそれぞれが「物語」を語る力強さでした。祖先から子孫へと常に流れつづける「物語」ですね。一本の木も、あるいは自然界そのものも彼らの物語を持っている、そして私たちの誰もが私たち自身の物語を持っている。

グレイス　ええ、物語は誰にとっても重要なものです。それは基本的な「要求」なんでしょうね。日々、私たちは物語を携えている、語られたものであれ、書かれたもの、行われたことであれ。映画で、新聞で、それとも道で見かけたことであれ。私たちは私たちの物語を通じて、互いにつながりを得ている。人々との毎日の交わり、土地や祖先、精霊の世界との毎日の交わりを通じて。

津島　多くの人たちが最近、文学の衰退を言いつづけていますが、私はこれからの文学の可能性は、たとえば、この「物語」という概念にあると信じているんです。それは時の概念、自然の概念とも言えるし、過去と未来をつなぐ「かなめ」とも言えます。『ポーティキ』でびっくりしたんですけど、あの（主人公の）男の子は、自分が死んだあとにまで、依然として彼の物語を話しつづけている！（笑）

グレイス　作品のプランを練るのが苦手で、たいてい、私はとにかく書きはじめて、それから外側に広げていくんです。『ポーティキ』の場合、とっても単純に書きはじめたんですよ。長編小説を書きはじめているという確信もなかった。これは短編小説かな、と思っていました。でも第一章から次の章がふくらみ、そしてまた次へとふくらんだ。それからこの小説を三分の二ほど書き進んだところで、小説の中心人物が死んでしまった（笑）。それでも、まだ私は作中に彼を望んでいたんです、共同体に対して精神的な影響力を持つ存在ですから。マオリの社会では、死んだ人たちは依然として家族の一部なんですよ。ですから、彼もまだ家族の一部なんです。故に、物語を彼に話しつづけさせることができたというわけです。読者が私とつきあってくれるかどうかは、ねえ、まるで分からなかった。でもいつも感謝していますよ、読者が私と一緒について来てくれるときはね（笑）、それとも、引っ張られてくるんでしょうか。多くのことは読者次第なんですよね。

津島　現代の大勢の人たちは医学技術の進歩を信じ、それを誇ってさえいますね。生と死は自分の意志で操作できるとさえ信じている。でも私にはこの近代社会にいかなる「進歩」も感じられない、生と死へのおびえが増大しつづけていることを思うと。
グレイス　そう、たとえ霊魂が追憶と受容のなかにあるとしても、私にとってそれは霊魂のまま、ええ、そこにいる人です。また霊魂は私にとって、家系の一部であり、生きているものの遺伝子のなかにあるエッセンスでもあるんです。人間として、私たちは人間の理解力しか持ち合わせていない。なにもかもを理解するようには作られていません。でも、私はこうも思うんですよ。この今の時代、進歩と呼ばれるもの、知識と「進歩」のそれぞれの新しい分野のために、ほかの知識の分野が忘れられ、置き去りにされていると。このいくつか、つまり死に関することですね、死にいかに立ち向かうか、私たちがその意味を分かち合うか、知らんふりしようとするか、そういうことは本当に大切なことです。
津島　ここで、あなたのほかの小説についてお話しくださいますか。
グレイス　短編集が四冊あります。そのうちの三冊は、今、ひとつひとつの本としては絶版になっていますが、『コレクテッド・ストーリーズ』（短編集）という書名で一冊にまとめられています。四冊目で、一番新しい短編集は『ザ・スカイ・ピープル』（空の人々）です。三つの長編小説も出しています。『ムトゥフェヌア』（新月）、『ポーティキ』そして『カズンズ』（いとこたち）です。『カズンズ』はあなたに差しあげますよ。お手元に届くよう手配しましょう。新しい長編小説の題名は『ベイビー・ノー・アイズ』（目のない赤ん坊）で、今年の九月に刊行の予定です。

津島　スカイ・ピープル――それはどういう意味なんですか？（笑）

グレイス　スカイ・ピープル。この短編集の作品のほとんどは、なんらかの形で変わった人たちを扱っているんです。その人たちはしっかりと地に足がついていない、「普通の」社会から、より広い社会からも、マオリの社会からもちょっとはみ出ている。文化的な根っこを断ち切られたり、そこから追い払われているような人たち。私たちが「地面に足がついている」人たちと言うとき、それは現実的な、――軸の揺るがない人たちを意味しているんです。スカイ・ピープルはいつもは地面に足がついていない人たちです。ケリ・カアという友人と話したとき、スカイ・ピープルってどういう人たちかしらと聞いたんですよ。彼女は、それはハウランギとワイランギ、そしてポランギだわ、と答えた。「ランギ」は空という意味の言葉です。ハウランギは吸い込む空気のために、体を吹き抜ける風のためにおかしくなった人たち。ワイランギは飲む水や液体のためにおかしくなった人たち。そしてポランギは闇のため、光もしくは理解する力を見つけられなくなったがためにおかしくなった人たちです。本のなかの多くの人たちははじっこの住人なんです。

津島　マオリの社会においても、マイノリティはいるということですね。

グレイス　まあ、いろいろな意味で、マオリ社会全体が周縁に外されているんですが、そのなかにもまた、周縁化がある。それとね、すべての小説が必ずしもマオリの人たちに関わらなくてもいいんですよ、まあそういうこともありますが。多くの読者が登場人物はすべてマオリなんだろうと思うのは、それでかまわないんですよ、でも私は全員がマオリだとは仮定していないんです。

私の登場人物の多くは明きらかにマオリなんです。名前、あるいはその特徴でね。でも、何人かはそうかもしれないし、ちがうかもしれない。

津島　ところで、個人的なことについて、つまりお名前についてうかがいたいんですが。つまり、とてもイギリス的なお名前ですよね。

グレイス　ええ、グレイスは夫の名前です。彼の家族の本当の名前は、ワイアリキでした。でも、ご存じのとおり、これも植民地化の別の一面だったんですが、名前がいろいろな理由で変えられた。ときには、学校の教師によって変えさせられました。それから私の母はマオリではありません。多くのマオリと同様に、私も二つの伝統を持ち合わせているんですよ。私は母の姉妹にちなんで名付けられました。でもそれとは別に、私が育ったころ、マオリの両親が子供たちに英語の名前を与えるのは普通のことでした。私たちは自分の子供たちに英語の名前を与えたんですが、子供たちが九歳か十歳の、充分な年齢になったとき、私たちに聞いたんです、「どこに僕たちのマオリの名前はあるの?」と。それで私たちはその段階でマオリの名前を与えてやりました。子供たちのうち何人かは、いつもマオリ名を使っているし、他の子供たちは書類でマオリ名を加えています。

津島 ところで、きのうの開会式のとき、あなたが関わっているワークショップについて話していらっしゃいましたね。そのためにあんまり忙しすぎて、各セッションに参加できないともこぼしていらした。どんなワークショップなんですか。

グレイス 二つの部門があって、小説の創作と映画台本なんです。創作については、ウイティ・イヒマエラが長編小説に興味のある人たちを指導して、私は短編小説のグループを受け持ちます。映画台本のワークショップはタマ・ポアタとフェトゥ・ファラの担当です。

津島 それはとてもさかんなんですか。作家になる助けとして効果があるんでしょうか。

グレイス このワークショップを十年以上つづけていますが、いくらかは良い結果を得ているんですよ。何人かは出版されて、世に出たし、ほかの人たちは技術を学んだ。私たちがワークショップを主宰する理由の一つは、マオリの人たちによる文章があまりに少ないと、マオリの生活の全体像が文学を通じて見えてこない、と気がついたからなんです。あらゆる観点から書かれた文章がもし、充分に提供されなかったら、少数の人が新しいステレオタイプをただ作り出してしまうという危険がある。ウイティ・イヒマエラが若手や新人の作家たちの作品を集めて、彼の「テ・アオ・マーラマ」という選集にそれを入れて出版したのは、こんな考えもあってのことなんです。これはご存じですか？
津島　書店で見つけて一冊だけ買いました。マオリ作家の現在の状況を知るのに、とても手助けになりそうですね。
グレイス　ええ、それで、私たちは「作家週間」と合わせて、ワークショップを行います。前にも一度、芸術祭の間に開催したことがあります。およそ四十人ぐらいの人たちが集まるんじゃないかしら、ああ、全国あらゆるところから、オーストラリアからも一人。シア・フィーゲルとグレニス・ワードが来れば、体験したことや作品について話してくれるでしょう。たぶん、朗読もね。プログラムに組み込めたのはこの二人ですけど、調整がつけば、アルンダティ・ロイも来れるかもしれない。ほかには、モナ・ウイリアムズも参加しますよ。ナイジェリア人ですが、ニュージーランドに住んでいる物語の「語り部」です。
津島　なるほど、あなたのワークショップはとてもユニークなもののようですね。
グレイス　まあ、そうでしょうね、ええ、そうなんじゃないかしら。
津島　マオリ作家の若い世代は増えていると言えるんでしょうか。
グレイス　そうなってくれるかどうか不安だったんですけど、今は確信しています。だって、今はたくさんの人が書いていますからね。小説家と詩人の何人かは出版され、戯曲のいくつかは上演され、出版されました。映画作家たちの作品も製作されています。

津島　推薦できる、マオリの若い作家の名前をいくつか上げてくださいますか。

グレイス　フィル・カワナがいますね。短編集を出して、今、長編と取り組んでいます。それからブライア・グレイス・スミス。戯曲が上演され、出版されました。現在は短編を書いていて、長編も予定している。モアナ・シンクレアは長編を執筆中で、いくつか短編はすでに発表しています。ひとつ、ふたつの短編を発表している人はほかにもいるし、作家として心を決めている人たちもいる。彼らの作品はフイア出版社から出された短編選集で読めます。もっと成功した作家として、アピラナ・テイラー、バブ・ブリジャー、ナフイア・テ・アウェコトゥク、それに映画作家のリウィア・ブラウンといった人たちもいます。一番全体的なリストは、さっき話に出た「テ・アオ・マーラマ」シリーズで得られますよ。

さまざまな記憶

一九九四年一月一日という日付

一九九四年一月一日、この日は、私にとって、これから先、忘れられない日になってしまうのかもしれない。

一月一日にどんなことが起こったのか。

メキシコで、先住民集団の武装蜂起がはじまり、日を追うにつれ、戦闘で殺された死者の数が百人、四百人とも新聞に報道された。新年のお祝い騒ぎを利用した一斉蜂起だった、という。

一月一日、アフガニスタンでも内戦がはじまり、約七十人の死者と、六百七十人以上の負傷者が出た、との報道があった。そして、サラエボでも、カンボジアでも戦闘が激しくなり、やはり死者が出た。

新しい年の最初の日は、このような日だった。

私はその日、日本にいたのだから、当然、どの戦闘にも直接、巻きこまれたわけではない。けれども、多少なりとも自分とつながりのある国に起こったことであれば、自分の体に鋭い痛みとして、死者の数が襲ってくる。私の場合、それはメキシコだった。

私がメキシコを訪れたのは、すでに三年前の夏、それもたった十日間の滞在にすぎなかった。が、特別に重い十日間として、記憶に刻みこまれている。


メキシコの作家グループが主催する国際会議があった。世界各国の科学者と文学者が「地球の明日」というテーマで語り合ったら、なにか新しい発想が生まれるのではないか、そんな期待を寄せての集まりだった。

その年は「国際先住民年」とコロンブスのアメリカ「発見」五百周年を控え、先住民側からの歴史の見直しが、メキシコでもさかんに行われた年で、経済や環境汚染の問題を抱えたメキシコでそうした会議が開かれるのは、たとえアメリカ合衆国の財団が後援し、合衆国からの参加者が中心になっていても、そしてアジアからは、あろうことか私たった一人、アフリカからはだれもいない、というかたよりはあっても、それでも貴重な機会にちがいなかった。

会議の前後に、メキシコ・シティで一泊し、会議そのものはミチョアカン州のモレリアという山村で行われた。メキシコ・シティからモレリアまで、バスで約四時間。街の外側に広がる移住者の仮住まいの風景がいつまでも尽きないのに、まず外国からの参加者たちは息を呑み、途中のトイレ・タイムで、物乞いに集まってきた、その村に住むはだしの子どもたちの暗い眼にも、うろたえずにはいられなかった。

しかしモレリアに着いて、私たちは再び、驚かされることになった。案内されたホテルが、一生のうち二度と経験できそうにない、贅沢な造りのホテルだったのだ。そのホテルで私たちは一週間、朝昼晩と豪華なメニューの食事を取り、夜にはメキシコの音楽や、先住民インディオの踊りを見物させられた。そこは、まわりの村々とは完全に隔離された世界なのだった。

さて、肝心の会議のためには、ホテルから少し離れた、町の中心にある真新しい会議場に午前、午後と毎日、二回ずつ通わなければならなかったのだが、私たちの乗る二台の団体バスは、必ずサイレンを高らかに鳴らす白バイとパトカーに前後を守られていた。なぜ、その必要があるのか、私たちにはよく分からず、しかしそれほど、町は不穏な状態にあるのかと想像はされ、バスのなかの私たちはうつむいて押し黙っているしかなかった。

会議の参加者には、ブラジルのアマゾン川流域先住民の代表、北米先住民の代表も含まれていたが、地元の先住民は含まれていなかった。

会議の三日め、会議場の正面広場に、メキシコ先住民が三々五々座りこみをはじめ、次の日には人数が三十人、五十人と増えた。家族全員でわずかな食料を持参して、寝泊まりをしている人たちが多く、彼らはごく静かに会議場を見つめつづけているだけで、会議の関係者が前を通っても、自分たちから声をかけることもない。彼らの要求は、会議場に全員を入れ、彼らの話を聞くべきだ、というものだった。

この要求は無視されたまま、五日めになり、ますます人数は増えつづけた。ついに主催者側は会議場の正面入り口を閉ざして、参加者たちに裏口から出入りするよう、指示を出した。会議場の出入り口はすべて、厳重に警備された。しかし、外国からの参加者たちはこうした警備に腹を立て、会議場に彼らを早く入れるべきではないか、なぜそれができないのか、と主催者側に詰め寄り、また彼らの言葉を理解できる人たちは、彼らのなかに入って行って、話を聞きはじめた。

ここで話をめんどうにしていたのは、資金不足を補うために、主催者が地元のテレビ局と契約を結び、参加者たちの承諾を得ないまま、会議のすべてをテレビ中継させていたという事実だった。いったん、テレビの介入を許すと、結果としてどんな会議でもテレビのためのショウとなってしまう。プログラム通りに進めなければならないテレビのショウは、先住民の飛び込みなど受け入れられなかったのだ。ショウの内容は、地球の明日のために、各地の先住民の生活文化を今こそ、再確認しなければならない、というものだったのだが。

こうして、先住民の群れの沈黙に厚く包まれながら、外国からの参加者たちは深い腹立ちと、所詮は外国人に過ぎないという遠慮との板挟みになり、しかしその緊張感から、互いに活発に話し合い、気持のつながりも、かえって強くなった。そしてそれぞれ、メキシコから重い沈黙を背負って、各国に立ち去って行ったのだった。その意味で、会議がまったく無益なものだったとは、私には思えない。

テレビといえば、この一月一日、日本では、アイヌにとって最も神聖な、熊の霊を神の国に送る儀式を踏みにじる、醜いショウが放映された。アイヌ側からの厳重な抗議があってはじめて、一般にこのショウの放映が知らされたのだった。

国連の提唱する一九九三年の「国際先住民年」が終わったすぐ次の日に、沈黙をつづけていたメキシコ先住民が武装蜂起をはじめ、アフガニスタン、サラエボ、カンボジアで内戦が激化し、そして同じ日に、日本では、人種差別を剝き出しにしたショウが正月番組として放映された。笑い声が、そのショウで響いていたのだろうか。どんな人たちの、どんな笑い声なのだろう。

「彼等はその話をもてあそんでいるのである。言葉をまじめに使わなければならないのは、言葉を信じている相手の方で、彼等には、もてあそぶ権利があるのである。話をもてあそぶことを楽しんでさえいるのである。なぜなら、滑稽な理屈を並べることによって、話し相手の真面目な調子の信用を失墜出来るから。（中略）彼はあらゆる種類の孤独を嫌う。（中略）そこには、凡庸人の情熱的な傲慢がある。」（安堂信也訳『ユダヤ人』）

かつてのサルトルの、反ユダヤ主義者についてのこうした言葉を、私は思い出さずにいられない。

一九九四年一月一日。

その日は、私にとって、メキシコでの記憶も鮮やかによみがえった、このような重く、つらい一日だった。

子どものゆるし

いろいろな巡り合わせで、この九月、沖縄本島と久米島をはじめて訪れた。私が生きているあいだ、決して訪れることはないだろう、と思いつづけていた場所だった。

十年前のある日、東京の病院で八歳の息子の臨終を医者から聞かされたとき、私は愚かにもまっさきに、沖縄旅行に行けなくなってもいいの、と息子に文句をつけていた。動物図鑑などで沖縄の島々が珍しい生き物の宝庫だと知り、沖縄に憧れつづけていた息子のために、その年の夏休みに沖縄を訪ねる予定を立てていたのだ。息子の臨終を告げられた瞬間、息子に私は語りかけているつもりではいたが、実際には、逃げようのない自分たちの「運命」に対して呪いの言葉を吐いていた、ということだったのかもしれない。これで私の地図からは沖縄が消えてしまったと。

それから十年経ち、息子の沖縄への思いを忘れられずにいる私にとって、はじめて訪れた沖縄本島と久米島で、今でもいくつかのガマ（洞穴）に残されている白骨の前に立つことは、ごく自然なみちびきのように思えた。古い時代の死者たちの骨。沖縄戦での犠牲者たちの骨。特に読谷村《よみたんそん》のチビチリガマでは、沖縄戦で死んでいった子どもたちから思いが離れなくなってしまった。子どもたちはただ死んだのではなく、アメリカ軍に残虐に殺されるぐらいなら、と追い詰められた母親たちに殺されたのだという。もちろん、そのすぐ後に、母親たちも死んでいったのだが、自分を殺そうとする母親の顔を見つめる子どもたちはどんな表情を浮かべていたのだろう。

私自身、息子を自分の手で直接殺したのではないにしても、結果的には、自分が息子を殺したようなものではないのか、という思いに包まれつづけている。そのために、息子の死を悲しむ気持には単純になりにくい。彼には私を苦しめ、傷つけつづける権利がある。ところが私の脳裏に浮かぶのは、母親の私を信頼しきった、彼の伸びやかな笑顔だけなのだ。あたかもはじめから私に、ゆるしを与えているかのように。私はかえって、苦しまずにいられなくなる。

チビチリガマから、アメリカ黒人女性作家トニ・モリスンの『ビラヴド（愛されし者）』に出てくる母子へも思いがひろがる。

奴隷制度がまだアメリカで生きていた時代、奴隷の若い黒人女性がそのあかんぼと引き裂かれようとする。このままでは、あかんぼは殺される。運よく生き延びたとしても、苛酷な奴隷生活が待っているばかり。希望はどこにもない。彼女は追い詰められて、とっさに自分の手であかんぼを殺してしまう。その罪で彼女は刑務所に入れられる。長い刑期を終えたころには、奴隷制度も終焉期を迎えていて、彼女は自由の身になる。ようやく訪れた平和な生活。しかし、そこに彼女が殺したあかんぼの霊が、若い娘に成長した姿で現れる。小説はここからはじまる。

自分の殺したあかんぼが戻って来てくれた。こんなにうれしいことがあるだろうか。彼女は戻って来た娘の霊のためにどんなことでもしてやる。甘やかせるだけ甘やかす。ずっとひとりぼっちで、さびしい思いをしてきた子どもなのだ。あかんぼの霊も母親に甘え、母親を独占しようとする。大好きな母親と長い長いあいだ、一緒に遊べなかったのだから。あかんぼの霊である若い娘は、もっと遊んで、もっと愛してと叫びつづける。体力も精神力もすべて吸い取られながら、母親は霊に従いつづける。なぜなら、あかんぼはまだ、自分を殺したこの母親をゆるしてはいないのだ。

沖縄戦で子どもを死なせて自分は生き残った親たち、原爆で、アウシュビッツで、世界中の戦争で子どもを死なせた親たち、そして日々、病気で、事故で死んでいく子どもたちの親たち、あるいは東京の病院で子どもを見送った私も含めて、例外なく、もし死んだ子どもがある日、戻って来てくれたら、彼女と同じように大喜びで迎え、幸せな思いで子どもを甘やかし、好きなだけ遊ばせるだろう。なんという甘美な、楽しい日々。その日々を願わない親はいない。しかし、現実にはそんなことは決して起こらない。たとえ起きたとしても、この小説のように、かえって残酷に苦しめられることになる。

子どものゆるしをどこに、どんな形で見つければよいのか。子どものゆるしなど、そもそもありはしないのだろうか。しかし、おとなたちは子どもたちにゆるしを求めつづける。ゆるさないでほしい、苦しめつづけてほしい、と願いながら。すべての死んだ子どもたちの笑顔の美しさに見とれながら。そして、私も探しつづけなければならない。それがたぶん、大人のひとりとして、この私にも求められていることなのだろうから。

『非情』との出会い

私の入った大学は、小さなフランス・カトリック系の女子大学だった。しかも専攻が英文学。これがどういうことを意味しているのかと言えば、キリスト教というものといやでも正面から向かい合わなければならなくなるということなのだ。

私は中学、高校も、実を言えば、同じ系列の学校にいた。けれども、自分の個人的に楽しんでいる文学と学校の宗教が何らかの関係があるとは、夢にも考えたことがなかった。キリスト教が欧米文学のあちこちに顔を出しているのに、それが自分の現実に通っている学校の宗教と同じものだとは思いつかないままでいたのだ。学校の宗教は「聖人伝」の世界で、いわば道徳論としてしか、私には感じられずにいた。

大学に進むと、ところが欧米文学を理解するためには、キリスト教の存在を無視することはできない、キリスト教の理解がまずは必要なのだ、と言われる。理屈から言えばもちろん、そうなのだろうが、なんとなく釈然としない。私の友人などは、欧米文学を理解するために洗礼まで受けてしまった。いよいよ釈然としなくなる。私の大学時代の最大の課題が、「欧米文学とキリスト教」になってしまったのだ。それぞれ単独には深く愛着を持っていたから、私にとって問題はますますやっかいに感じられた。

ところが、ある日、この女子大学の一隅に、辰野隆という高名なフランス文学者の寄贈による文庫を私は「発見」した。フランス文学の研究室のなかにあったので、その存在にすぐには気づかずにいた。辰野隆文庫をのぞくと、そこに金子光晴の献辞付きの詩集『非情』がある。『人間の悲劇』、『水勢』、『蛾』、『鮫』、『落下傘』がある。つまりどういう事情でか、『こがね蟲』を除く重要な詩集の初版本が見事に並んでいたのだ。考えてみれば、金子光晴はフランス・カトリック系の男子高校で学んでいる。その関係で、辰野隆というフランス文学者となんらかの深い縁が生まれ、詩集を個人的に送っていたのだろう。それが辰野隆の死後、私のいるカトリック系の女子大にほかの本とともに寄贈されていたのだ。なんという幸運だろう、と私は震えるほど感激した。

金子光晴ほどの詩人の作品なら、もちろん文庫でも、アンソロジーでも読むことはできる。しかし、単行本で文学作品を読むと、その装丁、活字、紙の質まで含めて、直接文学作品の世界に触れることができたような喜びを与えられる。その詩人の息吹が感じられる。一冊ずつなら貸し出すというので、その日から、一冊ずつ、活字の一つ一つをなめるようにして読み進めた。このときほど、自分がカトリック系の大学にいることに感謝したことはない。そして、似たような環境にいた詩人が、『非情』や『人間の悲劇』を太平洋戦争の直後になぜ書くに至ったか、その道程を一人の「先輩」として肉声で教えてくれたような気もした。「欧米文学とキリスト教」と言う問題の立て方そのものが間違っていて、「欧米文学と（日本列島で日本語で育った）私」、あるいは「キリスト教と（日本列島で日本語で育った）私」というふうに、私自身の問題として、一つ一つを考えていかなければならないらしい。

当時の私にとって、この出会いは言うまでもなく大きな救いになった。文学も、キリスト教も、それぞれが私の内部で自由になりそうな気がした。

大学時代にオウィディウスを読み、一方ではルージュモンを、柳田国男を読み、卒業論文では生意気にもファウスト・テーマをキリスト教的解釈を全く排除したらどう読めるか、と考えてみたのも、この出会いからの発想だったと言えるのだろう。そしてそれから三十年近く経った今でも、私はアイヌのユカラや説経節などを好んで読んでいる。発想の根は、少しも変わっていない。そのことに我ながら、びっくりさせられる。

ひとりの恩師

時が経てば経つほど、印象が強くなる出来事があり、人物がある。

最近、大学時代の教授であり、修道女でもあった恩師が、祖国フィリピンで病死した。まえもって、体調回復のためにフィリピンに戻るけれども、半年後の春には日本にまた帰ってくるので、そのときに会いましょう、という手紙を彼女から受け取っていた。大学を卒業してから二十五年経っても、私たちは時おり手紙をやりとりしていた。この五年ほどは、ぜひ紹介したいフィリピン作家の本や、自分の翻訳や研究本も送ってくれていた。そして私の感想を聞くために、電話をかけてくる。なんだかいつも、英語の能力を試されているようで、正直に言って、気が進まない時もあった。でも彼女のような恩師はいつのまにか、一種独特な存在感を持ちはじめる。彼女からの最後の手紙で、もしかしたら危ないのかもしれないとは思っていたが、やはり、病死の報につらい気持になった。

彼女は私の在学した女子大学の、言わば看板のような存在だった。その前身の短期大学時代から、彼女が大学をひとりで支えつづけていた、と言っても言い過ぎにはならないだろう。明治のはじめにフランスから三人の修道女が函館にたどり着き、小さな学校を開いたのが始まりだという、カトリック系の女子校で、本家のフランスの修道院がどのようなネットワークを世界に広げているのか、私には分からないのだが、とにかくそのネットワークで、東京の中学、高校の校長がフランス人だった時代もあるし、私の恩師もフィリピンの修道院から派遣されて日本に来たのだった。

その命令がある日突然のことで、日本になど行きたくないとさすがに苦しんだが、東京に短期大学を作るために力を貸してほしい、という理由だったので、長くても一年経てば帰れるのだろう、と考え承知した、と彼女自身が私に語ってくれたことがある。日本人に囲まれた生活で、修道院のなかでも、あなたは激しすぎると敬遠され、孤立感を味わいつづけてきた、とも。それからいつ帰れる、いつ帰れる、と思いながら、約十年間、短期大学を支えつづけていたら、今度は短期大学を解消して四年制大学に切り替えるので、そのために働いてほしい、ということになり、十年ほど働き、さらに仙台に短期大学を作るので、そちらで働かなければならなくなった。暑いところで生まれた私がどんどん寒いところに移されて行く、もう年だし、体がもたないかもしれない、と珍しく弱音を吐きながら、仙台に向かって行った。それが今から、ほぼ十年ほど前のことになる。

私は彼女から英文学を教わったのだったが、それは学生としていかにも奇妙な体験だった。彼女はイギリス人でもなければ、白人でもなかった。彼女の英語の発音には独特のなまりがあった。私は彼女を通じてはじめて、生身の形で植民地の時代を経た文化とはどういうものなのか、教わっていたと言えるのだ。彼女はフィリピンで有名な詩人でもあった。私と同世代のフィリピンの小説家に聞いて確かめたのだから、ウソではない。しかし、彼女の作品も英語で書かれていた。洗練された最上等の英語、そして英文学の造詣の深さを尊敬しながら、私は混乱しつづけていた。フィリピンとイギリスでは、風土も文化も違い過ぎるではないか、彼女はタガログ語で詩を書きたいとは思わないのだろうか、と。

しかし、いま考えれば、彼女が実際のその生涯のほとんどを過ごしたのは、日本だったのだ。フィリピンをふるさととしながら、英語を母語として育ち、英文学を学び、フランス系の修道院に入り、英文学教授として日本に来て、三十年以上の歳月を日本で過ごした人物。このように考えると、安閑と日本に居つづけ、日本語を守りつづけている私の立場からなにもこざかしいことは言えなくなるのだ。彼女にその思いを最後に伝えたかった、と今、後悔に似た気持に駆られている。

図鑑と理科年表と『ベラミ』

私が十歳まで住んでいた家は、南側と北側に廊下があり、その間に四畳半の茶の間に六畳の居間兼寝室、北側に三畳の納戸、風呂場、台所、玄関の脇には出窓がある四畳半の洋室の応接間、それに二階の八畳、そんな、当時としてはごくありふれた安普請の、戦争で焼かれずにすんだ古い家だった。

応接間に幅の狭いガラス扉のついた本棚があった。この本棚は今でも母の部屋に健在なのだが、かなり上等な品で（少なくとも、そのように私の眼には見えた）、仏壇に負けない神秘的な威厳を備えていた。なかには、小説家だった父の古びた著書や原稿、書類などが保管されていたのだ。本棚のガラス扉を開けるだけでも、まず、かび臭いような、線香のような、いやなにおいが漂ってくる。そしてくすんだ色の古い本と紙。まがまがしく、不気味な本棚だった。

だからこの本棚から本を持ち出して読む、などという恐れ多い行為に及んだことはなかった。十歳で越した新しい家の納戸には開放型の本棚があり、そこに新刊の父の選集、全集が並べられていた。私はもっぱらそちらの本をこっそり盗み出しては読むようになった。そして相変わらず、新しい家の応接間に鎮座する仏壇のような本棚には近づけずにいた。

古い家の方に話を戻すと、南側の廊下の隅に、ミカンだかリンゴだかの木箱にどこかの包み紙を貼って縦に積んだ本棚、と言うか、本箱があった。

この本箱に私が親しんでいたころは、改めて数えてみると私が七、八歳のころ、つまり敗戦からまだ、十年足らずという時代だった。私が一歳のときに父が死に、その時点で無一物に限りなく近い状態だったらしく、それから二年ほど住居が定まらず、私のおぼえている家に落ち着いた時も、たぶんほとんど家財らしい家財はなにもない状態だったのだろう。という次第で、私の七、八歳のころと言えば、そこに越して来てまだ四、五年、家のなかには必要最小限のものしかなく、父が小説家だったというのに本というものも呆れるほどわずかしかなかったのだ。

廊下の本箱には私と私より五歳年上の姉の教科書やノート、辞書などが詰め込まれていた。そこで燦然と輝いていた本は母の所有になる牧野富太郎の植物図鑑だった。ずいぶん大きな本で、従って高価な本でもあっただろう。母は牧野富太郎を敬愛していて、子どもたちを墓参りにまで連れていった。それで、私にも牧野富太郎は親しい存在になっていた。母に強制されて私は「観察日記」なるものを三年間ほどつづけていたのだが、そのたびに持ち出されるのがこの植物図鑑で、私には読みにくいカタカナ交じりの説明文を読まされ、それを参考に「観察日記」の文章を書かされた。はじめは苦痛でも、慣れてくればそれなりに楽しい作業で、今、思い出しても、この植物図鑑に胸が熱くなるような深い愛着を感じてしまう。

「観察日記」には当然、植物だけではなく、昆虫や鳥、小動物も含まれていたので、その図鑑もそろっていた。ただしこちらは植物図鑑と同じ出版社の北隆館ではあっても、かなり小さな、簡略化されたもので、子ども心にあまり尊敬を感じていなかった。母はほかに理科年表も必ず毎年買って来て、本箱に加えていた。星座を観察するためだった。星座だけではなく、理科年表一冊あればこの宇宙で起こるどんな現象でも分かるんですよ、と母は力説し、すごい本なんだなあ、と感心したことをおぼえている。しかし自分で理科年表を駆使するにはついに至らなかった。

母は自分の父や兄弟が理科系だったので、理科教育に熱心だった。自分は理科の人間ではないくせに、いや理科ではないからこそ、理科の世界への憧憬を持ちつづけていたのだろう。私には理科の方面に進んで欲しいという願いが母にはあったのかもしれない。母は童話の類いは買ってくれず、顕微鏡や解剖セット、「顕微鏡の世界」などという本ならいくらでも買ってくれた。私も結構、そんなオモチャに熱中してはいたのだが。

廊下の本箱で特異な存在として記憶に強く残っているのは、中学生になった姉がどこかから買って来た『ベラミ』という分厚い本だった。新刊の本ではなかったらしく、ひどく粗悪な紙が使われていて、それで異様に厚い本になっていた。ところが、この本がもとになって姉と母の間でケンカが起きた。なにやら良くない本だったらしい。何冊かのぼろぼろになった絵本は別にして、学校の勉強とはなんの関係もない本の、わが本箱へのはじめての登場でもあった。この本に私の好奇心が集中した。姉の特別な本だからうかつに触れない。そこで母のいないところで、姉になにげなく「この『ベラミ』ってどういう意味?」と聞いてみた。姉はひどく気取った顔で「美しい友という意味のフランス語よ。でもあんたが読むには早すぎるわ」と言った。そんなことを言われると猛然と読みたくなる。けれどもさすがに八歳や九歳の子どもには歯が立たなかった。

中学生になってようやく、私はこの本を読み終えた。そのとき、私は自分がすっかりおとなになったような感激を味わっていた。この本がたぶん、私にとってはじめて出会った本格的な小説だったのではないだろうか。そして私はその後、母の願い空しく、ひたすら小説の世界にのめり込んで行ってしまったのだ。

『山梨縣名木誌』と『唐詩選』

つい先日のこと、東京のある私立大学を卒業した若い女性から、その卒業論文のコピーが送られてきた。私がぜひに、とお願いしたのに応えてくださったのだ。卒論の題名は「『山梨縣名木誌』の研究」。

この『山梨縣名木誌』は私の母方の祖父が昭和六年に山梨県の刊行物としてまとめた、題名の示す通り、山梨県内の古木、巨木、神木、奇木、そして森林などを調査し記録した本である。出版された当時も、県内ではともかく、一般的にはほとんど知られないままに終わった本だったのだろうが、まして今となっては、著者の身内以外は、だれも知る人のない本に成り果てている。そんな本をなぜ今頃、かくも若い女子学生が自分の卒論のテーマにわざわざとりあげようと思い立ったのか。孫に当たる私にとっても、それは充分、驚くべき「出来事」だったし、好奇心をそそられた。ちょうど私がこの祖父のいくつかの著作を読みながら、どのような人物だったのか、その家族はどんな生活を送っていたのか、あれこれ勝手な想像を巡らせ、『火の山―山猿記』（講談社刊）という長編小説を書きつづけていたという、私の側の事情もあった。

きっかけは、アメリカに住む私の叔父からの知らせだった。私が長編小説を書くために、この祖父についていろいろ問い合わせていたことから、こんな卒論を準備中の女子学生が東京にいる、とわざわざ私に伝えてくれたのである。

この女子学生の父方の祖父が山梨県韮崎に在住で、その家に一本の古いざくろの木があった。木の脇には、昭和十六年、県の史跡名勝天然記念物に選定と記された標識も残されていた。今は幹の部分しか保存されていないそのざくろの古木に、彼女は興味を持ち、自分の祖父の書き残した書類を調べてみた。それによって、昭和四年、県嘱託の石原初太郎氏の実地調査により、この樹高二十尺の木が県で最も古いざくろであると確認され、『山梨縣名木誌』に記載され、その後、県の史跡名勝天然記念物にも選定されたことが判明した。足利時代に当地の役人が一時、職責から逃れるために身を潜めていた南国から、時を経て許され、いよいよ甲州に戻るとき、このざくろの種子も持ち帰った、と伝えられているとのこと。

そこで彼女はこの『山梨縣名木誌』なる本を探してみたが、韮崎の祖父の家にはついに見つからなかった。ところが彼女の母が、その本ならこっちのおじいさんの家で見たことがある、と言いだした。そこで母方の祖父の、同じく山梨県は勝沼にある家を早速探してみたら、この本が見つかった。しかもこちらの祖父所有のぶどうの木が、韮崎のざくろの木と並んでそこに記載されているのに気がついた。枝を棚に広げたぶどうの木の横にいすを置き、気取ったポーズで腰掛けている母方の祖父である洋装の紳士が、写真に写されていた。樹齢五十年の、一本の木で一反歩に棚が広がる本県第一のぶどうの巨木である、と説明されている。もちろん、当時は韮崎のざくろの家と勝沼のぶどうの家の父親たちは自分の子どもたちがのちに結婚することになろうとは、予想もしていなかった。女子学生にとってはこんな個人的に驚くべき偶然が発見され、これはどうしても『山梨縣名木誌』と石原初太郎氏について調べざるを得ない、と心を決めるに至ったというのだ。

ここでさらに、偶然の引き合わせがつづく。彼女の伯母が山梨県のさるお寺の隣に住んでいて、そこに「石原初太郎」のお墓があることを彼女に知らせてくれた。そこでお寺の住職に問い合わせて、お墓の管理者の所在を突き止め、ようやくアメリカに住む私の叔父にたどり着いたという次第。私の叔父は今やたった一人生き残った石原初太郎氏の子どもなので、大いに喜んで、熱心に彼女の問い合わせに答えたらしい。そして、例のざくろの木の写真ですが、あそこに学帽をかぶったゲートル姿の少年が一緒に写っているでしょう、あれは私なんですよ、と叔父から知らされ、彼女はまたまたびっくりしたらしい。叔父は祖父に連れられて、彼女の父方の祖父の家を訪ねていたのだ。

今となっては、ほとんどだれからも忘れられた、ローカルな調査報告書に過ぎない本ではあるけれど、今の時代につづくこのようなおもしろさが隠されている、と私も改めて、彼女の卒論から教えられた。実を言えば私も小説を書くための取材と称して、この本で取り上げられているる何本かの古木を見てまわったのだった。今なお元気な木もあれば、姿をとっくに消してしまった木もある。そして小説のなかでも、いくつかの木にまつわるエピソードをこっそり利用させてもらった。したがって、私にとってもあだやおろそかにはできない、大切な本であることを認めないわけにはいかない。

この石原初太郎氏はほかにも、富士山について、御嶽昇仙峡について、溶岩洞穴、溶岩樹型についての本、また自然地理学、実験地理学の本も書いている。私はそのうち富士山と溶岩洞穴、溶岩樹型についての本を母の本棚から持ち出し、楽しんで読みながら、これも自分の小説のなかで身内のずうずうしさで使わせてもらった。内容もさることながら、私のような戦後に生まれた世代の人間には、その文章に興味を引かれてしまうところがある。年代で言えば昭和のはじめだから、小説の世界ではすでに、今の私たちにも分かりやすい文章が書かれはじめている。しかしそうした文章は、知的な文章とは見なされていなかったらしい。これが『大菩薩峠』と同時代の文章なのか、と思いながら読むと、いよいよ不思議な気持に駆られて行くのだ。たとえば「彼のエドマンド・ナウマンをして『如何なる名工の筆も企及する能はず』と絶叫せしめた雲海上の日出、所謂御來迎の奇象を見ては、眞に羽化登仙の感を起こさしむるものがある。」「閑寂幽邃の此の清境に精進潔齋したらんには誰か化脫せざるものあらうや、何れの世誰が名づけたか精進とはよくもいひつるものかな。」というような文章。祖父には申しわけないが、私などにはほとんど、冗談としか感じられない文章である。

それにしても、たかだか今から七十年前の文章に過ぎないのだ。近代日本語のなんという変化の速さだろうと、呆れる思いが湧いてくる。フランス語にしても、英語にしても、これほどの変化はこの七十年の間に経験していないのではないか。日本語も明治になるまでは、もっとゆっくりした変化をたどっていたにちがいない。私の母はこの漢文調の明治人の文章に親しむ一方で、昨年、この世を去るまで、現在進行形で変化しつづける日本語に親しみ、自分で書いてもいたのだ。もっとも晩年には、その文章に旧字と旧仮名が交じりだしてはいたけれど。

石原初太郎こと私のこの祖父は、私の生まれた年より十六年も前に、六十二歳でこの世を去っている。それで私自身は当然、この人物について全く知らないし、母の口からもほとんど思い出というようなものを聞いていない。しかし今で言えば女子大に入ったばかりの年齢で私の母は父親を失っているので、自分の父を慕う気持が人並み以上に強かったと思う。戦争で全部焼けてしまった父親の著作をのちに何年もかかって、母は古本屋で探し出しては買い求め、いとも大切に保管していた。それでも残念ながら、全部は見つけられなかったらしい。

この母が八十五歳で他界してから、『南郭先生考訂　李于鱗唐詩選』なるおそろしく古い本も母の「宝物」を収蔵する本棚に並べてあるのに、はじめて気づかされた。文政十三庚寅の年の春、江戸は日本橋の嵩山房から出された本で、祖父の子ども時代の愛読書、と母の書いた紙がはさんである。母にとってなによりも大切な「古文書」に由緒書きを添えておきたかったのだろう。なるほど、「石原蔵書」というどこか子どもっぽい字体の、手作りとおぼしき判が押され、裏表紙には「峡陽散士愛蔵　山梨県中巨摩　松島村　石原初太郎」とこれは立派な墨の字で大きく書いてある。松島村は今の敷島町で、「峡陽散士」とは少年時代の祖父が気取って自分に付けた雅号らしい。本のなかの朱の書き込みを見ると、無教養な今の私にさえ読める程度の漢字にもかなり読み仮名を書き入れているので、その部分に少年らしさを感じさせられる。しかしそれにしても、こんな漢詩の本を明治のはじめに生まれた少年は愛読していたわけで、このような「証拠」を見せられると、話としてすでに知ってはいてもやはり、かなりのカルチャー・ショックを感じずにいられなくなる。

ところで文政十三年と言えば一八三〇年であり、曾祖父でさえ嘉永四年（一八五一）の生まれだというから、まだこの世に生まれていない。どうしてこんな古い本が祖父の愛読書になっていたのか、よくわからない。本の最後の部分で目録と称して、この出版元が刊行している他の本の宣伝をしているが、その一番終わりのところに、「中下条村　南畑ケ」と墨書きされた文字が残されている。中下条村とは松島村よりもさらに古い行政区分による呼び方で、明治になってまわりの小さな村と統合されて松島村になったと聞いている。そして「南畑ケ」とは、母のご先祖がこの村の南一帯の地主だったので「南畑の石原」と呼ばれていた、とこれは母が私になにかの折りに話してくれたことと一致する。

というわけで、一八三〇年当時におとなになっていたこの家の誰か（曾祖父の祖父？）が江戸に行って買って来たか、注文して取り寄せたかして、この本を手に入れ、それをおよそ五十年後に、祖父の幼児教育のために曾祖父が与えた、と想像できるのだ。文政十三年とはつまり、天保騒動で有名な天保元年に当たり、この頃から世間がかなり揺らぎはじめたというから、名主の「南畑」の家ももしかすると、この時代から平穏ではいられなくなっていったのかもしれない。曾祖父の時代に明治維新を迎え、この「南畑」の家はすべての土地を手放さざるを得なくなっている。そんな背景を考えると、祖父にとって、そして私の母にとっても、この本については並大抵ではない感慨があったのだろうか、とさらに私の勝手な想像が進んでいく。

おそらく母は結婚するときに、当時まだ生きていた祖母から嫁入りの記念にこの本を譲ってもらったにちがいない。母が結婚したのは太平洋戦争の直前で、その後も実家に置いたままだったら、空襲でこの本は焼けていたはずなのだ。母は八十歳を過ぎて体が不自由になってから、『唐詩選』の注釈書を何種類か、枕元に置き、つれづれに愛読していた。いくつになってもなんて勉強家なのだろう、と私はあきれて見ていただけだったのだが、母にとって『唐詩選』は「勉強」の対象ではなく、だれにも覗かれたくないノスタルジアの、甘やかな世界だったのかもしれない、と今頃になって思うようになった。

私の知らない祖父、そしてその時代と家庭生活を想像しながら、長編小説を書きつづけるのは、いろいろな資料や取材が必要なために決して簡単な作業ではなかったし、この小説を母が読んだら、祖父をこんな軽々しい人物にしてしまって、とどれだけ叱られることだろう、ともおそれていた。ところがこの母は小説が完成しないうちにこの世を去ってしまった。そして、今頃になって祖父の本を扱った卒論が私の元に送られて来たり、祖父の子ども時代の愛読書が見つかったりする。これはどういうことだろう、となんだか無気味な気がしてくる。母の一周忌に際して、私の知らなかった大昔のエピソードが親戚の口から語られもした。そうしたひとつひとつの機会に、この世を去ったからこそ母が表現することのできた叱責を、私は感じないわけにはいかなくなる。

「石原初太郎の世界」があんたなんかの中途半端な想像力で追いつけるようなものではないと

いうことを、これで少しは思い知りましたか、まあ、あんたの努力は一応、評価してあげてもいいけれど、そして実を言うと、あまりに長く生き過ぎて、私自身も郷愁だけを残して、なにもかも忘れてしまっているのだけれどもね、という母の声が耳に響いてくる。

山梨日日新聞の記事より

古い新聞のおもしろさを私は今まで知らなかったが、なるほど、少しのぞきはじめると中毒になってしまうほどおもしろい。

必要があって私がのぞいてみたのは山梨日日新聞で、例えば、明治四五年の「甲州人の犯罪傾向」という見出しのついた記事で、甲府地方裁判所から浦和に転任することになった検事正某氏の在職中の所感がまとめられている。いわく、「甲州人の犯罪には色情に關するものが最も多いやうに感ずる。卽ち殺人にしても傷害にしても動機が色情に起因するものが多い。／取り調べの際は容易に自白しない。上州の方はおだてが利くが、甲州の方はおだてが利かない。理屈責めにしても中々容易に自白しない強情である。甲州人は實に勝ち氣であると思ふ。負ける事が大嫌いである、訴訟などに見るに然うである。如何なる手段を執るも勝ちさへすれば可い、其方法の如きはどうなつても構ふものかと言ふ風が見えるので、互に負けまいと圖り、僞證をするが如きは何とも思ふて居ない、こんな魂膽をして却つて勝つべき訴訟も滅茶滅茶にして了ふやうな事が往々ある。それから、負けたが最後恨むこと甚だしく、密告投書あらゆる手段を講じて陥れようとする。」

なぜこんな記事が気になるのかと言えば、私の母が甲州出身で、ということは私にとってもこの記事は半分だけ、ひとごとではないからだ。そしてさらに困ったことには、この検事正某氏の観察に思い当たるところがあり、私が大らかで、寛大な人物になれずにいるのは、甲州のせいだったのか、と天を仰ぎたい心境に誘われてしまうのだ。

ところで、この検事正某氏の証言（?）を裏打ちする記事が、昭和二年の五月から七月にかけて出て来た。あまりにこの記事がおもしろいので、ここで紹介したい。

大阪毎日新聞と東京日日新聞の主催で「日本新八景」を選びだすことになったというのが、事の起こりで、これは全国民のはがきによる投票数によって「日本新八景」が決まる、しかもその投票締め切り日まで刻々、投票数が公表されるので、いやでも甲州人たちは熱中に巻き込まれていったらしい。

新聞記事によると、まず御嶽昇仙峡を入れるべきであるとして、甲府革新党が運動委員を五十名選び、手始めにビラを甲府市中で配布した。「愛郷の念に富む市民諸君よ。／甲府市が永遠に繁栄の鍵を握るか、それとも擲つか、甲府市民としては最早寸時も躊躇すべき時ではないのです。市民諸君よ、甲斐の昇仙峡が、天下の昇仙峡として最後の勝利者になるまで投票をつづけようではありませんか。」

つづけて、ある村役場では駒ヶ岳を新八景に入れるため、一千二百円を投票運動費として投じることを決議する。富士五湖支持派と昇仙峡派はすでにポスターを市内至るところに貼り、戸別訪問まではじめている。また別の町では、八ヶ岳平原を推すことに決め、自動車で宣伝運動をはじめる。締め切り日が近づくにつれ、県ぐるみの白熱した運動に変わって行く。カフェー、書店、市内の街頭で投票のはがきを売り、宣伝ビラをまき、青年団の宣伝隊は総出、各種組合も決起する。新聞は「縣民は更に一票宛を投票して下さい、又青年團處女會等の團體名で能ふ限り投票して下さい」と絶叫するがごとく訴えかける。

これほどの大運動を繰り広げたのに、結果としては、甲州の景勝地は「新八景」に一つも入らなかった。湖沼の部で富士五湖は十和田湖に敗れ、渓谷の部で昇仙峡は上高地に、平原の部で八ヶ岳平原は石狩十勝平原に敗れたのだ。ちなみに他の五ヵ所は、山では雲仙岳、海岸で室戸岬、瀑布で日光の華厳滝、温泉で別府温泉、河川で木曾川が選ばれている。全甲州人の失望落胆が胸に痛いほど伝わってくる。ところが、この結果発表の二日後、「東京日日、大坂毎日弾劾県民大会」の予告広告が新聞に大きく出されている。

「『日本新八景投票』の名の下に、大坂毎日、東京日日の兩新聞社より全く面目を蹂躙せられたる吾山梨縣民諸賢よ。／然るに今回、その選定發表の結果は何ぞ！／東日、大毎は臆面もなく委員會の決議に絶對盲從し、吾等血の滴る投票數を無視し、如上三景勝地を日本八景の價値なしと斷じ、たるのみならず、更にこれを二五勝又は百景の中へ追ひ込むの侮辱を敢えてしたり。茲に於いてか吾等縣民は、慟哭禁ずる能はず。／幼は小學生否幼稚園の生徒より、貧は筋肉勞働者の末に至る吾縣民の犧牲を、無情にも抹殺したる東日、大毎に對して、遠慮なき意見を吐露する爲に、左記縣民大會を開かんとす。愛郷のために泣く有志の、火の如き熱辯を求む。」

そして九日経った紙面に、この大会に約六百名の県民が集まったこと、そして大会の決議が報告されている。決議の一は、吾等は両社が発表した新八景及び二五勝百景なるものを認めず、二、両社は吾等を欺罔した罪を天下に謝罪すべし、三、両社は毀損せられたる吾等の名誉を回復する方法を講ずべし、四、両社は今後愚劣なる新聞販売政策のために他人に損害を蒙らしむるが如き挙に出でざるよう注意すべし、となっている。

このあと、新聞には新八景がらみの記事は出てこないので、大阪と東京の新聞社が謝罪したのかどうか、たぶん、無視したのだろうが、てんまつが分からない。とにかく大まじめな人たちを笑っては申しわけないが、やはりこの逆恨みには笑ってしまう。それにつけてもさんざん踊らされていた我が身に腹が立つ、というところなのだろうが、甲州人なので、決してそんなことは言わない。ただ相手をひたすら恨む。

ところで、新八景問題の決議の記事のすぐ上には、ジュネーブ軍縮会議が難航しているという記事が見られる。この時期、愛すべき甲州人の屈辱の涙をよそに、日本は着実に太平洋戦争に進みつづけていたのだ。甲州人の愛郷の念は、やがて愛国の念に吸収されていったのだろうか。

石の国

ヨーロッパを称して石の文化、対する日本は木の文化、という公式見解が日本人のあいだでは根強い。けれども、こんな大ざっぱな分け方が現実に通用するはずはない。

ヨーロッパと一口に言っても、大理石がありあまっているイタリアと、森だらけのフィンランドでは、当然、石と木に対する感覚がちがってくる。また、どこでも田舎に行くと、木と泥を使った家が多いし、寒暖の激しい、風も吹きすさぶような地方では、土蔵造りのような家が普通になり、石も重しとして使いはじめる。確かに、権力者の建てた広壮な城や教会は石がふんだんに使われていて、ヨーロッパ文化の粋として、そうした教会や城が私たち外国人の目を奪う。一方の日本では、有名な重要建築物は全部木造で、それらが日本の貴重な文化財産であることにはまちがいがない。しかしだからといって、日本の文化は木の文化だと決めつけていいとはかぎらない。日本列島もこれで、いろいろな地域があり、風土も一律ではない。

たとえば、とここで私が思いを馳せずにいられないのは、実は甲州なのだ。

甲州に行くと、球形の石の道祖神が印象に残る。なぜ、甲州では丸い石がこれほど尊ばれているのだろうと、よそ者には奇妙に思われてならない。地元の研究家の中沢厚氏の『石に宿るもの―甲斐の石神と石仏』（平凡社刊）を読んでも、結局、その由来までは分からない。土地の人に聞いても、道祖神とはああいうものです、と答えてくれるだけ。これでは、よそ者にとっては答にならない。

いろいろな考え方があるのだろうが、甲州の特産品と言われてきた水晶を、私のような単純な人間はここで真っ先に連想してしまう。現在は残念ながら、甲州産の水晶は消え失せているというが、宝石商や宝石加工業者は今でも甲州には数多い。甲州出身の私の母方の親戚にも宝石商がいる。理由がなく、こんな特殊な職種が伝統的にひとつの場所に集中するわけもない。

さらに金峰山《きんぷさん》、瑞牆山《みずがきやま》、そして昇仙峡などの峨々たる岩の眺めを思い起こさずにいられなくなる。金峰山、瑞牆山は言ってみれば巨大な花崗岩の固まりであり、昔は金鉱もあったと聞く。南アルプスの方にも、金鉱がいくつかあったらしい。花崗岩、水晶、金、とこのように並べてみると、だんだん、こちらはあやしい気持になってくる。こうした鉱物資源は古代の非常に早い時期に発見され、重要視されていたにちがいない。それは神格化もされ、金峰山のように、山そのものが霊域にされていったとも考えられる。

丸石信仰は水晶加工業者の特権的なギルドのシンボルからはじまっているのか、もっと一般的に石工たちの表札みたいなものだったのかもしれない。どちらにせよ、石の豊富な資源とともに、石の加工技術も洗練され、この「石の国」の人たちは石の価値、石の美、石の深さを知り尽くし、並々ならぬ愛情を寄せつづけて来たのだろう。

塩山の方面に行って驚かされたのは、民家の門柱に使われている石のただならぬ大きさだった。また、ある大富豪のお墓の石の大きさにも仰天させられた。普通の墓石の十倍の大きさはある。それが四つも五つも立ち並んでいるのだから、巨人国に突然迷い込んだような気持になる。そんなことを思い合わせたり、また、甲州には山が多いのに、それにしては森林経営への意識は薄く、木材の名産地としての誉れから外されてしまっていることも考えてみたりすると、ますます、甲州での価値観が「石の文化」だからこその現象なのだろうと思いたくなってくる。甲州、つまり山梨県が日本のなかでなんとなく存在感が薄いのは、「木の文化」が優勢な日本にあって、この「石の文化」が理解されにくいからなのかもしれない、などと飛躍したことまで考えてしまうのだが、さて、実際にはどうなのだろう。

それにしても、甲州の道端にある丸石の道祖神の美しさが忘れがたいものであることだけはまちがいない。

富士山麓再訪

いまどきの富士山には一切近づかないほうがいい、がっかりするだけだから、と何人ものひとから忠告を受けていた。私もテレビで富士山山腹の道路に群れる暴走族の自動車を見かけて、すでにショックを受けていたので、うっかり富士山に近づかないように気をつけつづけていた。

学生のころ、冬に太郎坊まで、そして晩秋に西湖、本栖湖と青木ヶ原樹海を訪れ、それぞれの印象が忘れがたく、いつかまた行ってみたい、と特にここ数年、思いがつのっていたのだ。しかし気軽には近づくことができない。富士山はあきらめようと気持がかたまりかけていた。ところが昨年の夏になって、思ってもいなかったべつの成り行きで富士山に近づく機会が訪れてしまった。実に三十年ぶりの再訪になる。そして結果は、精進湖、西湖の辺りを除いて、予想通り、いや、予想よりももっと無残な変化に仰天させられ、落胆させられた。またこのように昔の風景を引き合いに出して、今を嘆くようになったら、つまりそれだけの年になったという証拠か、とますます不愉快になってしまった。

いつの間にか時間が経ち、と言うのはおおげさな言い方で、もちろん、学生時代から三十年近く経っていることはいくらなんでも自分でわかってはいるのだが、特別心に残った風景は昔と変わらずに私の再訪を待ちつづけてくれるのだろう、となんとも自己中心的に思い込んでいたのだ。こうした思い込みが、世に言う感傷というものなのにちがいない。

富士山に近づくにはいくつかのルートがあるが、そのうちのひとつ精進口は甲府から真南に進み、御坂山地の右左口《うばぐち》峠をトンネルで越え、昨年、全国的に有名になった上九一色村を通る古くからのルートで、甲府からはこの精進口が最短距離になる。とは言っても、トンネルができるまでは、かなり厳しい峠越えの道程だったのだろう。今は車を四十分ほど走らせれば、呆気ないほど簡単に精進湖に出ることができる。裏口から富士山にこっそり近づくような印象で、これは悪くない。もっとも甲州人に言わせれば、この精進口が正面入り口ということになるのだろうが。

精進湖はあまりに小さく、開発しようにも肝心の湖が頼りなさすぎるせいか、キャンプ場とボート乗り場が目につく程度で、人の姿も少なく、ほっとした。正面に富士山とその前景の大室山がぴったり重なって見え、富士山は薄く、大室山は濃くかすみ、その二重の山影が精進湖の湖面、溶岩のくろぐろとした広がりのうえに浮かび上がっている。

もともとは精進湖と西湖そして本栖湖は、剗湖《せのうみ》と呼ばれるひとつの湖だったのが、過去何回かの噴火による溶岩流、特に青木ヶ原樹海を作った溶岩流によって三つの湖に分断されたそうで、それだけに溶岩流のかつての激しさを今でもこの辺りでは見届けることができる。

この溶岩流を迂回するかたちで西湖にまわると、こちらは富士山の見えない湖で、だからやはり観光客には人気がないらしい。夏の富士五湖とは思えない静けさで、ここでもほっとさせられた。なにをねらっているのか、じっと動かない釣り舟がたくさん浮かんでいた。河口湖も水害の多いところだが、精進湖、西湖のほうも事情は変わらず、昭和四十一年の台風で西湖北岸の根場《ねんば》地区と西湖地区が全滅した。まだ学生の私が西湖を訪れたのは、ちょうどその一年前で、西湖がひどいことになったと当時、自分にはなにもできないのに、東京にいながら一人でおろおろしていた。台風による全滅からおよそ十年後、南岸の青木ヶ原樹海を切り開いて、根場と西湖両地区は集団移住し、民宿村をはじめたと聞いていた。その後どうしているだろう、となんとなく自分にかかわりのある場所のような気がして、根場民宿村を車でそっと通り抜けてみた。幸い、民宿は順調に経営されているらしい。観光地らしい騒々しさがなく、ひなびた雰囲気の好きな若い人たちがおそらくこの民宿村を喜んで利用しているのだろう。

富士五湖にしても、上九一色にしても、忍野《おしの》にしても、富士山の裾野はどこも溶岩、火山灰のために農業には向かず、そのうえ頻繁な水害で、そうした苦しさを考えると、「観光」という新しい概念は天の助けとも言うべき唯一実現可能な救済策だったと、認めるほかはないのだ。なにも富士山の裾野ばかりではなく、私の母の郷里である甲州全体がひどく貧しかったわけで、明治の中頃から、観光開発に甲州としてはいちるの望みを託して、まずは富士五湖を中心に、それから八ヶ岳高原地帯を対象に、今でいうツアーに相当する「探勝隊」なるものを企画したり、ホテルやキャンプ場、スケート場、ゴルフ場、なんと競馬場まで建設し、昭和はじめには、別荘を建てて、つぎつぎに土地を分譲しはじめている。一方では、中央線や身延線などの大工事、トンネルの工事、そして道路作りにも取り組みつづけ、一時は、富士山に穴を開けて、エレベーターを作ってしまえという、今考えればぞっとするような乱暴な案まで真剣に検討されていたというのだから、勢いというものはおそろしい。

幸いというか、やれやれというべきか、開発のほうは例のスバルラインで大きく減速したらしいが、とにかく、現在の山中湖、河口湖、あるいは暴走族に人気の高いスバルラインやスカイライン、八ヶ岳のペンションや別荘地帯のにぎわいから判断すると、経済的には山梨県の観光路線は大成功だったということになるのだろう。そして自然の保護より人間の生活のほうが大切という意識がうかがえるこの観光路線は、いかにも山梨県だなあ、と感心もさせられるのだが、実際に、河口湖に近づくと、ピンクやクリーム色の建物、あるいはもっとけばけばしい看板が林立しはじめ、せめて色の規制だけでもできないものなのか、とぶつぶつ文句をつけずにはいられなくなる。さらに富士周辺の農村の貧しさを象徴する存在のはずだった忍野八海（かつては、この辺りと山中湖を含んだ広大な湖、宇津湖があったのだという）に行くと、箱庭のように整備し尽くされた、いかにも日本の観光地らしい混雑に仰天させられる。少なくともこの様子なら、忍野村は今までの貧しさから逃れることができ、それはなによりも喜ぶべきことなのだろうが、とここでもぶつぶつ私の独り言がはじまった。

忍野村はこれも私が学生のころ、恐れを知らない「忍野村忍草《しぼくさ》母の会」の存在が有名になっていた。米軍から自衛隊が引き継いで使用していた北富士演習場の、地域への全面返還を要求し、忍草母の会は演習場内に座り込み、一躍、忍草の母たちはもっともラディカルな運動家たちとして知られることになったのだ。当時の新聞で、私も忍草の母たちの様子を写真で見ていたし、またそもそも忍野村とはどういうところか、という解説も繰り返し読んでいた。要するに、いかに貧しいところか、という説明ばかりだったと思う。今でもこの地には、自衛隊駐屯地が残っているのだが、あのころの忍野と現在の観光地忍野のちがいが、私には大きすぎた。

旅の最後に西湖の南側に廻って、青木ヶ原樹海と富士山原始林を見晴らす、紅葉台と呼ばれる展望台にのぼった。富士山の裾野に広がる広大な緑の海がそこからは望めるはずだったのに、三十年ぶりの緑の海はすでに虫食いだらけになっていた。いくつもの大規模な別荘地、ゴルフ場、それに工場ができ、樹海と原始林の美しさは失われ、その美しさを観賞する目的で作られた紅葉台も、廃墟同様の状態に変わり果てていた。こんなところまでわざわざのぼってくる観光客はいない。と思っていたら、一台のマイクロバスががたがた車体を揺らしながら到着し、数名の観光客とガイド役の中年の男性が降りて来た。マイクロバスのうしろを見ると、根場民宿村と書いてある。あの根場に育った人が今は民宿の特別サービスとして、泊まり客を必ずこの「穴場」に案内して、自分のふるさとの西湖と樹海を見せているのだった。

さまざまな無言

私がキリスト教の「死者の日」をはじめて知ったのは、カトリック系の女子中学に入学してからのことだった。十一月一日が「諸聖人の祝日」、つまり天国にいる聖人たちにこの世を去ったすべての死者のめんどうを見てもらうことをよろしくお願いする日で、「死者のためのミサ」に全校生徒が参加する。次の日は「死者の日」で学校はお休みだったと思うのだが、もしかしたら逆だったかもしれない。この「死者の日」は言わば、キリスト教版のお彼岸で、お墓参りの日になっている。

この「お彼岸」を迎えるために、私の通っていた学校は三日間の修養会なるものを生徒に強制していた。三日間、学校で毎日ミサを受けつつ、朝から夕方まで沈黙を守らなければならない。スポーツなどはもってのほか、昼休みも黙って本を読んで過ごす。それも聖書か聖人伝に限るという、いとも退屈な三日間だった。ところがこの行事を、私はさほど嫌ってはいなかった。私の父が早くに死んでいたし、中学一年の冬に兄が死んでからは、兄ひとりのためにこの行事があるようにさえ思え、全校生徒がミサで祈っている姿を見ると、満足感すら味わっていた。同様に感じていた生徒は多かったのかもしれない。だれでもどこかに死者を抱えているものなのだから。

それから三十年近く経って、パリに滞在する機会を得て、久しぶりにこの学校時代の「死者の日」を思い出した。フランスでは、この日は国の休日で、まさに日本の秋のお彼岸そのもの。私がはじめて迎えたフランスのお彼岸は、すばらしい秋晴れの日で、お墓に供える菊の花を手に持ったひとたちが静かに道を行き交っていた。その多くはお年寄りばかり。私もじっとしていられなくなり、下宿をさせてもらっていた知り合いのご夫婦のお墓参りにこのことついて行くことにした。

墓地までは、家から歩いてほんの十五分ほど。青空が光り、黄金色の木の葉が風に舞っていた。目的のお墓は小さなお堂になっていて、扉を開けると、祭壇とお祈りをする台が置いてある。壁には、その床下の空間に安置された人たちの名前が記されている。ご夫婦の夫の側のお墓なので、その曾祖父母、祖母、母親などの名前が並ぶ。祖母ははたちで、出産のために亡くなっている。それで生まれたばかりの赤ん坊を曾祖母が育てたのだという。赤ん坊はぶじ成長し、結婚して、母親となった。長生きしたその母親も今は、お墓のなか。息子も七十歳近い年齢になっている。

ご夫婦は持参の菊の花を祭壇に飾り、それからお祈りをするでもなく、ふたりで落ち葉を黙々と掃き集めだした。その姿が忘れられずにいる。シュロの箒《ほうき》を一心に動かす背の高い夫に、とても小柄な妻。

ところがそれから四年後に、この夫が思いがけず他界したのだった。そして別れを悲しむなかで、私は夫の父親の事情をはじめて知らされた。父親はユダヤ系フランス人で、カトリック自由主義を守る知識人だった。第二次大戦のとき、そのためナチのリストに組みこまれ、スイスへの逃亡が友人たちの手で用意されていたのだが、その実行を目前に住まいの窓から飛び降りて亡くなった。曾祖母に育てられた母親の話は幾度も聞かされていたが、父親が話に出て来たことはなく、私はうかつなことにそのことを気にも止めていなかった。

あまりに重い話はめったに語られることはない。それで無神経な人間はなにも気がつかずに通り過ぎてしまう。私もその一人だったのだ。私の父親も自殺と呼ばれる死に方をしている。それを向こうは知っていて、なにも言わずにいてくれた。その無言が、今頃、私に迫ってくる。私の母も夫の死について、あるいは兄の死について、無言を守りつづけていたのだった。

今年もまた、さまざまな無言とともに「死者の日」が近づいてくる。パリの青空と黄葉のまぶしさが蘇り、その後、私のまわりでも増えつづける死者への思いもそこに引き寄せられていく。秋は、死者のための沈黙の美しい季節でもある。

小さな日本列島の姿から

もう、七年も前のことになる。パリという都会で、私は望遠鏡を逆さにのぞくような心地で、小さな小さな日本列島の姿を見つめつづけていた。あるいは、プレパラートに落とした水滴のなかに顕微鏡でようやく見つけた、不思議な、そして美しいプランクトンのような日本列島の姿。その中心部には、形の整ったひとつの火山がそびえている。富士山という名前のコニーデ型の活火山。なんて愛らしい姿なのだろう。日本に生きつづけた四十四年間、そんなことは一度たりとも思わなかったのに。

それから七年経ち、一千七百枚を超える長編小説『火の山—山猿記』ができあがった。このように、今の私としては一応言うことができる。けれども、なぜそんな日本列島の姿を自分が見つめつづけ、かくも長い小説を書かずにいられなくなったのか、その理由は当然、これほど単純に言いきれるものではない。

パリという都会から私が見つめていた、小さな小さな日本列島。私はそこに戻りたいと思っていたわけではなく、むしろ戻ることをおそれていた。しかし、東京という都会しか知らずに四十代の半ばに達していた私には、その日本列島の姿に自分自身の過ごしてきた時間が刻み込まれているのが見え、また私の母のたどりつづけた時間も見えていた。

パリにいる間に、老齢の母が倒れ、入院したという知らせを日本の家族から受けていた。母の心細さを知りながら、私はパリにひとりで向かってしまったのだった。何度も何度も、私は同じようにして、この母を見捨てつづけている。夫を早くに失い、いつも思いつめた顔で三人の残された子どもたちを育ててきた母。そんな母を私が責めることはできない。しかし、私は母から逃げつづけていた。母の時間の重さに私はおびえていたということだったのだろうか。

母の入院を聞いて、私は母の死を覚悟した。当の母もそうだったろう。それでも私は日本に戻らなかった。のんきにパリで暮らしつづけた。けれども、小さな日本列島の姿が私の脳裏から去ることもなかった。私は息を詰めて、日本列島のなかの母を、母の時間を見つめつづけていた。見つめることしかできなかったから。

私が日本に帰ってからひとつの小説として書きたいと思ったのは、この時期に私がパリから見つめていた「もの」なのだった。私の母は一体、だれなのか。そんな問いでもあった。そのために、小説という虚構は不可欠だった。虚構のなかではじめて見えてくるもの、それ以外のなにを私たちは求められるだろう。

さいわい、と言うべきか、母はなにも自分について語らない人だった。「語り伝え」というものを信じていなかった。日本に帰ってから、子どものころの話を聞かせてと母に頼んでも、みんな忘れた、の一言で片付けられてしまった。それで母からいかなる話も聞けそうにないとあきらめざるを得なくなった。それでよかったのだろう。おかげで、苦労も多かったが、母のそばで暮らしながら、母に縛られることなく、全く自由に私は小説を書きつづけることができたのだ。いかに記憶というものがあいまいで、物事の真相など本人にすら把握できないものであるか、などという言い分の小説を好き勝手に私は書いていた。

しかし母はなにか私が母の郷里について書きはじめていることは察していたのだろう。が母は相変わらず、そのことについてなにも言わず、そして私が小説をまだ書き終わらないうちに他界した。これで本当に私は、母から何も聞けなくなってしまった。母はこうして私から自分の世界を守り通したのだ。そして私は私で、この母と母にかかわりのある人たちについての想像から、自分の小説を書き上げ、そして今は自分の作った小説の登場人物のひとりひとりに愛着を強く感じつづけている。それは言うまでもなく、母に対する、私の愛着なのにちがいない。自分の母親というひとりの人間の重さを自分に引き受けるのに、これだけの枚数の小説を私は必要としたとも言えるだろう。そしていまだに、私は母の実体をほんの断片しか知らないままでいる。

フランスから

寒いパリにて

リルケの書いた『マルテの手記』を学生の頃に読み、それ以来、冒頭に記されているパリの風景が忘れられなくなっていた。

「ここパリに人々は生きるために来るのだろうか、ぼくには死ぬために来る場所としか思えない」という文章にはじまり、陰鬱な病院を出入りする老人や病人の描写がつづく。そうした死の影を引きずるパリを頭に描きながら、リルケのパリ滞在の約九十年後に、私もパリに着き、小さな古い家の三階でかりそめの生活をはじめた。窓の正面に見える建物は有料の老人ホームで、病院とは性質がちがうが、『マルテの手記』と一脈通じる風景を与えられた偶然に、まずは心秘かに満足せずにはいられなかった。

リルケがはじめに住んでいたのはパンテオンの近くだったらしいが、私が一時住むことになったのは、パリの一歩外側の、以前は大金持ちが優雅な邸宅を並べていたという一帯で、ブーローニュの森とも隣接している。今は、東京の邸宅街でも同じ現象が見られるように、税金を払いきれなくなった家が次々に売られ、古い建物はこわされて、殺風景なアパートが建てられたり、老人ホームが建てられている。と言っても、私がその一室を借りている家もそのひとつなのだが、昔のままに残されている邸宅もまだ見られる。しかし広い邸宅に、身寄りのなくなった老人がろくな収入もなく、ぽつんと荒れ果てた庭を眺めながら暮らしているという例も少なくはないらしい。土地を手放して同じ町にある老人ホームに入りたくても、予約がすでにいっぱいで、今居住している老人たちが死んでくれない限り、次の人が入れないのだから、順番がまわってくる頃には、とっくに天国の住人になってしまっているにちがいない。

近所を歩いていても、年寄りや猫をよく見かける。十月から毛皮のコートと帽子に身を包んで、見ているこちらの方が不安になる足取りでよろよろ歩く、九十歳を超えているような老婦人。肉親なのだろうか、中年の女性に支えられて散歩をしている盲目の老人。その傍を、パリの豊かさを目ざして移り住んできた肌の色のちがう人たちが、着古したアノラック姿で通り抜けて行く。かく言う私も外国人の一人にはちがいない。今でも健在のお金持ちに雇われて、子どもや犬を散歩させているアジア女性の姿も見られる。

地下鉄に乗っていても、足もとの危い老婦人が一人で、とにかく弱みは見せるものかという構えで、化粧をし、バッグを抱えている姿に驚かされる。ほんの些細なことから、中年の女性客に、車両中に響くような大声でどなりつづけている老人もいた。たまに老人で柔和な顔をしている人を見かけると、ほっとする。それほど、ここの老人たちの表情は厳しい。そして大抵の場合、ひとりでいる。地下鉄の階段ののぼりおりだけでも大変だろうに、とよそながら心配してしまう。

地下鉄と言えば、朝出かける時にホームで見かけた人が、夕方帰ってきた時もまだ、同じ姿勢でゴミ箱に寄りかかって眠りつづけていたりする。十月、十一月、と寒くなるにつれて、ホームのベンチや隅の方で寝ている人の姿が増えてきた。歌をうたってお金を集めている人たちはむしろ乗客たちを楽しませているが、なにも言わずにただ手を差しのべてくる物乞いの子どもの姿には心が重くなる。

私の住むことになった家からほんのひとまたぎのところにブーローニュの森があるから、存分に散歩を楽しめるかと思っていた。しかし、そこもうかつにぶらぶら歩けない場所になってしまっている。性を売る女性や男性たちの溜り場になっている、と言うのだ。聞くと、その人たちもパリで追いつめられた東欧からの移民がほとんどらしい。

『マルテの手記』の影響を受けて、私の意識がパリの貧しい部分、厳しい部分に向きすぎているのだろうか。

私の住む場所から、かの有名な凱旋門が間近に見える。その向こう側には、世界各国の観光客が昼夜を問わずひしめいているシャンゼリゼ通りがつづく。そこをまっすぐ進めば、エジプトのオベリスクの建つコンコルド広場、更にエジプトやギリシアの美術品の並ぶルーブル美術館に至る。ナポレオン時代の栄光を守りつづけるパリの表舞台は、否も応もなく堂々と美しい。

世界中の都市のなかでパリが一番、精神病になる日本人の率が高い、という話を聞かされた。パリに長くいた日本人の精神科医が実証的に書いた『パリ症候群』という、最近出版された本に基づいた話だというので、うそではないのだろう。私自身もパリにいる一日本人なので、聞き流すことができなくなった。ニューヨークの方がよほどストレスを強く感じさせられそうな都会に思えるし、言葉の問題にしても、フランス語もドイツ語も、あるいは英語でも、自由に使いこなせるようになるまでの困難は、たいしてちがいがないように思える。いったい、どんな理由があるというのだろう、とぼんやり考えているうちに、以前、オランダだかベルギーだかの女子学生を殺したうえに、その肉を食べたという日本人留学生の存在に行き当たった。

私がパリに来ることになった理由が、やはりこれもナポレオンが創立したという東洋語学校（正式には、国立東洋言語文化研究所と言うらしいが、東洋語学校の方が未だに通りがいいので、私もそう呼ぶようになってしまっている）で日本の近代文学を教えるというもので、いざ私の眼の前に集った学生たちを見ると、日本人も何人か混じっている。それは予想していなかったことだったので、翻訳家である知り合いのフランス人にその話をしたら、彼女も東洋語学校出身なのだが、当時も日本人はいて、そのうちの一人が例の留学生だったのだという。それで、今までさほど関心を持っていなかった以前の事件が急に身近に感じられるようになった。少なくとも、その日本人留学生の生活の一部を、今私は共有していることになるのだから。

と言っても、その留学生がなぜそんな事件を起こすに至ったか、私にわかるはずもないし、調べてみようと思ったわけでもない。ただ、そう言えば確かにそんな実例もあった、と東洋語学校のあるパリ第九大学の構内を歩く日本人学生の姿を見ながら、思い浮かべるようになったというだけの話なのだ。

パリで精神的に参ってしまう日本人の数が多い理由として、ひとつだけ、私にも思い当たることがある。それは、パリという都会のイメージと現実の差が大きすぎるのかもしれないということ。最近、イヴ・モンタンが急死して、フランスのテレビでも大騒ぎだったが、たとえば彼のシャンソン（あるいはパーソナリティー）に象徴される、軽妙で、洗練されていて、黄金の枯葉が舞う街角で恋人たちが語り合っている、というようなイメージは、なにも日本人だけではなく、世界中の人が漠然と、しかし根強く抱いているパリのイメージなのにちがいない。ニューヨークやベルリンなどに対しては決して感じない、楽しげな、なにかしら特別な時間への期待を、私たちはいつの間にかパリに対して持つようになってしまっている。

『マルテの手記』にこだわりつづけていた私にしても、カフェで朝のコーヒーを飲んでその一日をはじめるのは、さぞかし気分のいいことだろう、とパリに来る前には、浅はかにも思い浮かべていた。パリのカフェと言うと、ヘミングウェイやサルトル、あるいはさまざまな映画や写真などの残像がどうしても重なってしまい、東京やニューヨークの喫茶店などとはどこかちがった〝味〟があるのだろう、と思いがちになる。しかし実際にパリで生活をはじめてみると、要するに東京での生活と同じことで、朝は半分まだ眠っている体で、自分の部屋でコーヒーを飲むのが精いっぱい。それからシャワーを浴びて、ようやく眼がさめ、その日一日の仕事を考える。外出をして、足を休めにカフェに入っても、特別な雰囲気などどこにもない。カフェはカフェに過ぎないのだ。もちろん、一口にカフェと言ってもピンからキリまであって、ピンはコーヒー代が高いから気楽に入るようなところではないけれども、さすがに室内装飾が眼を楽しませてくれるし、キリは日本の酒屋での日本酒の立ち飲みと同じ役目も兼ねているようなところなので、庶民的な生活の感触が伝わってきて、それなりに悪いものではない。パリの生活とカフェは切っても切れないつながりがあるのは事実だと思うし、東京にいても喫茶店の常連である私がパリのカフェに親しみを持たないわけもないのだが、それにしてもカフェはカフェに過ぎない。カフェにただ坐っていても、シャンソンで歌われているようなパリの美しく楽しい風景が次々に眼に入ってくるわけではない。

ある本によると、未だに世界中に根をおろしている美しく楽しいパリのイメージは十九世紀にはじまったジャーナリズム創成期のパリの新聞によって産み出されたものだという。パリのファッションについての神話もそこで作りだされ、文化都市のイメージもそこから定着しはじめたということらしい。とすると、明治維新以降日本人がはじめて知ったパリは、すでにその神話と切り離せなくなったパリだったわけで、そんな事情からもしかしたら、日本では特に、パリ文化のイメージが純粋培養されてきたのかもしれない。いや、十九世紀以前の歴史を共有しているヨーロッパの他の国々や、フランスの植民地だった国々を除いては、そもそもジャーナリズムが育たなければ文化のイメージも広がりようがないのだから、どの国でもさして差はないのだろう。

しかし、この都市でしきりに私が思い浮かべずにいられないのは、かつて同じこの都市を訪れた明治、大正時代の日本の作家たちの胸中なのだ。鷗外や漱石がもし、フランスに留学していたら、その後の日本文学、あるいは日本人にとってのフランスのイメージがなにがしか変わっていたのか変わらなかったのか、などと意味のないことも考えてしまう。東京で生活にくたびれ果てた岡本かの子が子どもを胸に抱いて、シャンゼリゼに行ってお馬車に乗りましょう、とうわ言のように何度も何度も呟いていたという、その姿を想像すると、同じ日本人として、ある切なさを感じさせられる。

たった百三十年前に突然、異質なヨーロッパ型文化を否も応もなく、取り入れざるを得なくなり、そのジレンマに苦しみながらも、なんとか〝近代化〟をなしとげてきた日本人たちの状況のむずかしさは、あなたたちにはきっと想像しにくいことなのでしょうね、とこの都会で日々を送っていると、誰にともなく呟きたくなることがある。フランスにはフランスの苦労があったのだろうが、言葉や社会の仕組み、生活様式、食生活に至るまですべての面でヨーロッパで育った文化と日本で育った文化の衝突を経験しなければならなかった日本人の一人一人の思いを、どうしてもここにいて忘れたままでいることはできなくなるのだ。

私自身は、今の時代の日本人の一人なので、今のパリに来て、生活そのものに異質な世界を感じるということは、自分でも意外なほど、ほとんどなかった。同じ資本主義の原理に蔽いつくされている世界だし、メディアの性質も、特にヴィジュアルな面については全く同じものになっている。細かいちがいは言うまでもなく、至るところにある。デパートもスーパーも休みという日曜日の概念からゴミの出し方まで。けれども基本的な経済原理が同一である以上、今の東京に慣れている人がパリに来てまごつくことは、あまり考えられない。第一、なんと言っても豊かになった今の日本人なら、パリの一流レストランで難なく食事を楽しめるのだ。まごつくとすれば、パリの貧しい部分に接した時ぐらいなのかもしれない。

とにかく私自身が予想以上に、パリの生活で〝異国〟を感じなかったので、むしろそれだけ東京での生活が欧米化（どちらかと言えば、アメリカの比重の方が大きいのだろうが）してしまっているのだろうとまず、思わずにいられなかったし、それと比べ、以前の日本人にとってパリで生活をするのは、今の時代では考えられないような〝ショック〟があったのかもしれない、と自然、思いを馳せるようになった、ということなのだ。

たとえば明治、大正と言わず、昭和になっても、林芙美子の『巴里日記』の内容を思い出すと、作品として高く評価できるものではないにしても、そこで語られている孤独に胸を打たれる。彼女は逆境に強い自分だという自負があったからこそ、単身、パリに住んでみようと決めたのだろう。シベリア鉄道でモスクワを経て、くたくたになって彼女はパリに着く。岡本かの子のようなハイカラな趣味が彼女にはなかったらしく、彼女はパリを着物と下駄ばきという姿で歩いている。そのためじろじろ見られ、それがまず彼女の苦になる。食事もみそ汁に御飯という日本の食事を食べたくて、苦労して用意して一人で食べているうちに、侘しさに泣きださずにいられなくなったと書いてある。そのうち、風邪も引いたりして、部屋に閉じこもってしまうようになる。結局、予定を切りあげて日本に急いで帰ってしまう。

このようにさんざんな内容で、その惨めさを笑うことは簡単だが、ついこの間まで、多くの日本人はパリで同様の孤立感と異質感に苦しめられていたのだったろう。そのなかで、パリに根をおろし、自分の世界を豊かに広げた日本人もいたことを思うと、それは並大抵のことではなかったろうとも想像せずにいられなくなる。その努力を支えていたものは、今の日本人には理解しにくくなっている、日本人としての〝使命感〟だったのかもしれない。フランスの文化においてすぐれた部分をできるだけ吸収し、それを日本の近代文化に移入し、少しでもそれを豊かに育てなければ、という〝使命感〟。林芙美子に代表されるような、パリに負けた多くの日本人たち、そして今でも名前を残している多くの日本人たち、その人たちのあとにつづいて、今、同じ都会に驚くほど多くの日本人がさまざまな理由で滞在したり、住みついている。

東京とパリ間の直行便が飛ぶようになって、もう十年は経つのだろうか。時間で言えば、今はたった十二時間の距離になっている。シベリア鉄道や海を渡ってパリに旅しなければならなかった時代の感慨は、もうとっくに私たちは失ってしまっている。ファックスや国際電話で気楽に、東京・パリ間で連絡を取り合うこともできる。シャンゼリゼやオペラ通りなど、賑やかなところへ行けば、日本語の看板は珍しくないし、日本語の本や雑誌を専門に扱う本屋もある。日本の新聞を毎日読もうと思えば簡単に読めるし、日本のデパートも営業しているから、値段は多少高いが、日本の食べものをそこで買うこともできる。日本人会というものもできていて、そこから日本人向けの情報紙も発行されている。日本人専門の不動産屋もあれば、旅行業者、美容院もあるらしい。もちろん、日本人学校もある。思いつく限りのものは、なんでもある。よくぞここまで、と特別な予備知識を持たずにここに来た私にとって、この日本人のネットワークの定着ぶりは驚きの種だった。とは言え、フランス人から見れば、ごくささやかな、忍びやかなネットワークであることにはちがいがない。ここで日本人が日本の社会でのように生活することは、異邦人である以上、無理な話なのだ。

今の時代で、パリにいて精神的に参ってしまう日本人が多いという、もうひとつの理由があるとすれば、東京とパリの距離が物理的に感じにくくなり、外国人として生活しなければならない不自由を前もって予想しにくくなっていることも、考えられるのかもしれない。電話で東京の友だちの声を聞いたり、日本の新聞を簡単に読めたりすれば、外国で生活をしなければならない、という覚悟はつけにくくなる。

その点では、私も例外ではなく、ファックスなども早速、仕事で利用しているのだから、そのうちに気持が不安定になっていく事態だって考えられないことではない。なにしろ、まだパリの生活は三ヵ月めに入ったばかりのところなのだ。この冬は、私が生まれてはじめて味わう寒い冬になるはずだし、パリを引きあげるまでに、たとえばフランスのクイズ番組やお笑い番組が理解できるようになるほど、フランス語が上達するとも思えない。

けれども私の場合、東洋語学校で一生懸命、日本語を学ぼうとしている学生たちの表情にふらふらする背中を支えてもらっている、という事実を忘れることはできない。修士課程の学生たちなので、十七、八人と数は少ないが、それぞれ徳田秋声、志賀直哉、堀辰雄、井上光晴、滝口修造、太宰治、あるいは室町美術や陶器など、これからの研究テーマの方向もおおよそ決まっていて、そこに私が好き勝手に、アイヌのユカラや説経節を持ちだしているのだから、今のところ、どんな感想を彼らが抱いているのか見当がつかないが、とにかく遊び半分の学生は一人もいない。どんな仕事を将来、彼らの一人一人が果たすことになるのだろう、と思い巡らさずにもいられなくなる。

パリは住むには決して気楽な都会ではない。これは確かに言えることにちがいない。パリに住みついている人の半分は貧しい外国人たちで、残り半分の二分の一が必死にどうにか生きているフランス人たち、最後に残った人たちがお金にゆとりがあり、誇るに足る社会的地位を保っているフランス人。地下鉄などに乗っていて、私が受ける印象では、こんな割合で人々が混じり合っているように見える。そして、のびのびと楽しそうな顔をしている人たちがいたら、それはまちがいなく観光客、とこれも私の、いい加減と言えばいい加減な目安で見定めるようになっている。リルケの眼に映ったパリは、いまのパリの風景でもある。

それでも、人はパリに集まりつづける。学生も、芸術家も、ビジネスマンも、移民も、観光客も。それは東京も同じことだが、〝文化〟に吸い寄せられて来る人も多いのは、東京と全くちがうと認めざるを得ない。私のふるさと東京のことを考え、パリに嫉妬を感じることもある。東京だって、お金だけではないほかの魅力も充分にあるのに、と。しかしこの私も考えてみれば、東洋語学校なるものが維持されていなければパリで生活することになるはずもなかったわけだし、美術、演劇、音楽、映画、とここでの生活で退屈を感じることもない。日曜日には美術館の、月曜日には映画館の料金が半額になると知れば、なんとなく行きたくなってしまう。そこでガイド・ブックを見ると、ムンク展やピカソの習作展、イスラエル、イタリアの画家の個展、映画のページには、フレッド・アステアやキャプラの映画特集、アフリカ・アラブ圏、オーストラリア、我が日本も含めたアジアの映画、そしてもちろん他のヨーロッパ諸国の映画、と外国のものが新旧のフランス映画と変わらぬ比重で上映されている。そのほか、パリの新オペラ座の花形指揮者は韓国の人だし、その建物の設計者も確か、外国人ではなかっただろうか。

外国人のエネルギーを抜きにしては考えられないパリの文化と、外国人をゲストとして扱いつづけている東京の文化。そのちがいにそれぞれの良さがあると見ればよいのかどうか、それとも東京も近いうちにパリのように変わって行くのかどうか、そんなことも考えてしまう。

しかしとにかく、パリにいようが、東京にいようが、生活は生活である。明日の朝になったら近くの市場へ行って、果物や野菜、鳥肉などを買い、東洋語学校の図書館で借りてきた柳田国男を読み、原稿を少し書いて、夕飯を作って、テレビのニュースを見る。たぶん、そんな平凡な一日になることだろう。きのうのパリの最高気温は七度。オスロのマイナス二度に比べれば、寒いと文句を言うわけにはいかない。それにしても足もとが寒くなってきたので、そのうちにブーツを手に入れなければならないのかもしれない。今はまだ十一月。クリスマスの頃から二月ぐらいまでが、一番寒い時期なのだという。パリの浮浪者たちはどのようにして冬を過ごすのだろう、とひとごとながら心配になる。日常的に、今私が一番気にしているのは、つまり本当のことを言えば、これから訪れる冬の寒さだということになるのだろうか。

交差点の響き

私が日本を離れたのは、昨夏、ソ連でクーデターが起きた直後のことだった。それから、パリという、なにかと勝手のちがう環境で私がうろうろまごまごしていたこの四ヵ月の間に、とうとうソ連という国は消えてしまい、クリスマスの日には、テレビでゴルバチョフの辞任演説が行われた。

年が明けて、旧ソ連がどうなるのか、パリで知り合いと話をしていても、まったく見当がつかない、困ったものだ、と言い合うだけで、手放しで祝福しようという気分とはほど遠い。そう言えば、東京にいた時の印象に比べ、ソ連の動きに対するフランスの報道が、そしてフランスの人たちの反応もどちらかと言うと冷静なので、はじめ意外な気がしていた。けれども新聞の見出しを毎日眺めているうちに、日本とフランスの事情のちがいが少しずつ呑みこめるようになってきた。ＥＣ統合はソ連の解体とは正反対の動きだが、眼の前に迫ってきた統合で一体、これから世のなかのなにがどう変わるのか、さっぱりわからないという点では、解体後の〝ソ連〟もヨーロッパも同じ身の上なのだ。しかも陸続きの近所同士だから、あっちはあっち、こっちはこっち、とはっきり区別をつけられることでもない。人が流れ、経済の影響も受ける。少なくとも、高見の見物を楽しんでいる余裕はない。

私がパリに着いてはじめに驚かされたのが、旧東欧諸国からの観光バスの多さだった。見慣れない文字が胴体に書きこまれた、長旅に疲れた様子の観光バスがずらりとパリのここかしこに並んでいる。壁が消えてみれば、本当に東欧とパリは近いという事実を実感させられた。極東の島国にある東京の街をチェコスロバキアやハンガリーの観光バスが縦横に走りまわる風景は、まず出現しないだろう。パリの地下鉄やバスでも、パリ見物を質素に楽しむ旧東欧諸国の人たちを必ず見かける。もちろん、以前からパリに流れこみつづけているアフリカ、中近東、アジアの人々も負けず劣らず至るところに溢れている。なんて外国人が多いのだろう、とはじめのうち眼を丸くしていたのが、やがて外国人もフランス人もない、この人たちはパリという この空間をこの瞬間瞬間に共有している〝みんな〟なのだという大雑把と言えば実に大雑把な見方に変わってきてしまった。外国人とフランス人の区別をいちいちつけているひまがない。

大通りを走り抜けて行くEC諸国の巨大なトラック、世界各国の観光客を乗せるバス、地下鉄の車内や構内でお金を集める、これまた世界各国から来ている貧乏音楽家たち、その演奏や歌に耳を傾けている、これも世界各国のさまざまな事情でパリに身を置く人たち。こんな光景を毎日、見つづけていると、つくづくパリは文化、経済、政治の、目まぐるしくにぎやかな交差点なのだな、と実感せずにはいられなくなる。東京もにぎやかで忙しい都会にはちがいない。しかし東京では異質のものが遠慮会釈なくぶつかり合う硬い音がほとんど直接耳に響いてこない。パリの硬い音色は、時にはとんでもなく耳障りな響きをもたらすこともあるが、思いがけず新鮮な響きやおもしろい響き、豊かな美しい響きをもたらすこともある。

私自身の小さな体験で言えば、この四ヵ月の間のいろいろな機会に、パリで何人かの作家と知り合うことができた。ところがそのなかで、地元生粋のフランスの作家はごく少数で、インド、イスラエル、ブラジル、カナダ、中国、ドイツ、そしてアメリカ、と他の国の作家たちが妙に多い。にぎやかな交差点であるパリならではのことなのだろう、といやでも合点のいく気持になってくる。

あるいは、ついこの間、パリ第七大学で行なわれた、二日間にわたってのアジア文学研究会。予算のないところで実施しなければならなかったので、ごく小規模な会合にならざるを得なかったこともあり、研究会の対象となった国は日本、韓国、中国、ヴェトナムの四ヵ国に限られ、共通言語はフランス語のみだった。日頃は東京に住んでいる私にとって、アジア四ヵ国の文学をフランス語で語り合うことに、はじめ居心地の悪い、奇妙な感じがあった。しかもヨーロッパに亡命している中国の作家たちも参加していたので、共通のアジアという地域で互いに出会えなかったことが残念な気もした。が、率直な意見が交わされる研究会が進むにつれて、将来はいざ知らず、今のところ、たとえば東京で同種の出会いを求めるのは、東京が交差点としての機能を果たしていない以上、無理なことなのだろう、と思うようにもなった。東京は私の印象では、細い私道の奥にあるので外からは見えにくい、敷地ぎりぎりに建つ、大きさだけは大きい家、と言えるような気がする。そういう家では、たとえすぐ隣の家の人が遊びに来たとしても、ここはあなたの家ではなく私の家なのですから、その点、充分に敬意を払い気もつかってくださいよ、と〝お客さん〟に注文を出さずには済ませられない。〝お客さん〟もたとえ丁寧なもてなしに感謝するとしても、正直な自分の気持が言えなくなり、くつろげなくなる。

パリという都会がさまざまな出会いの場を可能にしている、と言ってしまうと誤解を招いてしまうかもしれない。パリが持ち合わせている交差点の要素が、ごく自然にその可能性をも生みだしているのだ。パリの場合、交差点になりやすい地理的条件を持っていたことも、そして東京が交差点になりにくい位置にあったことも事実だろう。けれども地理的な条件を絶対的な理由として、路地の奥の自分の家だけを静かな快適な場所として守りつづけていられる時代ではなくなってしまっているのも、事実なのにちがいない。実際、ソ連が崩れ、ヨーロッパが揺れているたった今、東京でも〝日本固有〟などという変に大きな声の蔭で、交差点のにぎやかでおもしろい音がすでに響きはじめているにちがいないのだ。

ここと「日本」

用事のために外出し、地下鉄に乗る。やがて地下鉄が地上に出る。川を渡りはじめると、車内にいる私の眼になにかがとびこんでくる。以前から見なれた形で、空にそびえ立つ鉄の塔。エッフェル塔と名づけられている、あまりにも有名な塔だ。車内に乗り合わせている何人かも、窓の向こうの塔を無関心に、あるいは珍しげに、あるいはぼんやりとなつかしそうに見つめる。歓声をあげて騒ぎだす観光客のグループが乗り合わせる場合もある。そこで私も、ここがパリと呼ばれるところだった、と急に眼が醒めたような心地で思い出す。そしてこの川はセーヌ川という名前だった、ということも。

あるいは、たまたま勝手をよく知らないにぎやかな通りを歩いていて、信号待ちの間に、これまたあまりにも有名なマドレーヌ寺院が眼に入ることがある。そんな折りに、そう言えばここはパリという名前の場所だった、と気づかされるのだ。

ここに来て、早くもというべきなのか、まだというべきなのかわからないが、とにかく半年経ってしまった。その間に日本では、皇室で赤ちゃんが生まれたとか、雪が降ったとか、地震があったとか、新しい政界のスキャンダルが明かるみに出されたとか、そんなことを私も風の便りに聞いている。しかし、ここにいると、どんな話を聞かされても、いかにも遠い出来事に感じてしまう。もちろん、よほどのことが起これればそんなことは言っていられなくなるのだろうが、今までのところは、その距離感を突き破るような事件はなにも聞いていない。

もちろん、ここと東京の実際の距離を眼で確かめて生きているわけではないが、たとえば天気予報ひとつとっても、当たり前の話なのだが、フランス、あるいはヨーロッパの天気予報しかここにいると知ることができない。そして私もここにいるかぎり、ここの天気さえわかれば支障はないわけで、あしたもまた暖かいのかしら、と思って、新聞の天気予報の欄を見る。

政治のニュースから、人気歌手、ベスト・セラーの本、映画、すべての情報も同様で、否も応もなく、ここにいればそれが日常になってしまうわけで、そんな日々を追ううちに、日本の政界スキャンダルよりも、フランスの地方選挙の話の方がはるかに現実的な出来事として感じられてくるようになる。

ここに恋いこがれていた人間ではなく、まったく、ひょうたんから駒という感じでごく気楽にここに来てしまったので、こんな言ってみればごく当たり前のことにびっくりさせられている。

まだここに着いて間もない頃、どの本屋に入ってもフランス語の本しかないのに、変な気持になったことがあった。本来のフランス語の作家はいざ知らず、オースターとか、フォーサイスといった英語圏の作家まで、フランス語の本になって並んでいる。しかし、これも考えてみれば、当然すぎるほど当然なことなので、郷に入っては郷に従えということわざ通り、私も必要上、リルケをいやいやフランス語で読んだり、ヘンリー・ミラーやコンラッド、ラシュディについての記事を、なぜ英語じゃないんだろう、と不満に思いながら読んだりするようになってしまっている。

なにしろ、ここはジョン・ウェインや日本製のアラレちゃんまでフランス語をしゃべっているという、とんでもないところなのだ。

こうして、ここがいやでも日常化していくにつれて、日本が彼方に遠のいていく。ここがどこかということは、ここにいる以上、あまり意味がなく、ここという絶対的な事実のなかで生きつづける一方で、半年前まで、ここだった場所が、東京、もしくは日本という大雑把な名前のひとつのかたまりに変わりはじめている。「東京では」、「日本では」という漠然とした言い方が、そう言えば、いつのまにかここにいるあいだに増えてしまっていることに気づかされる。

「日本」があたかも、ひとかたまりに凝縮した水晶か瑪瑙《めのう》に似たものになってしまったような感じなのだ。「日本」のなかのあらゆる場所、あらゆる時間が相互に溶けあって、複雑な色の光を放っている。「日本では」とここで話す時、その光が私の頭のなかでまたたいている。「日本語は」とここでここの人たちに説明しはじめると、奈良時代から私個人が経験している時代までの日本語がひとつのかたまりになって、私の眼の前に現われてくる。

　ここの時の流れのなかで、「日本」の時間が結晶のなかに閉じこめられてしまっているようでもある。私自身が過ごした時間、母の時間、まわりの人たちの時間、とっくに死んでしまった人たちの時間。それがすべて、結晶のなかでゆるやかに渦巻いている。

「日本人ですか」

　タクシーや商店で聞かれることが多い。

「ええ、日本人ですよ」

　そう答えながら、複雑な色の結晶が私のなかで光るのを見届け、なるほど、これの持ち主だから、日本人ということになるのか、と自分で納得したりする。だれでも、生きている人間である以上、自分が身を置くここがいつでもあり、ここにいることで生みだされるなんらかのかたまりが遠景としてあるわけだ、と考えて、道や地下鉄ですれちがうさまざまな人種の人たちを見やることもある。

しかし、そうは言っても、私のここでの滞在はごく限られている。どうせすぐに帰るのだから、と食器もろくに買わずにいる。ごく中途半端な日常生活を、実際には送りつづけているのだ。ここで中国の亡命作家たちに会っても、「帰れる」立場と「帰れない」立場とのあまりにも大きなちがいを前にして、「国」を離れていることについて、なにも言えなくなってしまう。彼らのようには、私にとってここは完全なここにはなり得ない。

その程度のここでも、ここにはちがいないのだが、東京が私のここに戻った時、今の「日本」という結晶がどうなるのか、そして今のここが結晶になるのかならないのか、そろそろ、そんなこともなにがなしの不安を伴って、私の頭をよぎりはじめている。

パリから離れて

この場所に来てから、数えてみると六日めになる。まだ、たった六日しか経っていないのかとも思うし、もう六日経ってしまったのかとも思う。

きょうは風の強い一日だった。空の青が深く、日の光は眼に痛いほどまぶしく、窓の正面に見える入江と、リスたちの住処でもある大きなカシやカエデの葉が、一日中、日の輝きを鋭く反射させつづけていた。風が強かったせいか、いつも入江に来ている鷺の姿がきょうは見えなかった。

ここに着いて、二、三日はひどく肌寒く、長袖のカーディガンを着ていたのだが、きのうからようやく、九月のはじめにふさわしい気温に戻りはじめた。しかしきょうは一日、ここに来てはじめて味わう空の深い青と地上に溢れる透明な光、そして風の音に、寒かった時よりもかえって、今年の夏がすでに過ぎ去ってしまったことを感じないわけにはいかなかった。しかし今年の夏は一体、どんな夏だったのだろう。外を歩いていても、家のなかにいても、まわりの自然に気持がとめどなく拡散し、溶け流れて行ってしまう。夜になればなったで、薄い雲に見え隠れする入江のうえの月をぼんやり眺め、なにも考えることなく、ただ息を吸って吐くことを繰り返す。

空と入江と木々を毎日、あきずに眺め暮らしている。その一方、ここがどこなのかということがますます、わからなくなりはじめている。家のまわりから離れることがめったにない。道を歩いていても、人と出会うことがない。しかし、木立のなかをしばらく歩けば、他の家が姿を現わすので、ここが人里離れた一軒家ではないことに気づかされる。

いくら家のなかに閉じこもったままでいたいと思っても、最低限、毎日食べるものは必要なので、一緒に今、この家に滞在している従妹の運転する車で買物には出かける。小さな町の中心に出れば、人の姿が見え、店の英語の看板が見える。見覚えのある旗もところどころに見える。それで、自分が今、どこに身を置いているのか、かろうじて思い出させられる。アメリカ東海岸の、ボストン郊外にある海辺の町に、私は来ているのだった。

ここでは、どの人もフランス語を使わずに、とらえどころなく音が上下によく動く英語を使っている。だから、私もよくわからないながら、へたな英語を使う。ドルがここで使われているのももちろん承知しているから、ドルで私も買物をする。星と横縞のいっぱいある、にぎやかな旗を見れば、アメリカ合衆国の旗だと迷いなく判断することができる。けれども、そのどれもが色のない夢のなかのできごとのようにしか思えない。心地よい、しかし意味を成さない夢の場所。眼に映る言葉も、アルファベットがばらばらに、自分勝手にくっつきあっているように見えてしまう。まじめに言葉として使用されているとは、どうしても思えない。

一年間のパリでの滞在を終え、東京に帰る途中、この親戚の家に立ち寄ったのだが、ここに来てからの自分のぼんやりした状態に、自分で呆れてはいるのだ。しかし、呆れながらも、その自分をはげまして、頭の働きを良くしようという気持にもなれずにいる。

アメリカと言えば、この国は以前、ヴェトナムでさんざんな目にあっている。あの頃、ヴェトナムからアメリカに帰ってきた兵士たちは、今の私の状態に通じる放心状態を経験したのだったろうか。そんなことを、まるで積木のようなペンキ塗りの家の戸口を飾るアメリカの国旗を見やって、ふと思ってみたりする。妙な連想にはちがいない。私はこの一年間、次から次に人を殺してきたわけでもなければ、深い密林を腹這いで這いまわっていたわけでもない。あるいは、食べものも与えられない捕虜収容所に閉じ込められていたわけでもない。そして、ここは私のふるさとでもない。フランスでもそうだったように、ここでも私は外国人の一人に過ぎないのだ。一ヵ月ほど経てば、私はここを立ち去ることになっている。それでも、戦地からの帰還兵の思いに、実際にはまったく異質のものであるはずなのに、自分の思いを寄せたくなっているのはどういうことなのだろう。

パリで過ごした一年間は、それほど苦しく重い日々だったというのだろうか。つい七日前までの、パリでの時間を思い出してみる。楽しいこともいっぱい、あったはずなのだ。

パリで新しくできた多くの友だちの顔が浮かびあがる。その一人が産んだ赤ちゃんの笑顔。新聞売りの、はじめは苦虫をかみつぶしたような顔をしてこわかった老人とも、最後にはなかよくなった。市場の人たちとも顔なじみになった。近くの地下鉄の駅の階段に、いつも坐りこんでいたヒゲの浮浪者。彼ともいつの間にか、挨拶を交わすようになっていた。私の住む建物の中庭にいた三匹の野良猫。花壇の草花を荒らすので、ほかの住人たちと一緒にいつも追い散らしていたが、結局のところ、人間の方が猫たちの貫禄に負けていた。四季折り折りの美しさを見せてくれていた近所の並木道。そこにある花屋にもよく行った。私が通っていたパリ第九大学の構内。ひどく殺風景なところで、はじめは驚かされたものだが、通い慣れれば学生たちの顔を見覚え、秘書課や視聴覚教室担当の人たち、食堂の人たちとも親しくなり、自分の住まいの次になつかしい場所になった。映写室では、学生たちと古い日本の無声映画を見たりもした。あの学生たちの一人一人の顔。

一年の講義が終わったあと、それぞれが手作りの料理と飲みものを持って、私の住まいに集まり、一晩、語りあったこともある。そんな時はいつも、フランスと日本の比較論に結果的になってしまう。学生たちはフランスで日本文学を学んでいる変わり者たちだから、学校にゲタをはいてきたり、番傘を背中にかついで現われたりする。ぼくたちを基準に、フランス人のことを考えない方がいいですよ、と彼らは自分でもそう言っていた。その彼らがお金を出しあって、私に記念として買ってくれた万年筆。それを受け取った時、どんなにうれしかったことだろう。なにを贈ればよいのかわからなくて、みんなでああでもない、こうでもない、と議論が大変だったんですよ、と照れくさそうに、そのうちの一人が私に説明してくれた。でも結局、平凡だけど、万年筆ならまちがいなく使ってもらえる、ということで、ようやく意見がまとまったんです。

映画や芝居もよく見に行った。住まいの近くの広場で、他にもおおぜい集まっていた人たちと一緒に見た七月十四日の花火。リュクサンブールやバガテルの庭園も、私の好きな場所だった。豪雨が急に降りだして、全身びしょ濡れになり、寒さに震えながら歩く羽目になったサン・マルタンの運河沿いの道。

さまざまな顔、風景が雑然と、きれぎれに、しかし際限なくよみがえってくる。波の立つ水面に映る影のように、どれひとつとして、じっと留まってはいない。従って、なにか特別な印象を持つことができない。楽しかったとか、苦しかったというような言葉を、そこに近づけようとしても、近づく前に言葉の方が消えていってしまう。

とりたてて奇妙に感じる必要もないのだろう。ある程度の期間、外国にいて、日本に帰った人ならだれでも、まずは感じさせられるとまどいを、私もここで感じているに過ぎないのだろうから。それも私の場合、たった一年フランスにいただけなので、そのとまどいは、三年や十年振りといった人たちに比べれば、少しも深刻なものではないはずなのだ。自分でもそのように思いながら、荷物をまとめて、パリを離れ、ボストンの空港に着いた。外国からまた別の外国に来ただけなのだ、とつとめて気楽に考えながら。

そもそも、アメリカになぜ来てしまったのかと言えば、アメリカに住む知り合いの何人かが、ぜひフランスからの帰りに寄るように言ってくれたのに応えてのことだったが、それならついでに、敗戦後まもなくの頃に渡米した私の親戚とも会っておこうと思いたったのだった。今の時代なら、アメリカのいちばん辺鄙なところだろうと、いつでも好きな時に行けそうなものだが、実際には飛行機代も高いから、そうはいかない。加えて、母の弟にあたる叔父はすでに七十歳を超えてしまっているので、のんびり構えていると五年や十年はすぐに経って、あの世に行ってしまわないとも限らない。生きつづけていても、頭の機能がだめになってしまうかもしれない。会ってどうなるというものでもないだろうが、母方も父方もこの叔父一人を残して、その兄弟姉妹がみな死んでしまっている。せっかく生きていてくれるのなら、今のうちに会っておくのも悪いことではない、という思いだった。

パリには、この叔父の娘である従妹が一人でピアノを教えながら暮らしている。映画をたまに誘い合って見に行く程度のつきあいしかしていなかったが、彼女にさっそく連絡を取った。ちょうど彼女もバカンスを取って、アメリカに帰るつもりでいたと言うので、彼女のバカンスを九月にずらしてもらって、一緒にアメリカに行くことになった。そしてここボストンの南に、二人で辿り着いたのだ。

叔父夫妻も最初の二日、ここに滞在していた。この家は叔父夫妻が引退後の生活のために購入したものなので、今は一家の別荘のようにして使っている。それで週末が終われば、叔父たちは今、住んでいる家に戻って仕事をしなければならない。私と従妹にはそんな義務はないので、ここに残ることになった。そして、ここではパリとちがって音の心配をしなくてすむので、従妹は朝から夜中までピアノの練習をつづけ、私はその同じ曲の繰り返しを逃げ場もなく聞かされながら、ただ無為に放心状態に身をまかせつづけているというわけだ。

ここに着いて、私がまだ、フランスとアメリカのちがいをはっきり意識する暇がないうちに、叔父から、私の母も一緒に過ごした子ども時代の話、とっくにこの世の人ではなくなってしまっている人たちの話、そして私の両親の話などを次から次に聞かされたものだから、五、六十年も前の日本に私の気持は引き戻されてしまい、自分が現実には今、どこにいるのやら、さっぱりわかりにくくなってしまった。そんなことも、私の放心状態の原因になっているらしい。

叔父は年老いてくるにつれて、アメリカに帰化したことを悔やみたくなるほど、日本を捨ててアメリカに根をおろしたことがよかったのか悪かったのか、改めて考えこむようになっているようで、そんなところに、生粋の日本人のままでいる姪の私が現われたのだから、叔父にとって、なつかしい昔の日本を語る格好の話し相手ができた、ということになったらしい。

叔父の妻は日本人だが、上海で生まれアメリカで育った人なので、日本を心のふるさとなどにはしていない。また、子どもたちもアメリカで生まれ育っているから、自分たちのルーツとして日本に関心を持ちつづけてはいるが、年取った父親の切ない郷愁を理解できるはずがない。大体、子どもたちは日本語も話せないのだ。そして日本人の感性も持っていないから、父親にずけずけ自分の意見を言い、心のなかはどうあれ、父親を尊敬しているという振りを日本人のようにはしようともしない。

叔父にしてみれば、自分の切なさを共有してくれない家族のなかで、時々、さびしくなって、そのことを訴えたくなる。子どもたちはなにを父親が言いたいのかよく分からず、苛々する。アメリカで特別、不幸なめにあっているわけでもないのに、なぜ日本にそんなにこだわるのか、と。日本人なんだから当たり前だ、と叔父は怒りだす。もう日本人じゃない、アメリカ人なんだ、と妻も子どもたちも怒りだす。こんな具合に、家族で喧嘩も避けられなくなっている。

私は局外者だから、どちらの味方につくこともできない。しかし、叔父の話にはほかならぬ私の両親も出てくるから、どうしても熱心に耳を傾けざるを得ない。叔父にとっても、それがいやなはずはない。叔父は話し、私は聞きつづける。従妹と叔母の眼を気にしながら。

結婚したばかりの頃の私の両親の様子、父が死んだ頃のことなど、私の母への思いやりを持って語ることができる人は、今となってはこの叔父一人しかいない。そして今までは、私が母を置いて単独に叔父と会う機会もなかった。母も自分のことを語る人ではなかったので、私はほとんど自分の母についてなにも知らないのだ。娘時代の母、夫についての母の思い、夫婦の会話、そして夫の死による苦しみ、その後の母の変化。私にとって、はじめて聞く話がほとんどだった。叔父は母の喜びや苦しみを当時、共にわかちあった者として語ってくれた。

けれども、私には若い女性としての母はなんとか想像できても、その母の夫との会話を想像することができなかった。いくら叔父がジェスチャーつきで細かく会話を再現してくれても、あるいは父の動作や体格、表情を説明してくれても、私の頭のなかにはなにも思い浮かばない。その空白のままの人物が、私の母の夫で、私の父で、叔父とも多くの時を過ごしていたと思うと、ひどく困惑した気分になってしまった。叔父がなにげなく細かい日常の様子を、父の声音まで真似して語ってくれればくれるほど、私の頭のなかでは、その空白がかえって際立っていく。父が死んだのは私が一歳の時だったので、それを思えば当然のことなのだが、そして今まで、父の像が空白なままだということに、いちいちうろたえもしないまま時を平然と過ごしてきたのだが、急に今度、叔父の話を聞いたら、この頭のなかの空白にはどのようにしても自分で手をつけることができない、とはじめて気がつかされ、すっかり居心地が悪くなってしまったのだった。

叔父夫婦はあわただしく、四日前にここから去って行った。今の自分の父親に批判的な、独立独歩の従妹と二人でここに残され、私がぼんやりしてしまっているのには、今頃、自覚させられた、この空白もなんらかの影響を及ぼしているのかもしれない。

日本に私はやがて帰る。そのことを私は忘れたことがない。パリにいる間も、いつも日本にやがて帰ることを前提にして暮らしていた。だから家財道具は電気スタンドと最低必要な文房具や食器以外にはなにも買わなかったし、台所、風呂場が共有の、寄宿舎のような住まいでも平気でいた。パリに何年も住みつづけることが不可能だと思っていたわけではなく、その必然性が私にはなにもないと思っていただけのことだ。

パリに住みつづけている人たちは、ここに留まる気はないのか、そうすればいいのに、と何度も私に言ってくれた。それは全くできないことだ、とすげなく答えるわけにはいかなかった。外国からパリに来て、外国語であるフランス語を身につけて、それで作家になっている人が、パリでは少しも珍しくないのだから。いや、パリだけではなくアメリカでもイギリスでも、それは同じで、私は日本語以外で自分の文章を書きたくないのだと言うと、怪訝な顔をする人が多い。私の従妹もその一人だ。しかし、とにかく私にはこれからフランス語や英語の腕を磨きあげ、どちらかの言葉で小説を書いてみたいという希望は一切ないのだから、仕方がない。なぜと聞かれても、説明がほとんどできない。だって日本人なのだから、という答は通じない。ただ、日本語だって実はまだよくわからずにいるから、私には日本語を身につけるだけで精いっぱいなのです、と答えることしかできない。そしてそのためにも、日本語の世界である日本にいることを選びたいのです、と。

パリにももちろん、パリを自分の場所として選んだ日本人がたくさんいる。アメリカ人の従妹と同じ立場の、日本語を理解できないフランス国籍の日系人もいる。フランス人と日本人の両親を持つ人も多い。そのなかには、両方の言葉を身につけ、両方の国をつなぐ仕事をしている人もいる。フランス語だけを自分の言葉として、日本とはなんの関係もない仕事をしている人もいる。

私の知り合った青年の一人は、日本人の父を持っていた。しかし、フランス人の母と離婚したので、フランスで育ち、フランス語しか知らない。母も日本語を昔は少し知っていたが、すべて忘れ果ててしまった。父は今、日本女性と日本で再婚し、別の家庭を持っている。母は、一人暮らしをしていた祖母のもとに息子と共に戻り、以来、母と祖母二人で息子を大事に育てつづけてきた。息子の父を称えつづけ、日本への愛着の気持を持ちつづけながら。青年は日本にいる父を訪ねるようになり、日本語の勉強もはじめている。青年はできることなら、日本を自分の場所として選びたいと今、思っているのだ。

日本の大学を卒業してからパリに留学し、そのままフランス人と結婚し、子どもを一人持ち、やがてガンが発見されてもパリに留まることを選び、パリで死んだ日本人の男性もいた。この人はパリで私の最も親しい人の夫だった。去年、私がパリに着く直前に、彼のガンがすでに手術できない状態になっているという知らせを受け、それから彼の状態を息を詰めるようにして聞きつづけ、この春にとうとう、彼が息を引き取ったという知らせを受け取った。自宅のベッドで息を引き取った彼の顔は、病気のために痩せ細ってはいたが、自分の選択にまちがいはなかったという誇りと安堵感を浮かべているように見えた。埋葬の場所も自宅のすぐそばの、いろいろな国からパリに来て死んだ芸術家が多く埋葬されているモンマルトルの墓地だった。しかし、その日は冬に戻ってしまったように、ひどく寒い一日だった。

彼にも子どもが一人いる。その子は十年後に、どんな選択をしていることだろう。

彼が埋葬されたのと同じ頃に、フランス人を父に、日本人を母にして生まれた赤ん坊がいた。もちろん、まだ口はきけない。父からフランス語であやされ、母からは日本語であやされている。私がパリにいる間に生まれた赤ん坊なので、その子がこれから辿る時間を見守りつづけたいという気持に駆られる。

私は日本に自分がやがて帰ることを疑っていない。それでも、今アメリカにいて、またパリに自分が戻るような気分でもいる。パリに住む従妹と二人きりで過ごしていて、互いにフランス語と英語を適当に混ぜあわせた奇妙な言葉をやりとりしているせいもあるのだろう。

たった一年の限られた滞在でも、その間の日々は一人で生活しなければならなかったわけで、自分の生活を新しい環境で形作るためにも、日本のことは忘れて、ありとあらゆるなじみのないものを受け入れようとしつづけていた。今、ここにいて、フランス語が耳に自然に聞え、フランスの家の様子を見慣れ、フランスの紙幣すら本物の紙幣らしく感じるようになってしまっている自分に気づかされると、いやでもそう認めざるを得ない。そして、ここではもはや、もうひとつの新しい環境に改めて順応しようというエネルギーを見いだせなくなってしまっている。二つの外国にたてつづけに立ち向かうほどの力は、残念ながら私にはないらしい。

たった一年のフランスとのつきあいだった。それでも、私の人生の一部と呼べる、確実な時間がそこには生まれていた。その時間がふととぎれてしまったことが、まだ信じられずにいる。

ここでは、ごくまれにしか蝿を見ることができない。蝿一匹を家のなかで見かけると、それだけでフランスに戻ったような気分になる。そして気がつかないうちに、英語からフランス語に私の口から出る言葉が切り替ってしまっている。フランスでは、蝿はおなじみの存在だった。

しかし、こんな状態もすぐに過去のものになってしまうのだろう。来週になれば、私はアメリカの別の場所に移らなければならないのだし、更に何日か経てば、いよいよ日本に帰るのだ。日本こそ、私のふるさとにちがいない。フランス語でもなく、英語でもなく、日本語が使われているところ。私にはじめは与えられ、今は私が選ぼうとしているところ。

パリで過ごした一年間は、今まで東京を離れて暮らしたことがなかった私にとって、やはり、ただ通過しただけの時間では終わりそうにない。人の生と死を重く含んだ時間を新たに背負わされてしまっている。今、白い光にきらめきつづける入江の水面を見つめながら、私はその重みを少しずつ感じはじめている。

アイヌ叙事詩翻訳事情

メキシコからの三年間

昨年、つまり一九九四年は、私にとって、メキシコ先住民の反乱とアイヌへの侮蔑をむきだしにした日本のテレビ番組ではじまり、差別語の問題を経て、いわゆる「いじめ」の問題で終わったという印象が強い。

メキシコについては、反乱が起きてからちょうど一年経ったいま、先住民の結束は根強く広がり、一時的な反乱として終息してしまう事態は考えられなくなっている。メキシコという国が抱えつづけてきた矛盾が、ようやく現実の病いとして見過ごしにできない段階に入った、と考えるべきことなのだろう。メキシコには十日間滞在した経験しか私は持っていないが、その折りに見聞きした不穏な風景のいくつかの断片が忘れられずにいる。

このメキシコへは、地球の環境問題を文学者と科学者が同じテーブルで語り合うという国際会議に参加することが目的で行ったのだったのだが、「日本文学」の抱える大きな問題のひとつとして、アイヌ口承文芸の存在をほとんど黙殺しつづけて来たという事実を知ってもらいたくて、私が決して適任ではないことを重々承知のうえで、日本に住む一小説家として、アイヌの歴史に触れながら、その豊富な口承文芸の一端を紹介させてもらったのだった。そしてこの紹介をきっかけとして、アイヌ口承文芸のうち、神々の歌カムイ・ユカラと英雄叙事詩ユカラをフランスで出版することにもなった。こんな巡り合わせがある以上、これまた私には荷が重すぎる仕事だったのだが、翻訳、出版の手助けも避けられなくなった。湾岸戦争、そしてソ連解体の年のことである。

そのころ、私はフランスにいて、日本の参議院選挙で萱野茂氏がアイヌの立場として、立候補されたという話を聞いた。萱野氏の、アイヌ口承文芸をまとめた多くの著作のうちから、カムイ・ユカラの何編かをぜひ、翻訳、出版させていただきたい、とお願いしている折りのことだったので、選挙の結果、ほんのわずかな票差で次点に終わったと聞いたときは、実際に翻訳作業に取り組みはじめていた大学院の学生たちと、なんて残念なんだろうと言い合っていた。それが去年になって、まだ私たちの翻訳作業が終わらないうちに、萱野氏は繰り上げ当選で参議院議員になられ、日本の国会でアイヌ語がはじめて響いたのだった。その日は、私にとって忘れられない、大事な日になった。

私自身のささやかな経験として、メキシコの会議から現在までの日々の経過は重い。簡単に楽観的な思いになりにくいことだらけなのだ。しかし確実に、メキシコでも、日本でも、なにかが動きだしていることを、私は感じずにいられない。

さて、私個人に与えられた責任重大な仕事として、今年こそ、フランスではじめての、アイヌ叙事詩の出版にこぎつけなければならない。

「気をつけないと」

フランスでアイヌ叙事詩を出版することに決まったとき、もちろん、私はとてもうれしかったし、そのためには、できるだけのことをしたいと願っていた。ところが、パリ大学の大学院生たちと実際の翻訳作業にとりかかろうとしてみると、のっけから、つぎつぎにむずかしい問題にぶつかり、頭を抱えこむことになってしまったのだった。それは、ひとえに私自身の認識不足が原因になっていたともいえる。

のちに学生たちとの翻訳作業がようやく軌道に乗ったころになって、ある日本人の言葉が私の頭によみがえってきた。

「気をつけないといけませんよ」

出版の話が決まっても、実際にはどのように進めればよいのか、まだ途方に暮れていた時期のこと、パリに立ち寄ったひとりの日本人に会った。その人は世界中のさまざまな民俗文化にくわしい立場の人だというので、さっそく出版の話を告げ、助けを求めた。私は専門の学者ではないので、じつに心細い思いでいる、参考になりそうなことならどんなことでも教えてくださったらうれしいのですが、と。

私は素朴にも、相手は必ず、一緒に喜んでくれるものと信じこんでいたのだ。しかし、その答はそっけなかった。

「そうですか。しかし、気をつけないといけませんよ」

私自身の「日本人」たる意識のなかで、アイヌ文化に対するどのような差別的思い込みもないかどうか、そのことに十分、気をつけろ、という意味で相手は忠告してくれたのだったろうか。けれども、アイヌの問題にうっかり近づくと、たとえこちらは善意でも、逆に厳しく批判されることが多いから、それを気をつけろ、という警告にも聞こえ、それでひどくとまどわされたのも事実だった。

たしかに、翻訳作業のなかで気づかされたアイヌ文化に対する、日本国内での現在の一般状況は、私が予想していたよりもはるかに深刻なものだった。そして何度も、私自身、勝手な思い込みや誤解を避けるために、自分を振り返りながら、できるだけ多くの人の意見も参考にさせてもらった。それでもなおかつ、不完全な部分は少なからず残されているだろう。むずかしいと言えば、こんなにむずかしい仕事もない。その理由は日本人による長い期間にわたる苛酷な差別にあるのだが、そのもともとの理由を忘れて、困難やめんどうは避けたいから、ある場所には近づかない、という怠惰な安全第一主義は、どう考えても、新たな差別意識をあおりつづけることにしかならない。

フランスでの出版に関して、アイヌの立場に立つ人たちは寛大に、その成果を期待してくださっている。それだけに、私たちはこの仕事の最後まで、緊張せずにはいられないのだ。

津軽半島から北海道へ

私自身、なぜアイヌの文化に親しむようになったのか、と言えば、私の父方の系統が津軽半島の人間たちだった、という単純な理由があげられる。津軽半島はどう見ても、「日本」の中央よりは、アイヌの世界である北海道にずっと近いわけで、あらゆる部分で深いつながりがあった、と考える方が自然だろう。

昔のアイヌの居住範囲は、いろいろに言われているけれども、東北地方の少なくともこの辺りまでは、アイヌの領域だったと、現在、断言できるようになっているらしい。そうなると、父方から伝わっている生活習慣や精神的な面でも、あるいは御先祖さまのうちの何人かはアイヌの存在を切り離して考えられなくなる。

しかし、残念なことに私自身、津軽半島で育ったわけではなく、生まれたときから東京しか知らない、いわゆる東京二世で、自分の育った東京という土地にもなんら、重層的なつながりは見いだせないままでいた。一方、関西を中心とする、「日本的な」文化にも近づけなかった。関西の風景も、食べ物も、季節感も、私自身にはなじみのないものばかりだった。そんなことから大学生になって、小説を書きたいと思いはじめるとともに、自分自身を読み解くようにして、アイヌの文化、さらにはサハリン、シベリアにまたがる、いわゆる北方少数民族の文化に、私は近づきはじめていたのだ。

ところが実を言えば、中学、高校生のころには、津軽半島出身の父親を持つ自分がいやでしかたがなかったのだった。たとえば、こんな恥ずかしい記憶が、私にはある。

中学二年のとき、青森県出身の優秀な、若い先生が赴任してきた。その先生が驚くほど私の父親によく似た顔立ちと体つきの持ち主だった。そのことにまず私は、あまりにも個人的な秘密を先生と共有しているような気持にさせられた。また、その先生の言葉には郷里の発音の特徴がはっきり残っていたので、東京育ちの生意気な生徒たちのからかいの的になっていた。先生にうっかり近づいて、同じようにからかわれたくないという、一種の恐怖心が起こり、その結果、先生の気持を踏みにじる反撥ばかりを繰り返すようになった。三年ほど経って、先生が郷里の学校に移ることになったと聞いたときには、私が先生を苦しませる一因を作ってしまったのかとひどく後悔したが、あやまる機会もないままになってしまった。

また高校二年のときには、修学旅行で北海道に行き、典型的な観光コースをたどって、近文《ちかぶみ》の「アイヌの村」も訪ねた。そこで昼の間にはさんで奏でる楽器ムックリの演奏やリムセという輪舞を見せてもらったのだが、東京から来た女生徒たちは珍しがって、多くの傑作写真を撮ることだけに夢中になっていた。そんな場面のなかに、私自身も立ち交じっていたのだ。セーラー服姿のその自分も、私は忘れられずにいる。

見えない存在

アイヌ叙事詩を、フランス語に翻訳して出版する。口では簡単に言えることだけれども、実際には、谷越え、山越え、また谷越えの連続なのだった。

まず、資料不足の問題に悩まされた。たまたま、フランスに滞在していたということで、私が翻訳編集の手伝いを引き受けざるを得なくなっただけのことで、それまで本格的に取り組んだことなどなく、しょせんは門外漢にすぎなかった。アイヌ叙事詩の全体像が要領よく一冊の本にまとめられている「定本」のようなものでもあれば、それを翻訳すればすむことだが、実際には、そんな都合のいいものは存在しない。アイヌ叙事詩は古い時代のものから、各地方のもの、各個人の記憶によるもの、とその量は無尽蔵で、そこが口承文芸たる特徴なのだが、本という形に固定しにくい、いつも流れつづけている詩の世界なのだ。この膨大なカムイ・ユカラとユカラから、いったいどれだけのものを、どんな基準で選びだして、翻訳すればよいのか、それを考えるためにも、とにかく集められるだけの資料を集めなければならない。しかし、私が日本にいるのならまだしも、フランスにいるのでは手も足も出ない。

それで手当たり次第に、思いつく限りの日本の知人、友人たちにカムイ・ユカラとユカラの本をフランスに送ってくれるようにと、ずうずうしく頼みこんだ。突然の頼みでみんな、さぞかし当惑したことだろう。それなのに、それぞれの人たちは例外なく、私に苦情を言うどころか、早速に自腹を切って本そのものを、またはわざわざ大学の蔵書をコピーしたものを送ってくれたのだ。その手間と郵送代だけでもたいへんだったはずなのに、内外のアイヌ叙事詩やアイヌ語の研究者の所在を調べてくれたし、北海道のウタリ協会に連絡を取ってくれたりもした。そのひとつひとつの心のこもった協力に、どれだけ助けられたことか。

しかしこのとき、アイヌ叙事詩に関する資料は、日本で探しても、多くのものが絶版になっていたり、一般の販売ルートに乗らないところで地道に出版されていたりで、たとえば東京の大きな書店などでは、ほとんど絶望的に見つからないという残念な現状も、はじめて思い知らされたのだった。

翻訳の話を喜んでくれた私の知り合いもみな、はじめはそのことでひどく当惑し、それから、そんなばかなと腹が立ち、あとは意地になって自分で探し出した、というのだ。北海道、サハリン、クリル諸島にまたがるアイヌの、かくも豊かな叙事詩の世界が、現在の日本で、これほどに見えない存在にされている。私には異様な状況にしか思えなかった。

また、本の内容はまだ決まらないのか、とうるさく聞いてくるフランスの出版社の担当者には、いかに資料を集めるのがたいへんなことか、これさえ紹介すればいいというような権威ある定本もなければ、研究書もあるわけではないのだ、と下手なフランス語でいくら説明しても、どうも私自身の自己弁護にしか聞こえず、これも私の頭痛の種だった。しかし、どこの国でも実は、口承の叙事詩について似たような事情を抱えこんでいる。フランス人の編集者がやがて、翻訳の許可を得るために自分が日本と直接、連絡を取るようになってはじめて、日本でのアイヌの事情を理解してくれるようになったのは、私には頼もしい変化だった。

翻訳グループの誕生

アイヌ叙事詩の翻訳のための資料を集める一方で、私は実をいうと、もっと深刻で、根本的な問題に直面していた。フランス語で出版するためには、当然のことながら、信頼できる翻訳者が必要なのだが、この翻訳者が見つかりそうになかったのだ。

アイヌ語とフランス語を理解できる言語学者については、ヨーロッパに限っても、何人かの名前はあがった。しかし、アイヌ語の原典から直接、フランス語に翻訳できる文学者はひとりとしていないのではないか。だれに問い合わせても、おなじ答しか返って来なかった。

叙事詩の翻訳なので、フランス語を母語にしていて、文学に関心が深い人にできれば手掛けてほしい。しかもアイヌ語に精通していなければならない。世界中にそんな人がいるはずはない、と言われても、なかなかあきらめきれなかった。

しかたがない、残念だけれども、日本語の翻訳からの重訳で作業を進め、その原稿を言語学者にアイヌ語の原典と照らし合わせながら見てもらう、という次善の方法をとることにしましょう。このように、編集者と結論を出したのが、ほぼ二ヵ月後のことだったか。あらゆる方面にむなしく問い合わせつづけていた私もその時点で、あきらめをつけるしかなかった。

ところが、これで問題解決というわけにはいかなかった。出版社から日本文学の翻訳者に依頼したところ、そっけなく断られ、それで編集者があわてて、あなたの知り合いのだれかに頼めないか、と私に言ってきた。

さっそく頼んでみたが、かれらにもさまざまな理由で引き受けてもらえなかった。時間がないから。詩の翻訳はできないから。重訳では責任が持てないから。日本文学とはちがうものだから。

アイヌ叙事詩に興味を持ってくれていても、仕事にかかわってくると、安直に手を出すわけにはいかない。その事情は私にもよく分かるので、むりは言えなかった。

それまでにも、大学のゼミでアイヌ叙事詩の日本語訳を私と一緒に読んでいた大学院の学生たちが、翻訳の手伝いをしたい、と申し出ていてくれた。この際、かなり心細くても、かれらに翻訳してもらうしかないのではないか。私と編集者は最終的に思い決め、学生たちに正式に依頼したのだった。かれらがおおいに張り切って、了解してくれたことは、言うまでもない。そして、かれらにとって親しみ深い日本語科の主任教授が翻訳グループの顧問として、加わってくれた。

学生のひとりはタヒチ生まれのエジプト系フランス人、ひとりはドイツとイタリアを、ひとりはベルギーと日本を背景にしたフランス人たちという、なんともさまざまな立場の、でもアイヌへの思いはひとつの若々しい仲間が、こうして生まれたのだった。

「アイヌ神謡集」から

翻訳を引き受けてくれた、この四人の大学院生たちの意気込みは頼もしかった。

私の知り合いが日本からフランスにまとめて送ってくれていた『アイヌ神謡集』の文庫本は手もとにあったので、翻訳グループの全員にすぐ配れたのだが、ほかの文献は一冊ずつしかなく、それをまず五部ずつ、コピーする必要があった。そのコピーができあがるのを待つ間、文庫本の翻訳から作業をはじめることにして、早速、四人それぞれの担当も決めた。

ところで、たかがコピーになぜ、そんなに時間がかかるのか、東京にいると、理解してもらいにくい。パリにはコピー機が置いてあるコンビニエンス・ストアなるものはなく、大学のコピー機二台は学生にいつも占領され、教師用のコピー機一台は鍵のかかった部屋に見張りまでついて、きびしく管理されている。そこである事務所の好意にすがって、毎日のようにそこに通い、コピー機を少しずつ使わせてもらうしかなかったのだ。

しかし、コピーの量は並大抵のものではなく、一冊の本が三百ページとして、それを五部ずつ、全部をコピーするとしたら、一冊について一千五百枚、それが四冊で六千枚という計算になる。もちろん、実際には私自身が疲れ果てて、必要なページだけのコピーに限り、二千枚ほどであきらめるしかなかった。

文庫本の『アイヌ神謡集』は、神謡、つまりカムイ・ユカラを伝承する、きわだって由緒ある家系に生まれ、たった十九歳で不幸にも亡くなった知里幸恵さんのアルファベット表記によるアイヌ語の原典と日本語訳によるもので、アイヌ自身がはじめてまとめたカムイ・ユカラの本という成り立ちに敬意を表して、フランス語訳においても、この本に収められているほとんどのカムイ・ユカラを翻訳することにした。大学のゼミで教材に使っていたのもこの本だったので、学生たちにとって理解しやすいだろうという予測もあった。

学生たちはすぐさま翻訳にとりかかり、そしてすぐさま苦情を訴えはじめた。ひとつには、知里幸恵さんの日本語訳があまりに流麗で、まだ日本語の勉強が完全ではない学生たちには、かえって理解しづらかったらしく、さらに、見開きの反対側のページにはアルファベット表記のアイヌ語が書かれているので、かれらはそれをつい頼りにしてしまい、するとアイヌ語と日本語が必ずしも対応していないので、ますます頭が混乱する、という問題もあるようだった。つまり、アイヌ語では同じ言葉しか使っていないところを、日本語では、そのままだと「文学的」ではないという判断があったのか、いろいろに工夫した表現が使われている。そのため、非常に洗練された日本語の文学作品に生まれ変わっているのだ。

私自身は日本語の方につい眼を向けてしまっていたのだが、アルファベットと日本文字が並んでいると、かれらの意識は生まれたときから馴れ親しんできたアルファベットの方に引きずられてしまう。しかしそのおかげで、翻訳作業が進むにつれていつの間にか、ごく大ざっぱながら、かれらがアイヌ語を理解しはじめていることに気づかされ、驚かされもしたのだった。

アイヌの炉とフランスの暖炉

カムイ・ユカラの翻訳にとりかかった学生たちは、すぐさま本文の意味がわかりにくいと訴えてくるとともに、カムイ・ユカラの舞台となっているアイヌの家、村の構造、生活形態などがはっきりわからないと翻訳はできない、と口々に言いはじめた。

言われてみればなるほど、その説明をせずにいたのは、私自身の弁解しようのない認識不足だった。それまでなんとなく、私は自分でアイヌの伝統的な村や家の様子を知っている気持でいたのだが、考えてみると実際には、なにも知らないも同然なのだった。学生たちとカムイ・ユカラを読んでいた大学のゼミでも、アイヌと日本の歴史上のかかわりや、カムイ・ユカラの特徴などを、自分で理解した範囲で説明したり、テープの録音にみなで耳を傾けたりしていた。けれども、全くうかつなことに、具体的な日常生活についての理解をなおざりにしたままでいたのだ。恥じ入るしかない私自身の失敗だった。

そこでまた、日本の知り合いの好意にすがりついて、いろいろ必要な文献を送ってもらい、それを調べ、できるかぎり自分で理解したうえで、アイヌの伝統的生活について学生たちと確かめ合った。また、生活に関連したアイヌ語をどんなフランス語に移せばよいのかも、互いに納得するまで話し合った。

たとえば、「炉」という言葉ひとつにしても、まずだれでも、フォワイエというフランス語を思い浮かべるのだが、それではどうしてもフランスの暖炉のイメージになってしまう。ああでもない、こうでもない、と言い合い、結局、アートル（火床、炉床）というフランス語がいちばん、アイヌの炉に近いのではないか、とみなの意見が一致した。

　ほかにも宝壇とか、高床とか、前小屋とか、フランス語に翻訳しにくい言葉が、続々出てくる。また、信仰にかかわるようなだいじな言葉や、イク・パスイ（奉酒箸）、イナウ（御幣）、シンタ（神々の空飛ぶ乗り物、または、あかんぼの揺り籠）、チャシ（城砦）、それにもちろん、カムイ（神）、アイヌ（人間）という最も基本的な言葉については、できるだけアイヌ語をそのまま使い、フランスの読者におぼえてもらおう、という方針を取り決めた。

　動植物の名前も、翻訳しにくいもののひとつだった。アイヌの動植物の名づけ方は、日本語やフランス語の概念とは全くちがうし、また一方、アイヌの土地は北海道、サハリン、クリル諸島にまたがった一帯なので、日本の本州とはだいぶ、動植物の分布がちがい、むしろ、フランスの風土と共通した要素があるのかもしれないと想像はしても、学名がわからなければ確かめようもなく、知里真志保氏のまとめた『分類アイヌ語辞典』が手に入るのを、じれったい思いで待ちつづけるしかなかった。

　一歩踏み込むと、わからないことが束になって、襲いかかってくる。それを必死になって片づけ、また一歩進む。学生たちのアイヌ叙事詩の翻訳作業は、このようなとまどいのなかで、遅々として、しかし着実にはじめられた。

カエルの耳

アイヌ叙事詩には、特別の言いまわしがいくつもある。それをフランス人の翻訳グループである学生たちにのみこんでもらうのも、案外にたやすいことではなかった。はじめのうち、かれらはなんでも、理屈で考えようとしていたのだ。

「火」の女神はアイヌにとって、もっとも重要な神のひとりで、特別に親しみを込めて、「火のおばあさん神」と呼ぶ。そこでフランス語でも、そのように訳してほしいのに、学生たちは、それはできないとがんばる。

どうしてと聞くと、女神は年を取らない。故におばあさんの女神なんて、フランス語として矛盾もはなはだしい、と答える。この場合、高齢者という意味で「おばあさん」と言っているのではないので、頼むから、アイヌ語のままに訳してほしい、とさんざん、説得しなければならなかった。

「二つの山越え、三つの山越え」とか、「六回の夏を過ごし、六回の冬を過ごし」というような言いまわしも、アイヌ叙事詩には多い。これは修辞的な言いまわしのひとつなのだが、学生たちは合理的にまとめて、二足す三で「五つの山を越え」と訳してしまったり、六回の夏と六回の冬とはつまり、十二年という意味か、それとも六年なのか、といちいち悩んでしまう。これはどちらも「とても多くの」という意味なのだから、この通りに訳せばいいのよというと、こんどは「多くの」というフランス語に翻訳してしまう。最後にはようやく、こうした数字の言いまわしになじんでくれるようになったが、かれらにとってかなり、理解しにくい表現だったらしい。

また、動物にしろ、人間にしろ、アイヌの考えでは、単純に一度で死ぬわけではなく、まず魂は「耳と耳とのあいだ」にとどまり、そこから本当に死ぬときは、魂は昇天し、生き返るときは体のなかに戻る。カムイ・ユカラのひとつで、カエルが人間に悪いことをした罰に殺されるという内容のものがある。

この人間に殺されたカエルはいったん「耳と耳とのあいだ」にとどまる。学生たちがそこで騒ぎだした。カエルに耳なんかないですよ、それに殺されたとはっきり言っているのに、まだ生きているじゃないですか、と。どうして、こう理屈っぽいのだろうと内心、溜息をつかずにいられなかった。

「耳と耳とのあいだ」といえば、その生き物にとっていちばんたいせつな頭のてっぺんが想像できるでしょう、と必死の説明をはじめた。どんな生き物でも本当に天国に行くまえに、猶予の時間が与えられていると考えればいいんじゃないの。これだけ言っても、だってカエルの耳だなんて変だよ、とこのときの学生たちは不満顔をなかなか変えようとしなかった。

しかし、翻訳の作業が進むにつれ、この理屈っぽい学生たちもいつの間にか、アイヌ叙事詩的思考法を身につけはじめ、自分の世界観を変えはじめていた。翻訳とはつまり、このような精神的関与を要求される仕事でもあったのだ。

パリを離れた日

大学院生たちとアイヌ叙事詩のフランス語訳の作業をはじめたのが、たしか四月頃だったか。大学の学生食堂や、研究室、廊下、学生の住まい、あらゆるところに毎週水曜日、みなで集まって、問題点を話し合いながら作業を進めるうち、あっという間に六月の学年末の試験期間に入り、翻訳の方はひとまず休止状態にせざるを得なくなった。

ところが成績発表も終わる七月には、フランス名物の長いバカンスがはじまる。私の通っていた大学では、なんと十月の終わりごろになってようやく、新しい学年がはじまるのだ。それまで講義を大学でつづけながら、日本と比べ年間の講義数が少なすぎるような気がしてならなかったので、バカンスの間、翻訳作業もどうなるかと心配していたら、案の定、七月に入り、気がつくと、がらんとしたパリに私ひとりだけが取り残されていた。さすがフランス、徹底しているなあ、と妙に感心してしまった。

学生のひとりは、以前から申請していた奨学金が出たからと言い、韓国のソウルに韓国語の語学研修を受けに行った。帰りに船で日本に立ち寄り、東京まで出てからパリに戻る予定なので、東京ではぜひ、本屋をまわってアイヌの文化に関連した本を買い集めたい、と彼ははりきっていた。しかし、あとで彼から聞いた話によると、東京では呆然とするほどアイヌの本が見つからず、なにも買えないまま、フランスに帰ったとのこと。今の日本では、北アメリカの先住民、あるいはアイルランドのケルト文化、フィンランドのカレワラなどの本のほうが、アイヌ叙事詩の本よりも手に入りやすいという奇妙な状態になってしまっているのだ。

ほかの学生たちも親元に帰ったり、旅行に出たりしていたが、私も九月はじめには、いよいよパリを離れて、東京に戻らなければならなかった。翻訳が終わるまでパリにいてくれればいいのに、といくら言われても、残念ながら私にも都合というものがあって、そうもいかない。

バカンスの間、ひとりだけ、ときどきパリに舞い戻ってくる女子学生がいたので、彼女をつかまえて、文献のコピーの残りを手渡したり、私が持っていた本も譲った。そして一緒に出版社にも行った。学生といえども、プロの翻訳者としてそれぞれ報酬を受け取るべきで、そのために正式の契約を交わしてほしい、という話をつけるためだった。報酬の額はほんの少しなのだけれども、はじめての、しかも大事な意味のある翻訳を手がける学生たちの気持のはげみにはなるにちがいなかった。現実問題としても、この仕事のためにアルバイトの時間が奪われ、学生たちは「生活苦」にあえぐようになっていた。

ほかにもあれこれ、思いつくかぎりの忠告や希望などをしつこいぐらいに言い置き、文字通り、うしろ髪を引かれる思いで、九月四日、私はひとりでパリを離れた。

原稿が空を飛ぶ

予想していたことではあったが、私が東京に戻ってからというもの、アイヌ叙事詩の翻訳作業の進行が、実にややこしいことになってしまった。

日本やアメリカとちがって、フランスではまだ、個人でファックスを持っている人は少ない。したがって、出版社のファックスを頼りにするしかない。翻訳者である学生たちへの手紙を出版社にファックスで送って、そこから市内郵便でそれぞれに郵送してもらう。いろいろ考えた末に、この方法にたどりついた。これなら、一日で学生たちに連絡がつく。しかし、枚数の多い翻訳原稿までファックスで送るわけにはいかず、手もとに残すためのコピーを近くのコンビニエンス・ストアで作ってから、郵便で送りつづけた。今ならEメールという手段があったのだろうが、当時（一九九二、三年）はまだ、夢にも思いつかなかった。

私にはフランス語もアイヌ語もよくわからないのだが、アイヌ叙事詩の日本語訳の意味ぐらいは、責任を持ってアドバイスすることはできる。それで日本語訳を中心に、私がまずフランス語の翻訳原稿を調べて、間違いや疑問点を指摘して、それからこんどは、翻訳の顧問を引き受けてくれた教授の手もとに原稿を送り、私にはわからないフランス語の問題を洗い出してもらう、という手順をあらかじめ決めていた。

実際のところ、はじめのまだ翻訳に慣れない時期、学生たちの原稿はあまりにも意味の取りちがいが多く、また、書式もばらばらだったので、「本物」の教授に原稿を見せる前に、教師というよりはかれらの仲間である私が目を通して、原稿を整理しておいたほうがいい、ということになってしまったのだ。

そこで、パリからたくさんの質問とともに、原稿がさみだれ式に私のもとに届く。質問には、私自身で写真や文献を調べたり、以前に紹介された研究者の方たちに問い合わせたりして、答を出した。また、翻訳原稿については、フランス語の辞書を片手に、アイヌ語をにらみあわせながら、日本語のテクストと照らし合わせ、まるで通信教育の答案のように、「添削」していく。直接に説明できないので、できるだけわかりやすいように、フランス語の「解答例」を書き加え、その理由も書き込んでいく。しかしこのせっかくの努力も、あとで聞いたら、「ほとんど、理解できなかった!」と言われ、心底、がっかりしてしまった。

この「添削」した原稿をパリに送り返し、それをもとに学生たちは原稿を直して、もう一度、私に送ってくる。これでどうだろう、という確認のためで、私はまた眼を通し、パリに送り返さなければならない。それから教授が手を入れ、学生たちはまた手直しをして、それでようやく編集者に原稿を渡す。これだけでも十分にやっかいな手順だったのだが、そのうち、学生のひとりが日本の弘前に留学、教授は京都に滞在することになり、原稿は東京、パリ、弘前、京都と飛びまわることになってしまったのだった。

「外国文学」

私がパリから日本に戻って、アイヌ叙事詩の翻訳作業に迷惑をかけてしまったのは申しわけなかったのだが、言うまでもなく、日本に戻ったためにおおいに助かることも少なくなかった。まずは、それまで不足していた資料探しだった。古本屋をまわったり、日本の出版社を訪ねて、資料をまわしていただいたり、そこで紹介されたアイヌ語やアイヌ叙事詩の研究者の方たちからも、ていねいに多くのことを教えていただいた。

アイヌ叙事詩は本来、書き文字で伝えられるものではなく、口から口に伝えられる口承文芸なので、できるだけ実際に語られる声を聞かなければならないのに、パリにいる間、そのテープがなかなか手に入らなくて、もどかしい思いのままでいた。それで、叙事詩の録音テープをはじめとして、子守歌や踊りの歌、あいさつの歌、悲しみの歌などのテープもかき集め、せっせとほかの資料とともに、パリに送りこんだ。

この時期に、都心の大きな書店で、知里幸恵さんの岩波文庫版『アイヌ神謡集』を「外国文学」の棚に見つけ、それでびっくりさせられる、ということがあった。

北海道がアイヌの土地だったということは、日本列島に住んでいる人たちならほとんどだれもが、了解していることにちがいない。人によっては、日本列島全体の先住民がアイヌだったのではないか、とさえ言う。それはわからないが、少なくとも、日本列島の北海道、東北の先住民はアイヌだったわけで、その事実を日本のほとんどの人は知っているから、アイヌは「外国人」、アイヌ叙事詩は「外国文学」と言われると、「そんなの、へんだ！」と思わず、反応してしまうのだ。

本物の「外国人」にも日本の北海道の先住民としてのアイヌの存在はかなり知られているので、日本でアイヌ叙事詩は「外国文学」として扱われていると聞いたら、やはり、首をかしげてしまうにちがいない。日本は今まで、一方的にアイヌに対して加害の立場としてかかわっていたのだから、その責任において日本がいろいろな面で援助し、できる限り支持する、ということはあまりにも当然の成り行きと受け止められている。そして実際に、日本列島に住むアイヌは選択の余地なく、日本国籍を持たされているのだ。

あまりに釈然としなかったので、『アイヌ神謡集』の出版社に問い合わせてみた。その返事によると、アイヌ語は日本語との類縁性がなく、言語上の区別で「外国語の文学」、つまり「外国文学」に入れざるを得ないという見解だった。しかし、現行の「日本文学」、「仏文学」という国による区別、あるいは言語上の区別は、人々が相互に移動する今の時代、特に問い直さなければならない重要な問題になっているのだし、なんといっても『アイヌ神謡集』が日本にとっての「外国文学」とは、やはり簡単に納得できることではない。そこでもう一度、私はしつこく手紙を書いた。言語学とおっしゃるが、どんな言語学を「絶対確かなもの」と判断できるというのか、地域による区別、あるいは「アイヌ文学」、「口承文芸」という部門を新しく作るなり、とにかくすぐにこの問題の解決策を真剣に考えてもらいたい。

しかしこの訴えはどうもゴミ箱に投げ捨てられてしまったらしい。『アイヌ神謡集』についての変化は結局、なにも起こらなかった。

アイヌ語の辞書

ここに、ひとつの言語がある。その言語を話し、伝えて来た人々がいる。そこに近づきたいと、他の言語を話す人たちが願うとき、まずその未知の言語を理解しようとする。そしてメモに書き留め、あとにつづく同じ思いの人たちのために、それをまとめ、辞書ができていく。

辞書とは、人と人とが理解し合いたいという願いのあらわれなのだと言える。辞書がなければ、その言語に容易なことでは近づけない。あるいは、ひとつの言語があれば、必ず、そこには辞書があると言ってもよい。

言語には本来、翻訳の機能が備わっていて、石の存在そのものは変わらないのに、その

「石」を指す言葉は地球上、数え切れないほど存在する。言語は、つねに人から人へ移動しつづけるエネルギーのひとつの形だとも言えるだろう。

　アイヌ叙事詩のフランス語訳の仕事をつづけてくれているパリの学生たちのために、日本に戻ってから、私はアイヌ語の辞書を東京の街で探し歩いた。いくら日本語訳からフランス語に翻訳すると決めていても、いったん翻訳をはじめてみると、アイヌ語を全く知らないままでいるなんて、ぜったいにできることではない、アイヌ語を自分たちでなんとか理解できるようになりたいから、とにかく辞書を見つけてパリに送ってほしいという学生たちの願いに応えての辞書探しだった。

　その結果、私が知ったことは、いまの日本では、普通の書店で手に入るアイヌ語の辞書が存在しないという不幸な事実だった。アイヌ叙事詩の本が見当たらないことも、もちろん、あまりにも残念な現状なのだが、アイヌ語の辞書が日本で見当たらないという事実には、もっと本質的な不幸を感じさせられる。

　一九五三年に平凡社から刊行された知里真志保著作集が一九九三年に再び、同社から復刻されたので、そこに含まれている未完の『分類アイヌ語辞典』が、現在、比較的手に入りやすいアイヌ語・日本語辞典になっている。とはいっても、復刻の部数は五百部に過ぎなかったというので、とても一般の手にまでは届かない。

その著者である知里真志保が、「間違いが多すぎて、信頼できない」と指摘した、明治三十八年（一九〇五）に出版されたイギリス聖公会のジョン・バチェラーの辞書は、それでも英語が含まれているので、特に日本人以外の人にとって今でも貴重な資料で、そのため、非常に高価な古書になってしまっている。ほかに、昭和三十九年（一九六四）に出版された服部四郎氏の『アイヌ語方言辞典』があるが、これも貴重な絶版本になっていて、簡単に見つかる本ではない。

パリには、知里真志保とバチェラーの辞書をなんとか手に入れて送り、学生たちに利用してもらったが、その後、萱野茂氏が新しい辞書を執筆中と聞き（一九九六年、三省堂より刊行）、CD付きの『アイヌ神話集成』も準備されているとも聞いた。（一九九八年、ビクターより刊行）また、若手日本人学者による千歳方言アイヌ語辞書も出版（一九九五年、草風館より刊行）されるなど、アイヌ語の新しい動きがはじまっていることを知らされたが、残念ながら、私たちの翻訳にその新しい動きは間に合わなかった。時々刻々、アイヌ語、アイヌ文化の復権が実現されて行く。その変化を、こんなところで実感させられた。

アイヌ語の勉強

翻訳をつづけるフランスの学生たちの思いと同様に、私自身もアイヌ語を知らないままでは、フランス語への翻訳の手伝いなどできるものではない、と痛切に感じるようになっていた。アイヌ叙事詩との、このようなかかわりあいがなければ、日本語訳を読むだけで満足しつづけ、アイヌ語がわかるようになりたいとは、たぶん、思いもしないままでいたのではないか。そう考えると、私にとっても、この翻訳にかかわったことが実に大きな体験になっているのだ、とあらためて思い知らされる。

本来は専門が別なのだけれども、個人的にアイヌ語の研究を進めているという北海道の大学の先生がちょうど、東京の大学に一年間、滞在している、と私の知り合いから聞いた。その先生にむりやり近づき、事情を説明した結果、なんともありがたいことに、週に一度のアイヌ語入門ゼミを開いてくださることになった。私の住まいまでいらして、無報酬で教えてくださるのだから、せめてもの感謝のしるしに、おいなりさんやおにぎりを山のように作った。

人に教える形をとると、なによりも自分の勉強になるからかまわないんですよ、と先生は言ってくださったが、『アイヌ神謡集』のアイヌ語をひとつひとつていねいに読み解きながら、私の方からはここぞとばかりに、パリの学生たちから受けていた質問もつぎからつぎに聞き、それに答えてもいただいた。アイヌ語を本当に理解できるところまでは、とても進めはしなかったが、それでも、その構造の基本だけはおぼろげながら知ることができたのは、全く貴重な収穫だった。

アイヌ叙事詩を日本語で読んでいたときは、日本語で育った自分に理解しやすい部分を手掛かりにして、アイヌの世界に近づいていたのだが、アイヌ語を理解しようとするときは、日本語と異質の部分を知り、その理解しにくい異質な部分に踏み込むことで、アイヌの世界を論理的に理解しはじめることになる。あらゆる語学の勉強の基本を、そこで私は思い出させられていた。

たとえば、アイヌ語には動詞の複数形がある、と聞かされると、動詞どころか名詞にも複数形のない日本語に馴れ親しんでいる身としては、びっくりしてしまうが、その意味はちがうものの、やはり動詞の複数形を持つフランス語で育った人には、さほど奇異なことには感じられないだろう。フランス語では主語が複数だと、それにあわせて形容詞や動詞も複数形になるのに対して、アイヌ語では主語が単数の場合でも、同一の動作が繰り返されるときに、その動作は複数として扱うのだという。そのように聞くと、なるほどと納得し、複数形のない日本語のむとんちゃくさがかえって、奇妙に思えてくる。

また、叙事詩に使われている人称は、一見、一人称の形に見えるが、アイヌ語の語法としては、だれかが自分と別のものになり代わって語る場合、主語の一人称を特別な動詞で受け、通常の一人称とは厳密に区別する、という。なんという精妙な、そして明確な言語なのだろう、とこの説明にも私は感嘆せずにいられなかった。

た。

アイヌ語の現在、フランス語の過去

アイヌ語の入門ゼミを少しだけ受けてみて、私に当面責任が預けられているアイヌ叙事詩のフランス語訳について、これは困ったことになったとあわてさせられたのは、時制の問題だった。

フランス語には、その勉強のはじめに日本人のだれもがおびえさせられる動詞の複雑な時制変化がある。それに対して、日本語も動詞の時制に無関心な言語なのだが、アイヌ語も同様に、過去をあらわすのに、その動作の完了を示す助詞があるだけで、動詞そのものの時制変化はない。アイヌ叙事詩の場合、だいたい動詞は現在形のままで使われていて、いわゆる昔話によくある語り口、「それは冬の夜のことだった。寒い夜だった」という語り口ではなく、「今は冬の夜です。寒い夜です」というように、物語の世界に聞き手を直接に引き込む語り口が使われている、と私のアイヌ語の先生は言うのだ。

私たちの翻訳では、はじめは文体があまり仰々しくなるのを避けて、いちばん日常的に使われる複合過去を使えばよいのではないか、と言っていたのが、いや、金田一京助などの説によると、アイヌ叙事詩は特別な「雅語」と呼ばれるアイヌ語が使われているらしいから、やはり物語に重々しさを与える単純過去を使ったほうがよいだろう、と途中で方針を変えた。フランス語の単純過去は完全な書き言葉で、日本語で言えば、「それは冬の夜のことであった。寒い夜であった」というような感じになるのだろうか。

ところが、実際のアイヌ叙事詩は過去形で語られていないという。今回の翻訳はやむをえない事情で、日本語からの重訳となっているので、日本語の訳が過去形ならば、そのまま過去形に訳してしまえばよい、とも考えられる。しかし、アイヌ語の研究は根強い差別意識のために事実上、まだはじめられたばかり。まして五、六十年前の金田一京助の時代は手探りに近い状態だったので、多くの誤解、まちがいがあっても不思議ではない。加えて、日本語の過去形なるものの、本来のあいまいさもある。欧文の影響を受けた過去形を日本語訳も使っているが、日本語のもともとの意識として、過去時制によるしばりは弱い。しかし現実の問題として、学生たちの翻訳作業はすでにかなり進んでしまっている。

とにかくひとりで悩んでいても、しかたがない。学生たちに早速、この問題を相談してみた。かれらの反応は当然のことながら、いまさら何を言いだしてくれるんだよ、という苛立ちだった。まあまあそう言わず、と冷や汗を流しながら、私は自分の知り得た事情の説明をはじめた。そして、具体的な解決策として、現在と過去の中間をあらわす半過去（英語の現在完了）という形を基本的に採用すればよいのではないか、と提案してみた。日本語の小説で臨場感を出すために現在形を使うのとほぼ同じようにして、フランス語の小説では半過去が使われている。

学生たちもそれで一応、納得してくれた。

なんとこの段階まで、フランス語の三種類の過去形を私たちは遍歴したことになる！

パリを再び訪れる

アイヌ叙事詩が基本として現在形で語られているのを、フランス語の翻訳では、過去は過去でも現在にかなり重なっている半過去という中間的な時制を使うことで、いったんは解決をつけた。しかし、それで本当によかったのか、と私の迷いは消えなかった。

私の手もとに送られてくる学生たちの翻訳原稿を見ても、ちょうどフランス語の多くの小説で使われている手法のように、基本は物語風の単純過去のまま、話が佳境に入ったら半過去、と使い分けている。それはそれで、読みやすい物語の形になっていて、悪くはないのだが、アイヌ叙事詩の語り口の特徴がまったく伝わってこない。せっかく新しい翻訳を出版するのに、このままではやはり残念な気がする。といって、フランス語の現在形を使ってアイヌ叙事詩を翻訳するのは、とうてい無理だとも思える。

そんなことで悩んでいたころ、スイスに一週間行く用事ができた。スイスと言えばフランスのお隣りで、これはなんという好都合とばかりに用事の終わったあと、フランスに立ち寄ることにした。学生たちの翻訳作業の中途で私が日本に戻ってから、ちょうど一年後のことで、翻訳にかかわっている全員が、まだそのころはパリにとどまっていた。

さっそく、学生たちと翻訳原稿のまとめ役の教授に連絡を取り、ミーティングの日取り、場所を決め、必ず、そのときは全員がそろっているように、と東京から、チューリヒから、しつこく念を押しつづけた。パリに私はわずか六日間しかいられないのだ。時間をむだにはできない。パリの空港に着いた私はさぞかし鼻息荒く、殺気立った顔をしていたことだろう。

最初の日に、なつかしい大学の教室に行き、一年ぶりの再会を喜び合うひまもなく、全員のミーティングをはじめた。アイヌ語独特の言葉をどのようなフランス語に訳すのか、ひとつひとつ検討しながら、話し合いの中心はやはり時制の問題になった。一般に神託から発展した語り物が、アイヌ叙事詩に限らず、現在形による語り口を残しているという事情をすでに承知していた教授からの強い支持もあって、学生たちはいやがりながらも、とにかく実験的に半過去と現在形で短いカムイ・ユカラのひとつを翻訳してみる、と約束してくれた。どうせ、そんなの、だめだと思いますけどね、と言いながら。

次の日から、学生ひとりひとりと会い、今まで私に送られ、問題点を書きこんで送り返していた翻訳原稿を個別に検討しはじめた。その間には、知り合いの紹介で、フランスの新聞記者と会い、インタビューを兼ねた昼食の接待をかれらと一緒に受けもした。早手回しの、アイヌ叙事詩の宣伝のつもり。そしてこの昼食のあとで、学生のひとりが私に小声で報告してくれたのだった。

あの現在形の翻訳ね、やってみたら、そんなにへんじゃなかった、現在形でも大丈夫みたい。

かれは照れかくしに、にやにや笑っていた。

この日、私は海へ行く

日本に戻ってから一年ぶりに、パリに直接、乗り込むことができて、アイヌ叙事詩の翻訳作業も少しは引き締まったのではないか、とこれは自画自賛なのかもしれないが、とにかくひとつの作業を進めるのに離れ離れのままでいたら、しだいに気持が通じ合わなくなり、進行が停滞して、不満がつのり、結局、分裂してしまう危険があるという、遠くに離れた恋人同士のような問題を私たちはずっと抱えていたのだ。

たった一度にせよ、とにかく直接全員で集まって、翻訳作業の問題点を語り合うことができて、学生たちはいざ知らず、私は一応の安心を得ることができた。アイヌ叙事詩の現在形による語り口をどのように翻訳するか、というむずかしい課題も、なんとかフランス語の翻訳でも可能なのではないか、やれるだけはやってみよう、ということになった。

「毎日毎日、あんまり退屈なので、ある日、私は海へ行った」という出だしではじまるカムイ・ユカラが多い。翻訳に使う日本語訳では、少なくともそうなっている。言うまでもなく、フランス語の世界でもこうした語り口で物語をはじめるのは常套手段で、なにも悩まずにフランス語に直訳できる。

しかし、これをこのまま現在形にしろと言われると、たしかに困ってしまう。学生たちもこれを理由に、現在形なんて使えるはずがない、と言い張っていたのだ。ところが、私のアイヌ語の先生によると、カムイ・ユカラのアイヌ語をそのまま日本語にしたら、「ある日」は「この日」になるのだという。ずっとつづく日々のなかの特定の「この日」で、「毎日毎日、あんまり退屈なので、（ついにある特定の）この日、私は海へ行く、どんどん川に沿って、石の原っぱを走って、草の原っぱを走って……」と、このように語られていく。

学生たちはこの説明を私から聞いて、まず半信半疑でフランス語でそのように翻訳してみた。それからはじめて、あれ、このほうがずっとおもしろいと驚き、すっかり楽しくなってしまったのだ。このようにいったん理解できてみるとかえって、「ある日、私は海へ行った」という語り口がいかにものっぺりした、かたくるしいものに思えてくる。ぜひカムイ・ユカラのこのいきいきとした、新鮮な動きのある語り口を自分たちの翻訳に生かしたいね、ということになった。

しかしまだ、むずかしい問題が残されていた。私たちの翻訳は日本語の翻訳からフランス語訳という約束になっている。翻訳の原文を翻訳者が勝手に変えてはいけない、という大原則がある。とは言っても、日本語の過去形のもともとのあいまいさもあるし、アイヌ語研究が現在、新しい段階に入って、そこで明らかになってきた多くの事実はやはり、できるだけ取り入れて訳したほうがよい。さんざん悩んだすえに、そのように本の序説で説明し、断っておくことにした。なにがいちばん大切かといえば、アイヌ叙事詩の生きた姿を再現する努力にちがいない、と判断してのことだった。

はじめに言葉ありき

アイヌ叙事詩のフランス語への翻訳にかかわりながら、アイヌ語の研究の足取りにも興味をもって少し調べてみると、それにしてもと感心させられたのは、ヨーロッパのアイヌ語に対する取り組みの熱心さ、と言うか、貪欲さだった。

十七世紀のはじめに来日、その後のキリスト教禁制のなかでも布教をつづけ、火刑、水責めで殺されたイエズス会神父二名がローマに報告した書簡が残されていて、そこに記載されているアイヌ語の単語五十四語が、一番古いアイヌ語の記録だという。そのあとは、十八世紀のロシアのシベリア調査隊による二百八十五語の記録がつづく。

新大陸の「発見」以来、アジアと新大陸との間がどうなっているのか、ヨーロッパの国々にとっては大きななぞ、あるいは誘惑になっていたらしい。中国の先に日本という島があることは、マルコ・ポーロによって明きらかになったけれど、はっきりしたことが分からない。日本の北には「蝦夷」という大陸の半島だか島だかがあるようで、それは新大陸と隣接しているのではないか。そしてこれこそ、かの伝説的な「金の島」なのかもしれない。この調子で、今の私たちが読むと、こっけいとしか思えないようなことを、本気で議論し合っている。そこにはもちろん、新大陸をにらんでの領土拡大の欲望があったわけだし、金もうけへの夢もあっただろう。宣教師のように、現地の人たちの魂を救うという使命感もあっただろう。いずれにせよ、船を使わずに中国から「蝦夷」を経て、新大陸に渡ることができるのなら、こんな好都合なことはない。まずは「蝦夷」の地理を正確に調査しなければならない。

布教を第一目的としながらも、そうした本国からの期待にもこたえて、まっさきに宣教師たちが「蝦夷」に渡ったといういきさつが見えてくる。ところがそこで思いがけず、かれらは現地の住人であるアイヌの存在を知り、布教の対象として早速ローマに報告した。それが結果的に、アイヌ語の最も古い記録として、今も残されているのだ。

この書簡には、「だれかパードレにして将来蝦夷に渡ろうと望まれる人があるならば、これを自分の辞書の初めとすることができます」という文章も書き込まれている。

キリスト教の根本精神として「はじめに言葉ありき」という価値観がある。つまり、言葉の力をかれらはよく知っていて、布教においても、あるいは政治支配においても、まず現地の言葉の習得から取り組む。明治時代になってから北海道に布教に行ったイギリス聖公会のジョン・バチェラーもアイヌの村に住み、あの知里幸恵さんの祖父にアイヌ語を教わりながら、まず聖書のアイヌ語訳に取り組んでいる。そして、約二万項目のアイヌ語辞書を作りあげた。日本語の辞書については、すでにこの時期、今見ても感心させられるような立派なものを完成させている。この書簡を書いた神父は、次にはアイヌ語の辞書だと、かれとしてはごく自然に考えていたのだろう。

かつてのキリスト教伝道にともなう、ひとりよがりな、ときには残酷ですらあった実態が最近、見直されはじめているが、結果的にかれらによってアイヌ語の一番古い記録が残されている事実を考えると、また、かれらはマカオで日本語の特訓をすでに受けていて、日本語についてはなんの不自由も感じず、日本人にも一切、外国人だと見破られずにすんだ、という事実も合わせ、その言葉への情熱をどう評価すればよいのか、複雑な思いに駆られる。そしてまた、キリスト教国側ではこの神父たちが殺されたことをはじめとする日本のキリシタン禁制について、なんという野蛮な、おそろしいところだろう、と日本についての「伝説」が語り継がれているのだ。（引用は、H・チースリック編『北方探検記』吉川弘文館、一九六二年による）

消えて行く国境

イエズス会神父たちが日本からローマに書き送った一六二一年の報告書が、アイヌ語の一番古い記録になっているのだが、日本では十七世紀なかばになってからようやく、百十七語のアイヌ語を集めた記録が残されている。すでに一四五七年、「蝦夷」への侵略者である日本人に対する有名なコシャマインの戦争があって、それからも一六六九年のシャクシャインの戦争、そしてフランス革命とおなじ年の一七八九年のクナシリとメナシの戦争に至るまで、アイヌと日本との間に戦争が繰り返されていたのだから、十五世紀にはアイヌと日本人は互いに相手の存在をよく知っていたことになる。そう考えると、日本人のアイヌ語へのこの無関心さは異様なものにも思えてくる。

おそらくアイヌ語を、日本語も含めた世界中のあらゆる言語と同じ位置にあるひとつの言語として、日本人は長い間、想像もできずにいたのだろう。アイヌには書き文字がない、したがってアイヌは言葉を持たない、たしかにアイヌたちは話しているが、あれは言語というようなものではない、とでも決めつけていたのだろうか。今から考えると、およそ信じられない差別感情だが、かつては世界のあるゆるところで、少数者の言語に対して、同じような切り捨てが行われていたわけだし、今の時代でも、それぞれの言語の地位が世界経済への影響力によって判断されているという事情は変わりない。言語そのものの価値とはべつに、言語同士の政治的優劣争いは世界中の言語がひとつにでもならないかぎり、いつまでも人間につきまとうものなのかもしれない。

日本ではじめて本格的なアイヌ語の辞書がまとめられたのは、十八世紀の終わり。けれども、それまでにロシア、西ヨーロッパの国々によって、カムチャツカ半島、クリル諸島の海域を探検しようという船隊がつぎつぎに送られていたのだ。その多くは失敗に終わっているが、オランダ東インド商会の船隊はエトロフ島（国後島と混同）、ウルップ島（北米の一部と思いこんだ）を「発見」、アムステルダムの市章を刻んだ柱を勝手に立てて会社の所有地にすることに「成功」している。そして、この乗員によるアイヌについてのかなりくわしい記録が残されていて、それをもとに、オーストリアの学者が三千八百語のアイヌ語辞典を作り、これはシーボルトの引用によって、ドイツ語圏では有名な資料になり、さまざまな学説の果てに、ナチのアイヌ＝アーリア人種説にまでつながって行く。そのため、戦後の西ヨーロッパにおけるアイヌ研究はタブーに近い状況になり、最近までイタリアのフォスコ・マライーニや、ピウスツキーの研究を継承したポーランドの大学など例外的な存在を除いては、ほとんど空白のまま取り残されていた。

このように、たまたま住んでいた地域がロシア、中国と新大陸の間にあったというだけで、はじめはヨーロッパの国々の欲望の対象になり、十九世紀には、ロシアと日本の領土争いに翻弄され、その間に、アイヌの存在そのものが切り捨てられようとしていたのだ。もちろん、日本はもっと昔から独自に「蝦夷」を侵略しつづけていたのだが。

十八世紀になってからの国家同士の領土争いのなんという残酷な結果だったろう、とアイヌの一方的にこうむった犠牲をこうしてたどるだけでも、自分自身に突き刺さる痛みとして感じずにいられない。しかしそれだけに、こうしてアイヌの問題を自分で知ろうとすればするだけ、今まで私自身が信じて来た国境というものがみるみる消えて行き、国家に支配されない世界観とは、実際にどういうものなのかも教えられる結果になる。

ブルターニュの静かな抵抗

三年前、まだパリに滞在していたころに、アイヌ叙事詩の翻訳の話が決まり、どんな本にすればよいのか、その参考にしたいという気持と、フランスにアイヌ叙事詩を紹介するのなら、日本人の私も少しはフランスの少数民族の世界に近づかなければ失礼に当たるのではないかという気もして、古本屋をまわって、何冊かのブルターニュの昔話や叙事詩の本を手に入れた。

もちろん、その前にブルターニュを訪れ、すっかりその地方の持つ明かるさと暗さに心を奪われてしまったということがあった。日本の東北地方によく似た土地がらで、ちょうどリンゴの花がまっさかりだった。そして、眼に見えない妖精やら、幽霊やら、悪魔やらが夜の荒野をうろうろしている。

今はフランスという国の一部になっているこのブルターニュ地方の住人たちは六世紀のはじめに現在のイギリス、ウェールズ地方から集団移住してきた人たちで、日本のアイヌのように、フランス語とはまったくべつのケルト系の言語ブルトン語を話し、独立した世界を守っていたという。しかし古くはフランク王国の侵略に苦しまされ、ついで、まるで子供がおもちゃを奪い合うようなフランスとイギリスの貴族の領土争いがつづいた。

長い間の戦争で土地は荒れ果て、その勝敗によって入れ替わる領主たちは自分の私益を求めるだけ。追い詰められたブルターニュの農夫たちはたびたび反乱を起こすが、完全な敗北に終わる。

以来、ブルトン人たちは汚くて、愚かな野蛮人、ブルトン語は耳障りな雑音にすぎないと、支配者から嘲笑されつづける屈辱に甘んじなければならなかった。こうしたブルターニュの歴史はアイヌあるいはマオリのたどった道となんと似ていることだろう。

しかし、そんな屈辱があればかえって、自分たちの土地、言葉を誇る気持は強くなる。今でもブルターニュ独立運動はつづけられていて、地名標示板には必ずブルトン語とフランス語の両方で書き込まれているし、町の入り口や広場ではブルターニュの旗が誇らしげにひるがえっている。

カトリック教会ではブルトン語で聖歌が歌われ、土着信仰の色合いの強い火祭りを夏に盛大に行う。大きなたき火を囲んで、ボムバルドゥというオーボエのような笛やビニウ・コズと呼ぶバグ・パイプと同種の民族楽器の伴奏で夜を踊りあかす。

あとでこれはフランスの新聞の記事で知ったことだが、現在、ブルターニュには独立運動の過激派はいないが、スペインとフランスの国境に位置するバスクの独立運動にはかなり危険な過激派がいて、警察のおたずねものになる。そうした犯人たちの多くはブルターニュの農村に逃げ込んでしまう。

警察は犯人のあとを追って、農家をつぎつぎに調べるのだが、農家の人たちは実に巧妙にその犯人をリレー式に家から家へ移してしまうので、まったく捕まえることができない。警察をだましたらいけないといくら言っても、農家の人たちはなんのことやらと、とぼけつづけるので警察は困り果てているというのだ。

自分たちは平和な手段でブルトンの国を守りつづける、でも同じ立場のバスクへの共感は守る。この選択のしたたかさが、ブルターニュ精神というものなのだろうか。

ブドウ酒の歌

パリの古本屋で買ったブルターニュの昔話や叙事詩の本のなかに、『バルザズ・ブレイズ』

（リブレリ・アカデミック・ペラン版）という題名の、すでにかなり傷んだ本があった。バルザズとは歌、ブレイズとはブルターニュの、という意味のブルトン語らしい。ボロボロではあるが、一九五九年の発行とあるので、少しも古い本ではない。本の造りが粗末なので傷みが早い、それで私にも買えた程度の安い本に過ぎず、フランスでは一般的に普及した本らしい。

ここには、ブルトンの国ブルターニュで歌い継がれた叙情詩、叙事詩、問答歌などのフランス語訳が原語のブルトン語とともに収録されていて、そのほとんどに楽譜までついている。私自身がかかわることになったアイヌ叙事詩のフランス語訳の本もこれを見習って、ぜひアイヌ語を併記したいと思ったのだが、残念なことにページ数の関係でそれはどうしてもできなかった。アイヌ語の「繰り返し」はもちろんつけて、大事な単語もできるだけ残し、アイヌ語そのものについてのくわしい説明をつけることで、その不足を補う努力はせいいっぱい払ったのだが。

この本にはたとえば、こんな六世紀の歌がある。

「ブドウの白酒のほうがいいぞ、ブドウの白酒のほうがいい／（繰り返し）火！　火！　はがね！　おお！　はがね！　火！　火！　はがねと火！　樫の木！　樫の木！　大地！　海！　海！　大地！　大地と樫の木！（ブルトン語では、タン、タン、ディル、オオ、ディル、タン、タン、ディル　ハ　タン！　タンン、タンン、ティル、ハ　トンン、トンン、ティル　ハティ

ル　ハ　タンン！）／赤い血と白ブドウ酒、流れる！　赤い血と白ブドウ酒！／（繰り返し）／新しいブドウ酒のほうがビールよりいいぞ、新しいブドウ酒のほうがいい／（繰り返し）／キラキラ光るブドウ酒のほうが蜂蜜酒よりいいぞ、キラキラ光るブドウ酒のほうがいい／（繰り返し）／ガリアのブドウ酒のほうがリンゴ酒よりいいぞ、ガリアのブドウ酒のほうがいい／（繰り返し）／ガリア人、きのこと葉っぱをきさまに、ざまあみろ！　ガリア人、きのこと葉っぱをおまえに！／（繰り返し）／白ブドウ酒はおまえに、勇気あるブルトン人に！　白ブドウ酒はおまえに、勇気あるブルトン人に！／（繰り返し）」（以下、略）

ブルターニュはリンゴの土地でブドウは育たない。したがって、ブドウ酒ができない。大麦から作るビールや蜂蜜酒、シードルはあったけれど、ブドウ酒のおいしさにはかなわない。その昔、ブルターニュに侵略してくるフランク王国のガリア人と戦いつづけていたころ、ブルトン人の方ではなんとか憧れのブドウ酒を手に入れたくて、戦車に武器と農器具を積んでフランク王国に攻め入ると、まずはぶどう畑に行って、せっせとブドウを自分たちで収穫し、ブドウ酒を作りはじめたという。なんとものんきな話で、そんなことをしていたから、フランク王国にブルトン人は負けてしまったんじゃないか、と言いたくもなる。しかし、この歌のなんという元気さよ！　どんな歴史の本を読んでも聞こえてはこないはるか昔のかれらの声が、直接、私の耳に聞こえてくる。そしてアイヌのユカラにしても、同様に元気溢れる響きを今の時代に伝えている。十三世紀、サハリン・アイヌはアムール川をずっとさかのぼってモンゴルまで攻め入ったと中国側の歴史に書き残されているらしいが、その時代の勇猛な動きが如実に英雄叙事詩の世界によって想像できる。そしてアイヌのユカラとモンゴルの英雄叙事詩との類似にも驚かされる。その昔、アイヌはシベリア、中国、モンゴルまで足をのばし、カムチャツカ半島にも、先住民イテリメンとの婚姻関係が認められるというから、自由に行き来していた時代があったのだろう。そしてもしかしたらもっと先までも元気よく出かけていたのではなかったか。美しいガラス玉や錦などが、毛皮や鳥の羽根と引きかえの交易でアイヌが得たものとして、今でも残されているし、なかには遠くハワイ産としか思えない貝もあるらしい。ハワイのポリネシア人とも交易関係を持っていたというのだろうか。

一八六七年という年

「たとえ、金の言葉が切り落とされようとも、国のために高鳴る心をいつでも新しい詩人たちが持ち備えている、民族のメロディーを矢として放つ手をいつでも携えている。愛国心に充ちた音調でかれらは支えつづける、中世の間ずっと、ノルマンディ、イギリス、あるいはフランスによっておびやかされていたブルトン人の勇気を。かれらは歌う、ノルマン人であれ、フランス人であれ、外国人に対するブルトンの農夫たちの抵抗を」

私がパリで買った古本『バルザズ・ブレイズ（ブルターニュの民衆歌）』の序文には、こんな文章が書かれている。「金の言葉」とは、ここでは言うまでもなく、ブルトン語を指しているが、これがアイヌ語であっても文章の意味はそのまま通用してしまいそうなほど、その状況は共通している。アイヌの詩人はユカラ・クルと呼ばれているが、かれらは時代を超えてアイヌ精神を歌で伝え、アイヌ語の存在も守りつづけた。

ところが、この同じ序文にこんな文章もあった。

「現代の賢明な諸氏はこのように考えている。アルモリカン（ブルターニュの旧称）とカムチャツカの自然人は、知性の等級において同等に置かれる。しかし実のところ、前者についてこれでは、あまりに寛大に高く押し上げすぎているし、後者に関しては深刻な不公平さが責められることになる。なぜなら、北の氷の自然人はかれら固有の詩心を持つが、ブルトン人はそれを持とうとしないのだから」

著者はこのあとで、しかしとんでもない、ブルトン人だって立派な詩の伝統を持っていると言い返しているのだが、ここに出てくる「カムチャツカの自然人」とはなんだろう、とこちらにはその方が気になってしまう。この本は一九五九年に発行されているが、一八六七年に出版された本の復刻版なのだという。つまり、ここで「現代」と言っているのは、ちょうど日本では大政奉還の年に当たる。そしてヨーロッパがこの地域に目を向けはじめてから、すでに一世紀経っている。フランスの探検家ラ・ペルーズがサハリンとカムチャツカ半島を訪れ、その記録が一七九七年に出版されているのだが、それが当時、フランスで広く読まれていたのかもしれない。となると、ここで言われているのはサハリン・アイヌのことで、ユカラの存在もすでに広く知られていたのかと想像したくなる。

一八五二年にナポレオン三世の命令により、フランス各地の民衆歌の出版が計画され、十五年後にこの本はようやく出版されたらしい。一八三〇年のアルジェリア領土化を皮切りに、フランスの植民地が一挙に十倍に拡大した時代である。同じ年にパリ万国博が開かれ、一八六四年にフランス保護領となったカンボジアのアンコール・ワット美術が大々的に紹介され、二年後の一八六九年にはスエズ運河が開通したが、この開通を題材とする叙事詩をアカデミー・フランセーズが公募し、人気を呼んだという。そしてフランスのお歴々はエジプトのピラミッド見物を楽しむ。文学者たちもつぎつぎにエジプトを訪れる。一冊の古本の背景をこうして暇つぶしに探ってみると、当時のフランスの愛国心高揚の様子がはっきりと伝わってくる。アジアへの進出熱はますます強まり、国内ではブルターニュなどの民衆歌がフランスのために「発見」された。この時代にはまだ、少数言語の歌それ自体の価値においてフランスに受け入れられたわけではなかったのだ。

ブルトン語とアイヌ語

ブルターニュ地方を実際に訪れるまで、私は恥ずかしい話だが、ブルターニュの人たちの言葉ブルトン語の存在を全く知らずにいた。しかし、その言葉を話すひとたちは今でも、九十万人を数えるというのだ（三省堂『言語学大辞典』による）。もちろん、かれらはフランス人として完全なフランス語も話す。私のいた大学にブルターニュ出身の先生は何人もいたし、政治家にも多いということで、フランスでブルターニュ出身の人が肩身の狭い思いをしているわけでもないらしい。にもかかわらず、ブルターニュの人たちはフランス語のみで生きることは拒み、ブルトン語に誇りを感じつづけてきた。一九六〇年代までは、「ブルトン語を話すこととツバを吐くことは禁止」と書いてある札が、この地方のどの学校の壁にも下げてあったというが、それでもブルトン語は忘れられなかった。六〇年代のブルトン語復権運動によって大きく流れが変わって、今ではブルトン語だけを使用する学校、ブルトン語とフランス語を二重使用する学校も増えていて、パリの普通の書店にはブルトン語の辞書や文法書が置いてある。

ブルトン語はケルト系の言葉なので、ラテン系のフランス語とはほとんど共通性を持たない。ほかにフランス語と別系統の言葉としてバスク語がある。さらに、カタロニア語、アルザス語、フラマン語、そしてコルシカの言葉などが、現在でもそれぞれ継承されている。また、十六世紀の末には公用の文書から消え失せたフランス語と同じ系統のプロヴァンス語も生きつづけているし、フランコ・プロヴァンス語というものもある。

この数字に、新しくフランス国籍を得た外国出身のフランス人の存在も加えると、フランスに住むフランス人の多くはフランス語とそれぞれの母語とのバイリンガルだということになる。つまり、あの「フランス語」はフランス人の母語というよりも、フランス人同士の共通語として通用しているに過ぎない言語なのだと気づかされる。もちろん、このフランス語のなかには、いくつもの方言がある。さらに、ベルギー、スイス、カナダのフランス語、世界各地の元植民地、現在の植民地のフランス語もある。

現在の「フランス語」はもともと一地方の方言だったのが、十九世紀、つまり植民地拡大の時代になって、つづりやアクセント記号などが最終的に定められ、「標準語」になったもので、昔は動詞の活用形を耳で聞いて主語が正確に推定できたため、主語をわざわざ言わなくてもよかったし、冠詞の使用も語順も自由だったという。けれども考えてみれば、近代の標準日本語にしても、そうした事情は全く変わらない。主語を省略するということでは、敬語の種類で主語を省略していた昔の日本語も同じだったのだし、動詞、目的語、補語それぞれに主格を示す接頭辞を必ず付けるので主語を省略できるというアイヌ語とも変わらない。

そう思い至ると、アイヌの伝統的な叙事詩をフランス語、日本語にせよ、近代語に翻訳する場合、その「翻訳」は地域的な母語の世界から近代国家が必要とする標準語の概念に取り込む作業になりかねないということに気づかされ、「翻訳」のもたらす思いがけない側面に恐れを感じずにいられなくなる。

「さあ、もう泣き止んで」

足掛け四年かかって、アイヌ叙事詩の翻訳の作業をパリ大学（正確には、パリ第三新ソルボンヌ大学・国立東洋言語文化研究所）の大学院生たちとつづけ、さまざまな困難に腹を立てながら、はげまし合いながら、とにかくなんとか去年の暮れに、翻訳原稿をまとめてパリの編集者に送りこむことができた。学生たちの翻訳だし、まとめ役の日本人の私もいかにも頼りなくて、最後まで翻訳の出来についで気をもみつづけていた編集者は、出版社の顧問をつとめているフランス人作家に読んでもらい、さらに手を加えるべきかどうか、その意見を聞いてみる、と私たちに告げてきた。

どきどきして待つこと一ヵ月。ある日、私のもとに直接、当時、アメリカはニュー・メキシコに滞在していたその作家からファックスが入ってきた。

「夢中になって原稿をすべて読み終わりました。すばらしい翻訳です！　本来のアイヌ叙事詩のリズム、雰囲気をよく伝えていると思います！　アイヌの人たちとその文化への感嘆の念をフランスの読者に引き起こすにちがいない、輝かしい本ですよ！　この本が出版されることになって、とても私は喜んでいます！」

本当に涙が出るほど、うれしい瞬間だった。もちろん、日本にいる学生にも、パリの学生たちにもすぐこの朗報を伝え、「乾杯！」を口で言い合った。

かくて、めでたしめでたしということになったのだが、もちろん、近い将来、アイヌ語からの直接の翻訳が行われ、さらに充実したアイヌ叙事詩の本が出されなければならない。私たちの本がその理想に向けてのきっかけになれば、と願っている。本の構成も、現在、私の手に及ぶ限られた範囲で決めさせてもらった。そのなかで私の思いとして、古い素朴なカムイ・ユカラは言うまでもなく、和人、つまり日本人によって引き起こされたアイヌの悲劇を歌ったものもできるだけ収録した。そして本の最後にはアイヌの人たちの深い悲しみのひとつの記念として、鹿田シカムニさんの伝承による美しい小さな子守歌を入れておいた。その歌の概略を、ここでもぜひ紹介しておきたい。

「(繰り返し) アウフットゥ・ロウ／汝のお父さんは／(繰り返し) ／生きていたのだが／(以下、内容だけを記述) 和人の村に働きに行くことになり、このように言ったのだった、もし私がいつまでも帰らなかったら、こんなことが起こるだろう、ある日、海の風が吹いてきて、沖から鳥の群れが飛んでくる、その先頭に首のない鳥の神がいる、それが私なのだ、と。さて、その後のことを汝は聞きたくて、このように泣きつづけているのだろうか。それから毎日、泣きながら私は汝を育てた。そして汝のお父さんが言った通り、ある日、風とともに、たくさんの鳥が飛んできた。そして首のない鳥の神が先頭を飛んでいるのを私は見たので、料理を供え物にしてお祈りをした。お父さんはその料理を持って、神々の村に行ったのだろう。だから、汝にこの話をしてあげたのです。さあ、もう泣き止みなさい。」（引用は久保寺逸彦編著『アイヌ叙事詩神謡・聖伝の研究』岩波書店より）

サン・マロ行き

アイヌ叙事詩の仕事も一段落ついたところで、この五月、思いがけずブルターニュ地方を再び、訪れることができた。古い港町サン・マロという町で、毎年、文学祭りが開催される。今年のテーマはオリエントだというので、短いバカンスを楽しむつもりで出かけることにしたのだったが、出発の直前になって、アイヌ叙事詩を出すことになっている出版社からファックスの連絡が入り、アイヌ語、日本語のアルファベット表記、目次、地図、表紙の絵、裏表紙の紹介文等々、細かい質問を山のように問い合わせて来た。今回、パリにはほんの少ししかいられないので、出版社に立ち寄るつもりはなかったのに、こうなっては仕方がない。出版社に持って行く資料をあわててかきあつめ、アイヌ叙事詩の翻訳者である学生たちにも、東京とパリそれぞれに電話をかけた。東京の方は連絡がつき、問題点について相談することができたが、パりの方は結局つかまらないまま、出発当日になった。

フランスはちょうど大統領選挙の最終決戦を控えていて、おまけに春のバカンス、なにやら国中、ざわめいていた。こちらもあわただしく、パリのホテルに着くやいなや、連絡のつかなかった学生のひとりに電話をかけたが、なんということ、彼女は翌日の早朝に東京に向かうのだという。全くのすれちがいになってしまった。

翌日から三日間、サン・マロでの文学祭りがつづいた。「オリエント」というテーマは実は、目下のアルジェリアからフランスに逃れてきた作家たちがハイ・ライトになっていて、アジアは忘れられた形になっていた。それでも、ネイティブ・アメリカンの作家と知り合うことはできた。人が多すぎて、なにがなにやらわけがわからず、とにかく言われるままに体を動かし、シンポジウムやインタビューをこなし、そうして毎晩、出版社の人たちと夜遅くまで食事をした。ある日はネイティブ・アメリカンの作家と、あまりに有名な観光地、モン・サン・ミッシエルまで遠足に行ったり、最後の夜は、別の町に車で繰り出し、レストランで飲んで食べて大はしゃぎ。カルバドスを最後にあおってから、サン・マロに戻って来たのが夜中の一時過ぎで、それから若い編集者たちはホテルのカジノに姿を消してしまった。翌朝、聞いてみると、四時ごろまでカジノで遊んでいたという。フランス人はこれだから、としきりにブルターニュ出身だというかれは二日酔いの顔で恥ずかしがっていた。

お祭りが終わったあと、ブルターニュのもっと奥の、ブルトン語がまだ生き残っている地域を車でまわった。ブルトン語とフランス語で併記されている地名標示板が目に入りだすと、ようやくブルトンの国に来たという思いに駆られる。ブルトンの国は相変わらず静かで、海は美しく、知り合いの別荘に滞在させてもらった日々はサン・マロでの大騒ぎのあと、とりわけ生き返る思いだった。

パリに戻ってから、すぐにアイヌ叙事詩の出版社に駆けつけた。フランスの編集者はそれぞれ個室を持っていて、どうにも偉そうで、私には苦手だったのだが、今度はまず、かれは私たちの翻訳原稿の重い束を大仰な仕種で机のうえに音をたてて置き、それからやおら、にっこり笑って、とうとう、ここまで来ましたよ、と言ってくれた。その瞬間、私はかれに抱きつきたいようなうれしさを感じた。そう、ここまで来たのだ。

その数日後、東京に帰り、パリで会えなかった学生に会い、出版社での打ち合わせを伝えた。そして、彼女は出版社への伝言や新しい資料を携えて、再びパリへ戻って行った。やれやれ、なんというあわただしさだろう。しかし、ここまでアイヌ叙事詩の出版に近づけば、あわただしさに息をあえがせながらも、私たちの心はすでに弾みはじめている。(この本は、ガリマール社から"Tombent, tombent les gouttes d'argent—Chants du peuple aïnou"『銀の雫降る、降る—アイヌの歌』の題名で刊行、この題名にもさんざん論議がかわされ、アイヌを ainu、 aïnou、どちらで表記するか、アイヌだけでは一般のフランス人には意味が通じないので、「peuple = 人々」をつけた方がよいのではないか、そして最終的に学生たちの意見を取って、この題名になった）

ニース風日本食と緑の光

それがどこであれ、ある場所にのんびり何日も滞在した記憶をたどると、どういうわけか、食べ物のことばかりが思い出される。ふだんの日常生活ではただの義務でしかない料理を、気の合った人たちと楽しむことができるから、記憶に残るとも考えられるが、むしろ、自分の知らない土地で材料の仕入れから四苦八苦し、慣れない台所でうろうろいらいらし、それで失敗も増え、惨めな結果に終わることが多く、そのために、あざやかに記憶に残されると考えた方が、少なくとも私の場合には納得しやすい。

日本のなかでも、知らない土地での料理はとまどうことが多いのだが、外国になると、これはもう、無謀な挑戦と呼ぶに値するような困難な試みになってしまう。もちろん、日本食をわざわざ外国で作ろうとしなければ、話はもっと簡単になるのだが、日本を全く知らない人たちに対するとりあえずの文化交流として、料理は一番手軽で、しかも確実に相手の体に伝わる方法なのだ。その相手はまただれかに日本の知り合いから教わったと自慢しながら、同じ料理を作る。そしてまた、つぎの人に、と料理は食べる喜びとともに伝わりつづける。というわけで、私も外国の友人の家に滞在する機会があると、せめてものお返しに日本食を作ることになるのだが、これがどうもうまくいったためしがない。

南フランスのニースに住む友人夫婦の家に行ったときは、年の暮れからお正月にかけての滞在だったので、日本では一年の最初の日に特別のごちそうを家族全員で食べるのだ、などとついうっかり説明したのがあだになり、じゃあ、ぜひ、その日本のお正月のごちそうを私たちも食べましょう、といつのまにか、話が決まってしまっていた。

元旦には、その家の習わしで同じニースに住む夫婦の親戚も一同顔をそろえると言う。それがすごいお年寄りばかりで、九十代のおばあさん、八十代のおばあさん、そして六十代のおばさん、というメンバーだから、そんなおばあさんでも食べられそうなものを頼む、と言われ、ますます責任重大なことになり、頭を抱え込まずにいられなかった。

あれこれ迷っている暇はないので、まず、日本のお正月の象徴としてお雑煮、メイン・ディッシュとして、簡単にできて、色もきれい、味もフランス人に食べやすいにちがいないサケとイクラの親子ずし、そして野菜の精進揚げ、一応、こんなメニューを考えた。

サケを中心にしたごちそうを作る予定だと大みそかの朝に私が宣言すると、早速、その午前中にマダムがサケを買って来た。見て、これでごちそうが作れる？ と彼女が言いながら、買い物袋から出したものは、なんと、巨大な生のサケ一匹。ほんの少しのサケの切り身があればよかったのに、とこちらは仰天しながら、買って来てしまったものは仕方がない、責任を持ってできるだけ多くを使うしかないと覚悟して、急遽、アイヌの料理であるルイベ（といっても、ちゃんとした料理法を知らないので、サケの切り身をただ冷凍庫で凍らせただけなのだが）、サケのにぎりずし、塩を振りかけて塩鮭、と私の知っている限りの方法で処理をしたが、それでも、一匹のサケの半分も使い切ることはできなかった。ご飯については、その家は幸い、一家の主婦がアラブ出身のせいか、日頃からご飯を食べる家だったので、それだけは助かった。

この地中海の港町は十九世紀になってようやくフランスに併合された、紀元前七世紀のころからの植民都市で、パリなどよりはるかに歴史が古く、かのカルタゴやシラクサの方が身近に感じられるという場所なのだ。ここではアラブ文化、イタリア文化が混じり合い、自分がどこの国にいるのかわからなくなってくる。私の友人一家の顔を見ても、いわゆる「白人」は父親がたった一人、娘たちは「シノワーズ（中国女）」と学校で言われているといい、その娘たちは日本人の私をアラブ系のお母さんとうっかりまちがえて声をかけたりする始末だった。

昼はこれも長年の習慣だとかで、マダムをフランスに引き取った養母である九十代のおばあさんと、元ロシア貴族の別荘だったお屋敷に同居してその世話をしている実の娘の六十代のおばさんを隣り町のカンヌに連れだし、外食をともに楽しませてもらった。食後は九十代のおばあさんの体を支えながらカンヌを散歩して、おやまあ、こんなビルが建ってしまった、すっかり見覚えのない町になってしまった、という嘆きの声を聞かされつづけた。昔は小さな静かな町だったのに。私はあまりに長く生き過ぎた。今年できっともう最後になるんだろうけど。帰りの車のなかでおばあさんはぶつぶつ言いつづけるので、また、あんなこと言ってる、とマダムやおばさんをうんざりさせていた。それから家に戻って、夕方、ほかに必要な材料をマダムと一緒に町まで買いに出た。大根も、お雑煮に入れるお餅も、ニースで見つかるはずがないことに気づかされた。しょうゆは手に入った。最後の難問が、イクラだった。町をいくらまわっても、見つからない。どうしようと溜息をついているうちに、そうだ、あそこなら絶対にある、と彼女が言い出した。車で乗りつけたのが、ニースの町の中心に店を構えているフォションという、日本人の私もその名前ぐらいは知っている最高級の食料品店。彼女の予感通り、イクラの瓶詰がここにはあった。しかし、小さなビンひとつが五千円ほどもする。いくらなんでも高すぎるので、となりに並んでいたマスの卵でごまかすことにした。

その夜は、サケのにぎりずしとルイベを食べてもらい（といっても、喜んで食べてくれたのは勇気ある一家のお父さんだけだったのだが）、二人の娘たちも一緒に、その一家と私が出会ったメキシコの民謡をつぎつぎうたったり踊ったりしながら、十二時になるのを待った。庭に出て、十二時に打ち上げられる花火と、港の船の汽笛を聞き届けてから、ボナンネ！　おめでとう！　と言い、キスをし合って、寝床についた。

翌日、いよいよ元旦の大ごちそうの日。サケの親子ずしは親子ではなくなったが、まあ、なんとかなりそうだった。しかし、お雑煮はだしの代わりにスープの素を使い、お餅も抜きでは、これはただの鳥肉入り野菜スープでしかなくなっている。また、精進揚げのためにニンジンを千切りにしようとまな板と包丁を探したが、どこにも見当たらない。私が頼むと、パンを切るための小さな板と果物用のナイフを出してくれた。驚いたことに、フランスの多くの家庭では、日本風のまな板、包丁を使わないのだ。おもちゃのようなまな板とナイフで、ニンジンを千切りにするのは至難の業だった。しかし、その私の包丁さばき（？）を家族全員で見守って、すごいねえ、なんてむずかしいことができるんだ、と感嘆するから、こちらはいやでも熱心につづけるほかない。

やがて、お客のおばあさんたちが家に到着した。今日は本当に珍しい日本のお料理を食べさせてもらえるそうで、と弾んだ声で口々におばあさんたちは言う。私はにこにこ挨拶しながら、内心、自分の作った奇妙な日本食を思い、うろたえていた。しかし、私の不安をよそに、おばあさんたちは大喜びで、私のでっちあげの日本食を食べてくれた。特に精進揚げは、これが野菜ですか、野菜をこんなにおいしくいただけるなんて、まあ、信じられませんね、と言いながら、九十代のおばあさんが精進揚げのお代わりを求めたので、野菜嫌いのおばあさんに奇跡が起きた、と食卓の全員が大騒ぎになった。野菜は一切食べず、ケーキばかり食べてきた、というマリー・アントワネット張りのおばあさんなのだ。このときも食後のケーキのお代わりをねだって、一同からお医者さんに止められているでしょう、と責められると、本気で怒りだし、私には自分の食べたいものを決める権利があると叫び、結局、二個のケーキを胃袋におさめていた。これでなぜ九十過ぎまで生きられたのか、どうもよくわからない。

かくして、お正月の食事会はなんとか、無事に終わった。友人夫婦も喜んでくれた。そう言えば翌日、マリー・アントワネットという名前の夫婦の知人が訪ねてきて、私を一瞬、びっくりさせた。

それからすでに、三年経つ。しかし、私には今でも、せっかくの機会にあんな変なものを食べさせてしまった、という悔いが残されている。いつかもっとちゃんとしたものをあのおばあさんたちに食べさせてあげたい、と願いつづけているのだが、次の機会があるとして、あのニースのおばあさんたちが元気でいてくれるかどうか、その年齢を考えると、かなり心もとない思いになる。

子どものときに有名な地中海の緑の光を見た、と九十過ぎのおばあさんが食事のときに話してくれた。太陽が海に沈む一瞬に、緑の光が見えることがある。それを見た人はしあわせになる、と言い伝えられているが、なかなか見られるものではない。私のように九十年以上生きて、ようやく一度だけ見られる、そのくらいに珍しい体験なんですよ、と。

もしかしたら、日本のなんとも珍しい料理を九十を過ぎてからのお正月に食べたことも、そのおばあさんにとっては、緑の光と同じように貴重な、一生に一度味わえば十分な体験だったということになるのかもしれない。

初出一覧

二十歳　「リテレール」一九九五年冬号
中上さんへの報告　「群像」一九九二年一〇月号
〃中上健次〃という存在　「文学界」一九九二年一〇月号
アニ中上健次の夢　「新潮」一九九五年九月号
母の語りを破壊する時　『中上健次全集』第四巻（集英社）
中上健次とミラージュ戦闘機と　「文学界」一九九八年七月号
ある国際作家会議と翻訳賞授賞式　「新潮」一九九〇年九月号
忘れてはならないこと　「山陽新聞」一九九四年一月四日他
「フェミニズム」という言葉　「すばる」一九九四年二月号
ひんやりした、熱い風　「すばる」一九九六年一一月号
一千年前の女性たちを求めて　『女と男の時空――日本女性史再考』第二巻『おんなとおとこの誕生
――『宇津保物語』を中心に　――古代から中世へ』（藤原書店）
「女性」という条件　『岩波講座日本文学史』第二巻（岩波書店）
『夜の寝覚』に呼ばれて　『新編日本古典文学全集』第二八巻（小学館）

純粋な会話　「読売新聞」一九九四年一一月二日
日本語と私との間に　「三田文学」一九九八年夏季号
渦巻く文学をめざして
――アオテアロア（ニュージーランド）文学の現在　「群像」一九九八年一一月号
〈対話〉霊魂と物語（パトリシア・グレイス）　同右
一九九四年一月一日という日付　「東京新聞」一九九四年一月二九日
子どものゆるし　「琉球新報」一九九四年一一月六日
『非情』との出会い　「図書」一九九六年四月号
ひとりの恩師　「北海道新聞」一九九六年四月二三日
図鑑と理科年表と『ベラミ』　「文学界」一九九六年一二月号
『山梨縣名木誌』と『唐詩選』　「図書」一九九八年九月号
山梨日日新聞の記事より　「文学界」一九九六年三月号
石の国　「山梨県立文学館館報」一九九六年六月二〇日
富士山麓再訪　「すばる」一九九六年一月号
さまざまな無言　「読売新聞」一九九八年一〇月二八日
小さな日本列島の姿から　「本」一九九八年六月号

寒いパリにて　「文学界」一九九二年一月号
交差点の響き　「朝日新聞」一九九二年一月九日
ここと「日本」　「新潮」一九九二年五月号
パリから離れて　「文学界」一九九二年一一月号
アイヌ叙事詩翻訳事情　「日本経済新聞」一九九五年一月一〇日〜六月二六日（二一四回）
ニース風日本食と緑の光　「嗜好」五三七号

P+D BOOKS ラインアップ

居酒屋兆治	山口 瞳	●高倉健主演映画原作。居酒屋に集う人間愛憎劇
血族	山口 瞳	●亡き母が隠し続けた私の「出生秘密」
家族	山口 瞳	●父の実像を凝視する『血族』の続編的長編
江分利満氏の優雅で華麗な生活 《江分利満氏》ベストセレクション	山口 瞳	●〝昭和サラリーマン〟を描いた名作アンソロジー
江戸散歩（上）	三遊亭圓生	●落語家の〝心のふるさと〟江戸を圓生が語る
江戸散歩（下）	三遊亭圓生	●意気と芸を重んじる町・江戸を圓生が散歩

P+D BOOKS ラインアップ

浮世に言い忘れたこと	三遊亭圓生	●昭和の名人が語る、落語版「花伝書」
噺のまくら	三遊亭圓生	●「まくら(短い話)」の名手圓生が送る65篇
山中鹿之助	松本清張	●松本清張、幻の作品が初単行本化!
白と黒の革命	松本清張	●ホメイニ革命直後 緊迫のテヘランを描く
詩城の旅びと	松本清張	●南仏を舞台に愛と復讐の交錯を描く
風の息(上)	松本清張	●日航機「もく星号」墜落の謎を追う問題作

P+D BOOKS ラインアップ

風の息（中）	松本清張	“特ダネ”カメラマンが語る墜落事故の惨状
風の息（下）	松本清張	「もく星号」事故解明のキーマンに迫る！
象の白い脚	松本清張	インドシナ麻薬取引の“黒い霧”に迫る力作
記憶の断片	宮尾登美子	作家生活の機微や日常を綴った珠玉の随筆集
幼児狩り・蟹	河野多恵子	芥川賞受賞作「蟹」など初期短篇6作収録
ウホッホ探険隊	干刈あがた	離婚を機に始まる家族の優しく切ない物語

P+D BOOKS ラインアップ

海市	福永武彦	●親友の妻に溺れる画家の退廃と絶望を描く
風土	福永武彦	●芸術家の苦悩を描いた著者の処女長編作
夜の三部作	福永武彦	●人間の〝暗黒意識〟を主題に描く三部作
夢見る少年の昼と夜	福永武彦	●〝ロマネスクな短篇〟14作を収録
加田伶太郎 作品集	福永武彦	●福永武彦〝加田伶太郎名〟珠玉の探偵小説集
廃市	福永武彦	●退廃的な田舎町で過ごす青年のひと夏を描く

P+D BOOKS ラインアップ

P+D BOOKS ラインアップ

ヘチマくん	遠藤周作	●太閤秀吉の末裔が巻き込まれた事件とは？
決戦の時（上）	遠藤周作	●知られざる織田信長「若き日の戦いと恋情」
決戦の時（下）	遠藤周作	●天運を味方に〝天下布武〟へ突き進む信長
フランスの大学生	遠藤周作	●仏留学生活を若々しい感受性で描いた処女作品
快楽（上）	武田泰淳	●若き仏教僧の懊悩を描いた筆者の自伝的巨編
快楽（下）	武田泰淳	●教団活動と左翼運動の境界に身をおく主人公

P+D BOOKS ラインアップ

都心ノ病院ニテ幻覚ヲ見タルコト　澁澤龍彦　●　澁澤龍彦が最後に描いた〝偏愛の世界〟随筆集

秋夜　水上勉　●　闇に押し込めた過去が露わに…凜烈な私小説

五番町夕霧楼　水上勉　●　映画化もされた不朽の名作がここに甦る!

やややのはなし　吉行淳之介　●　軽妙洒脱に綴った、晩年の短文随筆集

焰の中　吉行淳之介　●　青春=戦時下だった吉行の半自伝的小説

男と女の子　吉行淳之介　●　吉行文学の真骨頂、繊細な男の心模様を描く

P+D BOOKS ラインアップ

眞晝の海への旅	辻 邦生	●暴風の中、帆船内で起こる恐るべき事件とは
大世紀末サーカス	安岡章太郎	●幕末維新に米欧を巡業した曲芸一座の行状記
前途	庄野潤三	●戦時下の文学青年の日常と友情を切なく描く
アニの夢 私のイノチ	津島佑子	●中上健次の盟友が模索し続けた〝文学の可能性〟
小児病棟・医療少年院物語	江川 晴	●モモ子と凜子、真摯な看護師を描いた2作品
わが青春 わが放浪	森 敦	●太宰治らとの交遊から芥川賞受賞までを随想

P+D BOOKS ラインアップ

人喰い　笹沢左保　●心中現場から、何故か一人だけ姿を消した姉

天を突く石像　笹沢左保　●汚職と政治が巡る渾身の社会派ミステリー

剣士燃え尽きて死す　笹沢左保　●青年剣士・沖田総司の数奇な一生を描く

上海の螢・審判　武田泰淳　●戦中戦後の上海を描いた傑作二編が甦る！

死者におくる花束はない　結城昌治　●日本ハードボイルド小説先駆者の初期作品

親鸞 1 叡山の巻　丹羽文雄　●浄土真宗の創始者・親鸞。苦難の生涯を描く

P+D BOOKS ラインアップ

親鸞 2 法難の巻（上） 丹羽文雄 ● 人間として生きるため妻をめとる親鸞

親鸞 3 法難の巻（下） 丹羽文雄 ● 法然との出会い……そして越後への配流

親鸞 4 越後・東国の巻（上） 丹羽文雄 ● 雪に閉ざされた越後で結ばれる親鸞と筑前

親鸞 5 越後・東国の巻（下） 丹羽文雄 ● 教えを広めるため東国に旅立つ親鸞

親鸞 6 善鸞の巻（上） 丹羽文雄 ● 東国へ善鸞を名代として下向させる親鸞

親鸞 7 善鸞の巻（下） 丹羽文雄 ● 善鸞と絶縁した親鸞に、静かな終焉が訪れる

（お断り）
本書は１９９９年に講談社より発刊された単行本を底本としております。
あきらかに間違いと思われるものについては訂正いたしましたが、
基本的には底本にしたがっております。
また、底本にある人種・身分・職業・身体等に関する表現で、現在からみれば、
不当、不適切と思われる箇所がありますが、著者に差別的意図のないこと、
時代背景と作品価値とを鑑み、著者が故人でもあるため、原文のままにしております。

津島佑子（つしま ゆうこ）
1947年（昭和22年）3月30日—2016年（平成18年）2月18日、享年68。東京都出身。本名は津島里子。1987年『夜の光に追われて』で第38回読売文学賞、1998年『火の山－山猿記』で第34回谷崎潤一郎賞を受賞。代表作に『寵児』『ナラ・レポート』など。

P+D BOOKS

ピー プラス ディー ブックス

P+Dとはペーパーバックとデジタルの略称です。
後世に受け継がれるべき名作でありながら、現在入手困難となっている作品を、
B6判ペーパーバック書籍と電子書籍で、同時かつ同価格にて発売・配信する、
小学館のまったく新しいスタイルのブックレーベルです。

アニの夢
私のイノチ

2017年7月16日　初版第1刷発行

著者　津島佑子
発行人　林 正人
発行所　株式会社 小学館
〒101-8001
東京都千代田区一ツ橋2-3-1
電話 編集 03-3230-9355
販売 03-5281-3555
印刷所　昭和図書株式会社
製本所　昭和図書株式会社
装丁　おおうちおさむ（ナノナノグラフィックス）

ISBN978-4-09-352308-0

P+D BOOKS